KB058045

더 선 2

THE SONS(EN BROR ATT DÖ FÖR) by Anders Roslund &
Stefan Thunberg

Copyright ©2017 by Anders Roslund & Stefan Thunberg
All rights reserved.

Korean Translation Copyright © 2019 by Sigongsa Co., Ltd.

This Korean translation edition is published by arrangement with Anders
Roslund & Stefan Thunberg c/o Salomonsson Agency through MOMO Agency,
Seoul.

이 책의 한국어판 저작권은 모모 에이전시를 통해 Anders Roslund & Stefan Thunberg c/o Salomonsson
Agency와 독점 계약한 ㈜시공사에 있습니다.
저작권법에 의해 한국 내에서 보호를 받는 저작물이므로 무단 전재와 무단 복제를 금합니다.

THE SONS 더 선 2

안데슈 루슬룬드 · 스테판 툰베리 지음
이승재 옮김

검은숲

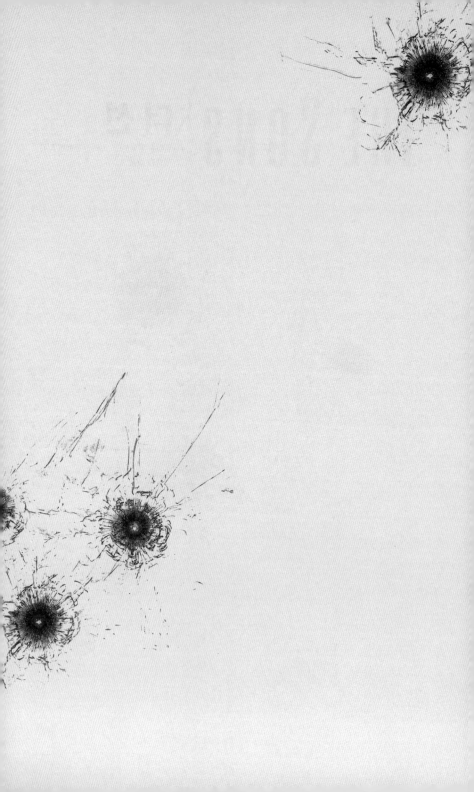

| 차례 |

1권

시커먼 구멍

"내가 달라질 수 있다면, 너도 달라질 수 있어."

터진 핏줄

"내 형제를 끌어들이면, 네 형제도 끌어들일 거야."

2권

레오는 통로 바닥에 흩어져 있던 종이들을 살펴보았다. 전단지가 27장에 3개월 치에 달하는 무가지 신문들. 대중없이 쌓인 우편물 사이에 끼어 있던 창 달린 봉투에는 요한손 씨 댁 프레드릭 쇠데베리라는 사람 앞으로 온 임대청구서가 들어 있는 듯 보였다. 술로가 거래대상으로 삼는 분야 중 하나가 바로, 남들의 이목을 끌지 않고 조용히 며칠간 지낼 수 있는 임시거처를 제공하는 일이었다.

레오는 운동 가방 두 개를 통로에 깔린 양탄자 위에 내려놓았다. 푸마 가방 안에는 새로 장만한 '준비물'이 들어 있었고, 환한 빨간색 아디다스 가방은 전날 트레이닝복 차림의 알바니아 거구에게 건네받은 물건이었다. 그 안에는 구입에만 10만 크로나가 든 노트북이 들어 있었다. 레오는 노트북을 꺼내 부엌 조리대 위에 올려놓고 추가로 4만 크로나를 주고 알게 된 비밀번호를 쳐 넣었다. 글자 하나당 1만 크로나였다. 원래 노트북 주인이었던 형사는 유머 감각이 넘치거나 말장난을 좋아하는 사람이 분명했다. 비밀 번호는 S-M-A-R-T(스웨덴어로 재치 있는, 영리한-옮긴이)를 거꾸로 쓴 T-R-A-M-S(스웨덴어로 허튼소리, 난센스-옮긴이)였기 때문이다.

하위메뉴와 온갖 폴더, 그리고 링크 사이에서 가장 먼저 필요한 문서를 찾는 데 걸린 시간은 7분 30초였다. 그는 요청서 견본을 복사한 다음 그 양식 안을 제대로 채우는 데 필요한 정보를 담고 있는 파일 두 개를 찬찬히 들여다보았다. 그것은 당번 근무자 명단과 현재 진행 중인 사건과 관련된 압류품 목록이었다.

엘리사 쿠에스타는 경찰서에서 쿵스홀름스가탄으로 이어지는 출구의 문을 여는 순간, 갑작스레 불어온 바람 때문에 문이 확 열려 벽에 부딪히지 않도록 꽉 붙잡아야 했다. 그녀는 경찰서를 나와 가죽장갑을 손에 끼고 걷기 시작했다. 목적지까지는 10여 분이면 충분했다. 플레밍가탄, 그리고 상트 에릭스가탄. 엘리사는 보도블록 관리 상태가 엉망이라 여기저기 고집스레 아스팔트 위에 붙어 버티고 있는 얼음층 사이로 조심스레 발걸음을 옮겼다. 그녀는 고드름 주의라는 빨간색 플라스틱 경고판이 붙어 있는 도로를 지나쳤다. 봄이 다가오고 있었지만 배수관에 달라붙어 있는 날카로운 고드름들이 치명적인 창처럼 언제든 아래로 내리꽂힐 준비를 하는 듯 보였다.

A와 B, 즉 산체스와 베르나르드, 이 용의자들을 용의선상에서 지워내는 임무를 완수하는 데는 그리 오랜 시간이 걸리지 않았다.

볼리비아 경찰 당국에 따르면 호아킨 산체스는 스웨덴에서 형기를 마친 뒤 몇 달이 지난 지금은 마약과 관련된 삼중 살인 사건 용의자로 엘 페날 데 산 페드로 교도소에 수감된 상태로 재판을 기다리고 있다고 했다. 투르 베르나르드의 알리바이 역시 확인되었다. 다수의 목격자가 이구동성으로 사건이 발생했을 당시, 그가 그단스크와 뉘네스함을 오가는 페리에 탑승하고 있었다는 걸 증언해주었다. 엘리사는 브론크스가 조사하겠다고 한 C와 D에 관한 소식을 기다리는 중이었다. 집으로 찾아갔을 때 비좁은 부엌의 가스레인지 옆에 서 있던 그 모습이 처량해 보이긴 했다. 당시 그는 서류 뭉치를 꽉 쥔 채, 용의자들을 둘씩 나눠서 조사하는 게 낫다고 고집스레 우겼었다. 겨우 2시간밖에 못 잔 선배 형사를 깨우지 말았어야 했나 싶었다. 아니면 그 선배 형사를 또다시 사이코패스라고 부르지 말았어야 했나 싶기도 했다. 처음에는 단순한 수식어 정도로 넘길 수도 있었을 것이다. 하지만 두 번째는 농담을 넘어서 자칫, 직장 내 언어폭력으로 받아들여질 수도 있었다. 어쩌면 먼저 일을 경고로 이해한 것처럼 농담으로 이해하지 못했을 수도 있다. 그리고 잠시였지만 그의 집에서 나오기 직전, 포옹이라도 한번 해주고 싶다는 생각도 들었다. 하지만 그랬더라면 후회하는 건 마찬가지였으리라.

상트 에릭스브론과 뢰스트란스가탄이 나왔다. 엘리사는 갑자기 어느 건물 현관 앞에 멈춰 서서 위에 매달린 고드름이 얼마나 버텨줄지 확인하려는 사람처럼 위를 쳐다보았다. 그러고는 현관을 열고 안으로 들어갔다. 그곳은 레오 뒤브냐의 바로 아래 동생이 가르쳐준 주소로, 막냇동생이 일하고 있다는 작업현장이었다.

현관홀에는 밝고 차분한 벽을 따라 붙어 있는 아름다운 계단이 보였다. 계단 돌은 세월과 오가는 사람들의 발걸음에 닳고 해진 상태였다. 꽃병이 장식된 내창으로는 잘 손질된 마당이 바라다보였다. 평당 가격이 아마 런던이나 파리의 부촌에 맞먹을 듯했다. 말도 안 되게 비싼 고가의 아파트였다.

엘리사는 4층 현관문 앞에 멈췄다. 문은 열려 있었다. 빈 페인트 통들이 문 양쪽에 놓여 있고 벗겨진 페인트 조각이 날카로운 형태로 바닥 곳곳에 흩어져 있었다. 초인종을 눌러봤지만 열린 문틈으로 들리는 소리라고는 빈방을 자유롭게 누비고 다니며 온 집안을 압도하는 흥겨운 라디오 음악뿐이었다. 방문객이 찾아왔다는 사실을 아무도 눈치채지 못했다는 판단에 따라 엘리사는 현관문을 활짝 열고 안으로 들어갔다. 통로에는 하얗게 칠해놓은 벽을 따라 공구 상자들과 연장들이 줄지어 있었다. 집 전체가 보수공사 중이었다. 공사현장을 보니 자신의 집 배관 교체공사를 했던 일이 떠올랐다. 4주 내내 아침, 점심, 저녁으로 먼지를 먹고 살아야 했다.

"계세요?"

그녀의 목소리도 음악 소리와 마찬가지로 텅 빈 방을 돌아다니다 결국 발밑으로 내려앉았다. 그녀는 거실로 보이는 공간으로 더 들어갔다. 난방장치를 모두 차단해놓은 듯 썰렁했다. 거실은 기본적인 공사가 끝난 듯, 오래지 않아 다른 공사현장으로 옮겨갈 것 같았다.

이런저런 생각을 하던 중 그를, 아니, 두 사람을 발견했다. 그래서 거실에 온기가 느껴지지 않았던 것이다. 두 사람은 발코니에서 그녀를 등지고 서서 담배를 피우고 있었다. 엘리사가 열려 있던 발코니 문을 두드리자 두 사람이 즉시 뒤로 돌았다. 스물다섯 된 청년과 쉰다섯의 중년 남성이었다. 청년은 파란색 목수 작업복 차림이었고 중년 남성은 흰 페인트공 바지 차림이었다. 그녀는 두 사람을 알아보았다. 뒤브냑 일가의 아버지와 막내아들이었다.

"경찰청 수사과 소속 엘리사 쿠에스타 형사라고 합니다. 빈센트 씨한테 몇 가지 확인할 게 있어 찾아왔습니다. 빈센트 씨 맞죠?"

작업복 차림의 청년이 고개를 끄덕이면서 담배를 던지고는 거실 안으로 들어왔다.

"먼저, 지난 월요일 오후 4시에서 5시 사이에 어디 계셨는지 말씀해주시겠습니까?"

"여기요. 공사기한을 맞추려면 쉬지 않고 일해야 하거든요."

"그 사실을 확인해줄 사람은 있습니까?"

"나요. 이 녀석은 여기 있었소!" 발코니에 남아 있던 중년 남성이 큰 소리로 대답을 하고는 거실 안으로 들어왔다.

"우리 둘 다 여기서 일하고 있었소."

엘리사는 상대가 불편함을 느끼도록 충분히 긴 시간 동안 그를 빤히 쳐다보았다.

"이반 뒤브냑 씨 되시죠? 솔직히 방금 말씀하신 부분은 사실과 좀 다른 것 같습니다. 선생이 단골로 찾으시는 드라바라는 식당 주인 부부의 진술에 따르면 제가 방금 전에 말씀드린 그날 그 시각, 선생은 큰아드님과 그 식당에 계셨습니다. 그럼 자동으로 선생과 큰아드님은 알리바이가 확실해지는 거죠."

"맞소. 내 말이 그 말이오. 내가 여길 떠난 게, 그게 몇 시였냐, 빈센트? 4시 10분? 15분이었던가? 그러니 내 두 아들 알리바이는 내가 확실히 댈 수 있소!"

"식당 주인 부부는 그날 선생이 식당을 찾은 시각이 오후 3시 반이었다고 했습니다. 아마 큰아드님과 저녁 식사를 하실 계획이셨겠지요. 그러니 선생께서 주장하시는 내용은 사실과 맞지 않습니다."

형사는 다시 청년 쪽으로 고개를 돌렸다.

"혹시 빈센트 씨가 그 시각에 여기 계셨다는 걸 확인해줄 수 있는 다른 분이 있을까요?"

"난 여기 있었어요. 이런 일을 하면 그럴 수밖에 없거든요. 공사 기한이라는 게 있어서 이사 날짜에 맞추려면 미친 듯이 일해야 하니까요. 돈벌이는 좀 됩니다. 수요가 많으니까."

"그러니까 그 사실을 뒷받침해줄 다른 분이 있느냐는 겁니다."

"글쎄요. 아버지는 뭐 아시다시피 그날 일찍 일을 마치셨고, 어쩌면 피자집 주인이 확인해줄 수도 있겠네요. 정확히 몇 시에 들러 피자를 가져왔는지는 기억 안 나지만 카프리초자 피자를 사 왔어요. 주로 그것만 먹으니까. 아니면 옆집 아주머니한테 물어보시던가요. 오후가 되면 가끔 찾아와서 시끄럽다고 항의하고 그랬으니까. 그러는 형사님은요? 형사님은 어디 계셨어요? 그거 대답할 수 있으세요? 형사님을 본 사람은요? 누굴 만났는지 기억하세요?"

"그러니까 알리바이가 없다는 말이네요. 그럼 큰형 레오 뒤브냑 씨가 출소한 뒤 언제, 어디서, 어떻게 만났는지 말씀해주시겠습니까?"

"이게 뭐 하는 짓이오!"

중년 남성은 이미 그녀와 가까운 거리에 서 있었음에도 버럭 언성을 높였다. 그러더니 더 바짝 다가왔다. 이마를 숙이면서 턱과 아랫입술을 내밀고는 상대를 두렵게 하거나 불안하게 하려는 의도로 형사를 노려보았다.

"뭣 때문에 이 난리를 치는 거요? 당신 입으로 방금 전, 내가 레오 알리바이를 확인한 거라 하지 않았소? 그런데 왜 자꾸 그 녀석 이야기를 꺼내는 거요? 형사 양반, 우리 가족은 그만 건드리고 이제 가보시오."

형사는 겁을 먹지도, 불안해하지도 않았다. 대신 화가 났다.

"가족이오? 가족 이야기를 하시니 말씀드리는데 어제 전 부인을 만났습니다. 그런데 그분은 대단히 협조적이셨습니다."

"그 여자는 원래 그런 여자니까. 경찰하고 수다 떠는 일에는 열성적이지."

"수다라고요? 뭐, 그러시든가요. 누구의 관점이냐에 따라 달라질 문제니까요. 선생님 전과는 이미 다 살펴봤습니다. 폭행 부분까지도요."

"난 이제 달라졌소."

엘리사는 나가는 길에 들어올 때와 마찬가지로 현관문을 살짝 열어두고 나왔다. 달라졌다. 이반 뒤브냑이 새 질문을 던질 때마다 달라졌다는 그 말을 세 번째로 꺼내던 순간, 그녀는 더 이상 얻어낼 게 없겠다는 사실과 보수공사가 거의 끝나가는 아파트 방문도 거기까지라는 사실을 깨달았다.

아름다운 계단 아래로 내려가 묵직한 건물 현관문을 열고 뢰스트란스가탄으로 걸어 나가자, 발코니 앞에서 느꼈던 찬바람이 다시 그녀를 감싸 안았다.

아니.

당신은 달라지지 않았어.

하지만 당신 막내아들은 그랬을 수 있어. 알리바이는 없지만 가택수색 당시, 당신 전 부인이 큰아들에 대해 가지고 있던 생각은 틀렸을 수도 있어. 큰아들은 다시 범죄를 저지를 일 없다는 생각 말이야.

엘리사는 다시 경찰서로 돌아갔다.

위에 매달려 있던 고드름이 그녀의 발아래로 얼음 부스러기를 떨어뜨렸다. 계절 분위기가 수사 대상자들처럼 길을 잃은 것도 같고 예측이 불가능한 것도 같았다.

어제는 구운 연어 요리 냄새가 나는 집에서 두 형제와 그들의 어머니를 만났다. 겉보기에는 전혀 한 가족처럼 보이지 않을 수도 있겠다는 생각을 했다. 그리고 방금, 세 번째 형제와 그들의 아버지를 만난 뒤 다른 생각이 들었다. 뒤브냑 일가를 무너뜨린 균열의 중심은 바로 형제들의 아버지라는 생각. 아버지라는 사람은 세상을 적대적으로 대했다. 자신이 직접 면담조사를 담당했던 큰아들의 경우, 아버지에 비하면 양반이었다.

엘리사는 상트 에릭스가탄과 플레밍가탄이 만나는 교차로에 이르렀다. 깜빡이던 초록색 신호등이 돌연 빨간색으로 바뀌는 바람에 발을 내딛으려다 멈춰야 했다. 그녀는 느리게 점멸하던 신호등이 빨라지기를 기다렸다.

이반 뒤브냑은 그녀가 빈센트에게 질문하고 있을 때 막무가내로 끼어들었다. 아들을 보호하려는 의도였겠지만 정반대의 결과를 가져왔다. 그녀가 관찰한 바에 따르면 빈센트 뒤브냑은 부모의 당혹스러운 행동 앞에서 수치심을 느끼는 어린아이 같아 보였다. 그래서 아버지가 대화에 끼어들 때마다 뒤로 살짝 물러서거나 바닥만 내려다보고 있었다. 자신의 아버지가 무슨 행동을 할지 알 수 없어 불안한 듯.

신호등이 다시 초록색으로 바뀌었다. 그녀는 혼잡한 거리를 건너 다소 시간이 남을 때마다 그러듯 상트 예란스가탄에서 왼쪽으로 돌아 크로노베리 공원 안으로 들어갔다. 자기 또래의 엄마들이 소란스럽게 뛰어노는 아이들을 데리고 나오는 놀이터가 있었다. 그 자리에 아이를 데리고 나온 자신의 모습은 아무리 애를 써도 그려지지 않았다. 자신답지 않다는 게 단순한 이유였다. 적어도 아직은. 그리고 앞으로도 그런 날이 올까 의아하기만 했다.

막내아들과 아버지는 리허설은커녕 서로 악기조차 조율하지 않고 무대에 올라, 관객—형사—들에게 인사를 하고 연주를 시작한 뒤에야 자신들이 불협화음을 내고 있다는 사실을 깨달은 사람처럼 행동했다.

엘리사는 폴헴스가탄 출입구로 들어가 경찰청 건물을 통과해 수사과 끝에 위치한 욘 브론크스 형사의 사무실을 향해 걸어갔다.

불협화음.

같은 부서에서 일하면서 대화다운 대화는 나눠본 적 없는데, 갑자기 공조 수사를 하게 된 사람을 이해할 수 없을 때 사용할 수 있는 매우 적절한 단어였다.

엘리사는 노크도 생략한 채 브론크스의 사무실 안으로 들어갔다.

그는 모니터 앞에 앉아 감시 카메라 영상에 몰두하고 있었다. 어깨와 턱 사이에 생긴 틈으로 그가 보고 있는 장면이 전날 같이 봤던 영상이라는 걸 알 수 있었다. 쇼핑몰 뒤쪽, 화물 상하차장과 우유배달 트럭, 그리고 도주 중인 강도 공범의 뒷모습이 화면에 떠 있었다.

그녀는 선배 형사가 프레임별로 돌려보면서 전체 영상을 다 볼 때까지 기다리며 그를 찬찬히 뜯어보았다. 이른 새벽, 그의 집에서 헤어질 때만 해도 안쓰러워 보였었다. 하지만 지금은 평소처럼 다가가기 힘든 분위기를 내뿜고 있었다. 잠시나마 외부로 노출되었던 '공감 지대'의 문이 다시 사라져버렸다. 하지만 그는 후배 형사를 보고 미소를 짓고 있었다. 평소 전혀 하지 않는 행동이었다. 미소조차 불협화음처럼 느껴졌다.

"저 뒷모습이오."

그녀는 화물 상하차장에서 뛰어내리는 작업복 차림의 화면 속 용의자를 가리키며 말했다.

"바로 저 뒷모습 때문에 또 다른 용의자 하나를 용의선상에서 제외해야 합니다."

뒷모습만 보이는 공범은 트럭 운전석을 향해 달려가고 있었다.

"저 체격 때문에 네 번째 용의자였던 빈센트 뒤브냑을 용의선상에서 제외했어요. A와 B였던 산체스와 베르나르드도 확실한 알리바이가 있어요. 삼 형제 중 둘째인 펠릭스 뒤브냑도 마찬가지였고요. 막내인 빈센트의 경우 알리바이는 불확실하지만 모든 정황을 살펴봤을 때 범행에 가담했을 가능성은 아주 희박합니다. 게다가 삼 형제 중 범죄 세계와 확실히 연을 끊은 유일한 형제로 보였고 범죄피해자 단체에 보상금도 완납한 상태입니다. 사업체를 운영하고 있는데 분기별 매출도 성장세에 있고 교도소 관계자의 증언에 따르면 큰형이 출소 되던 날, 그 자리에 나타나지 않았던 유일한 가족이었다고 합니다. 만나기 싫었던 게 아닌가 싶고요. 범행동기도 거의 없어 보이는 데다 화면 속 용의자의 체구와 비교하더라도 전혀 동일인물로 볼 수 없습니다."

엘리사는 브론크스 차례라 생각하고 기다렸다. 그런데 상대가 전혀 그럴 준비가 없어 보여 계속 말을 이어나갔다.

"그리고 현재까지 확인된 사실과 제 느낌을 종합해볼 때, 막냇동생에게는 뭐랄까요……. 약점이 있어 보입니다. 다른 형제들과 달리요."

"약점이라고?"

"그렇습니다. 마음이 열려 있다고나 할까요? 필요할 경우 설득이 가능할 것 같아 보입니다."

그녀는 다시 선배 형사의 반응을 기다렸다.

"선배? 이제 선배님이 조사한 내용을 말씀해주실 차례인 것 같은데요……. 결과가 어땠는지 말입니다."

여전히 아무런 반응도 없었다.

"용의자 C와 D 말이에요."

브론크스는 노트에 무언가를 적고 있었다. 그제야 그가 무언가를 하고 있다는 사실을 깨달았다. 그리고 한쪽 구석에 쌓여 있는 A4 종이 여러 장이 눈에 들어왔다. 감시 카메라 영상을 보면서 무언가를 기록하느라 대답을 못 한 것이다. 무언가를 발견했기 때문에.

엘리사는 가까이 다가갔다.

선배 형사가 종이 위에 그리고 있는 건 낙서처럼 보였다. 볼펜을 가지고 아무 의미 없이 선만 긋는 것 같았다. 꽃을 그리는 건지, 아니면 별이라도 그리는 건지…….

"삼 라셴, 세미르 음함디요, 욘 선배. 어떻게 됐습니까?"

그 말에 브론크스는 볼펜을 내려놓았다. 그가 그리고 있었던 것은 누군가의 얼굴이었다. 그는 재생되고 있던 영상을 멈췄다. 트럭 운전석에 올라타는 용의자의 뒷모습이 정지화면으로 남았다.

그는 후배 형사 쪽으로 고개를 돌렸다.

"알리바이가 있더라고."

불협화음 같은 그 미소를 지어 보이며.

"둘 다. 애석하게 말이야……."

울퉁불퉁한 공처럼 뭉친 상태로 하얀 세면대 위에 떨어지는 머리카락은 지금까지 마음속에 있던 생각과 전혀 달랐다. 레오는 삼형제 중에서 엄마의 머리색을 유일하게 물려받은 아들이었다. 그래서 자신이 금발 머리라는 생각을 고정관념처럼 가지고 살아왔다. 그런데 지금 이 순간 머리카락이 싱크대 위로 떨어지는 모습을 보면서 자신의 기억과 배치되는 현실을 깨달았다. 성인이 된 레오 뒤브냐의 머리카락 색깔은 분명 짙은 색이었다.

밀착 면도 모드로 조절된 전기면도기가 한 번씩 머리 위로 지나갈 때마다 민머리가 나왔다. 면도기는 거울 속에 비치던 사람이 다른 사람이 될 때까지 계속해서 머리 위에서 움직였다. 달라지지 않은 건 오직 파란 눈동자뿐이었다. 눈동자는 여전히 자신의 것이었다.

새로운 진한 갈색 '눈동자'는 플라스틱 케이스에 담겨 있었다.

레오는 콘택트렌즈를 손가락 끝에 올리고 한 번에 하나씩 조심스레 각막 위에 덮어씌웠다. 그런 뒤에도 여전히 거울을 쳐다보지 않으려 했다. 머리부터 발끝까지 완벽히 다른 사람으로 변신하기 전에 섣불리 봤다 실망하고 싶지 않았기 때문이다.

레오는 화장실에서 나와 통로로 나간 뒤 방으로 향했다. 감라식클라에 위치한 건물 마지막 층의 그 집은 가구도 거의 없이 부엌 하나 딸린 원룸이었다. 원래 나카와 스톡홀름 도심 양쪽의 전망이 동시에 내려다보이는 곳이라 사람들이 많이 찾는 집이었지만 현재 그 집을 사용하고 있는 단기임대 거주자는 블라인드를 전부 쳐놓고 지냈다.

침대 하나가 유일한 가구였다. 임시로 달아놓은 천장 등 불빛이 이불 위에 펼쳐놓은 제복과 벨트를 은은하게 비추고 있었다. 바닥에 놓인 신발은 침대 아래 드리워진 그림자 안에 들어가 있었다.

레오는 그 옷들을 차례차례 몸에 걸쳤다.

거울 앞으로 다가가기 전, 그는 문틀을 꽉 붙잡은 다음 눈을 감았다. 그러고는 더듬거리며 앞으로 걸어 나갔다. 몇 걸음 뒤, 허리께가 싱크대에 부딪혔다. 콘택트렌즈가 각막을 문지르고 간질였다. 이제 곧 눈을 뜰 것이다. 그런데 그보다 먼저 높은 문지방이 왼발 뒤꿈치에 닿자 그는 문지방을 밟고 올라섰다. 상체가 온전히 거울 속에 다 보이도록 적당한 거리를 유지하는 게 관건이었기 때문이다. 그는 허리를 꼿꼿이 세우고 눈꺼풀을 서서히 들어 올렸다.

거울 속 경관이 그를 향해 웃고 있었다. 머리 위에는 왕관이 어슴푸레 빛나고 있고 눈동자는 진한 갈색으로 빛나고 있었다. 하지만 머리와 상체 사이의 균형을 잡아주면서 착각을 불러일으키는 것은 바로 경찰 제복이었다.

거울 속에 비친 자신의 새로운 모습은 만족 그 이상이었다.

이제 남은 건 단 하나, 압류품 번호 2017-0310-BG4743. 바로 선글라스였다.

그녀에게 거짓말을 하고 말았다.

욘 브론크스는 모니터와 조금 떨어진 자리에 쪼그려 앉아 하염없이 화면만 들여다보고 있었다. 얼마나 힘주어 노려보고 있었는지 화면 끝자락이 녹아내리듯 흐려졌다. 엘리사가 복도를 지나는 길에 그런 자신을 보지 않았으면 했다. 자신의 겉모습만 보고 내면에서 벌어지고 있는 일을 이해하지 못하기를 바라는 것처럼.

알리바이가 있더라고. 둘 다.

모든 게 정상인 척 연기를 했는데 그게 먹혀들었다.

그렇게 할 수밖에 없었다. 하루 치 감시 카메라 영상을 샅샅이 뒤져본 다음 그가 내린 결정이었다. 지금까지는 자신만 볼 수 있었던, 자신의 형이 사건에 연루된 정황을 입증하는 그 영상 때문에.

브론크스는 자세를 고치고 뒤로 기대앉았다. 흐릿했던 화면을 이해할 수 있었다. 하지만 브론크스는 정지화면 속 검은 복면을 뒤집어쓴 강도의 뒷모습을 피해갈 수 없었다. 불과 몇 시간 전, 화면이 아닌 현실 속에서 그 장면을 지켜보고 온 터였다. 삼이 머리 위로 치켜든 도끼와 나무 둥치에 찍힌 그 날카로운 도끼날을.

브론크스는 도주 중인 강도 이미지를 확대했다. 그렇다고 신원 확인이 가능할 정도로 키운 건 아니었다. 그 정도로 화질이 좋은 것도 아니었지만 몸동작의 특징을 파악하기에는 충분했다. 숨길 수도, 바꿀 수도 없는 그 특징. 특히, 화면 속 상황처럼 도주 중일 때는 더더욱 본능이 고스란히 그 실체를 드러냈다.

브론크스는 자신이 이미 알고 있는 것을 다시 한번 두 눈으로 확인한 셈이었다.

삼.

눈앞에서 소리 없이 재생되는 화면에 집중하고 있었지만 희미하게 들리는 소리는 감지할 수 있었다. 자판기 옆에 있던 커피추출기에서 원두 가는 소리가 들렸다. 뒤이어 뜨거운 물이 종이컵 위로 떨어지는 소리가 이어졌다. 그리고 자신의 사무실로 돌아가는 엘리사가 보였다. 처음으로 누군가에게 같이 정보를 공유하고 공조하자고 적극적으로 제안한 사건이었다. 그런데 방향을 완전히 틀어야 할 정도의 돌발변수로 인해, 처음으로, 정말 철저히 혼자 해결해야 할 사건이 되고 말았다.

거짓말을 했어, 형. 그리고 그 거짓말을 계속 이어나가야 해.

형과 내가 형제 사이라는 게 밝혀지는 순간, 난 사건에서 손을 떼야 해.

난 레오 뒤브냑을 잡을 거야. 그 자식이 벌인 모든 범죄를 낱낱이 밝혀낼 거라고.

그러기 위해서는 형도 체포할 수밖에 없어. 공범이니까. 난 형을 희생할 거야. 형도 알 거야. 더는 형한테 빚진 거 없어. 끝이라고.

또다시 그렇게 서서, 나한테 뒤집어씌우고, 죄책감을 끌어내려 했어. 그것도 아버지 침대 바로 옆에서! 그래서 난 언제나 내가 하는 일을 할 거야. 그 사실에 근거해서 움직일 거라고.

그 인간이 폭력을 행사한 건 내 잘못이 아니야.

형이 그 인간을 죽이기로 마음먹은 건 내 잘못이 아니야.

그 누구도, 다시는 우리 과거를 파헤치게 두지 않을 거야. 그 일을 끄집어내거나 죄책감을 들쑤시게 하지 않을 거라고.

지금부터 수사는 나 혼자 해.

형과 그 자식, 기필코 내 손으로 잡을 거야.

소포는 네 차례나 세관을 통과하지 못하고 압수되었다. 화물 수취인 이름을 매번 다르게 표기해도 번번이 알란다 세관을 뚫지 못했다. 그러다가 문제는 배송방식, 더 자세히는 배송업체였다는 사실을 알게 되었다. 상하이에서 출발해 미국 배송업체인 UPS를 통해 스톡홀름에 도착하는 소포는 관세부과를 위해 스웨덴 공항 세관에 등록되어야 했다. 그래서 다섯 번째로 주문한 3D프린터는 독일 배송업체인 DHL을 이용했고, 소포는 라이프치히에서 이전과는 다른 분류체계를 거친 끝에 요식행위를 뚫고 무사히 수취인에게 전달될 수 있었다. 모든 게 완벽했다.

레오는 희한한 기계가 자신의 앞에 놓인 테이블 위에서 작업을 진행하는 동안 기지개를 켰다. 그러다가 무의식적으로 있지도 않은 머리카락을 쓸어 올리려고 머리 위로 손을 올렸다. 평생 습관처럼 달고 살았던 그 동작이 불필요하다는 사실에 아직 적응하지 못한 탓이었다.

머리.

콘택트렌즈.

제복.

압류품 요청서.

압류품 참조번호.

당번 근무자 명단.

작전 세 번째 단계인 '테스트'를 진행하기 위해 남은 건 단 하나였다. 경찰 배지. 그래서 3D프린터가 필요했던 것이다.

시계를 확인해보았다. 설명서에 따르면 남은 시간은 30분이었다. 30분이 지나면 새로운 경찰 배지가 완성된다.

신원확인 과정을 성공적으로 진행하기 위한 전제조건은 이미 부엌 조리대 위에 준비돼 있었다. 검은색 가죽 케이스에는 사진이 붙은 신분증 두 개가 들어 있었다. 금발에서 검은 머리가 된 샘과 민머리에 갈색 눈동자로 카메라 렌즈를 보며 웃고 있는 자신의 것이었다. 가명의 신분증에는 개인 식별번호는 물론 빨간색 대문자로 'POLIS'라는 문구와 그 아래 작은 글씨로 'Polismyndigheten I Stockholms(스톡홀름 경찰청)'이라는 소속이 당당히 찍혀 있었다. 결과적으로 최후의 '일'이 되어버린 그 '일'을 벌이기 직전, 야리는 믿을 만한 동료답게 심혈을 기울여 두 사람의 경찰 신분증을 위조해주었다. 우유 배달원의 운전면허증을 만들어줬던 것처럼.

경찰 배지 하나는 이미 준비돼 있었다. 그리고 술로가 구해준 이 진짜 배지 하나가 지금, 몇 년 전 레오가 수감생활 하던 당시만 해도 세상에 존재하지 않았던 장비의 도움으로 자기복제과정을 진행하는 중이었다.

불과 몇 년 사이에 너무나 많은 변화가 있었다.

레오는 간간이 숨소리 비슷한 소음이나, 바람 소리, 웅얼거리는 소리를 내는 정사각형 기계 가까이 다가갔다.

슐로가 구해준 진짜 경찰 배지를 기계 속에 넣고 스캔하자 3D 프린터가 형태와 크기 색깔을 분석해냈다. 자신이 할 일은 그게 전부였다. 나머지는 기계가 스스로 알아서 했다. 액체금속 프린팅 기술로 기계는 합금 성분으로 만들어진 완벽한 모조품을 만들어 내고 있었다. 그 물건에 똑같이 색깔까지 입히는 기술에 실로 놀라지 않을 수 없었다. 그렇게 1시간 반이 지나자 똑같이 생긴 경찰 배지가 또 하나 늘어났다. 전체적으로 둥근 형태의 황금색 왕관, 파란 바탕색, 그리고 황동색 'STOCKHOLM 4321'이라는 문구까지.

레오는 가죽 케이스를 들고 왼쪽에는 신분증을, 오른쪽에는 배지를 끼운 다음 제복 상의 안주머니에 찔러 넣었다. 이제 크로노베리 경찰청 건물의 어느 문도 무사통과할 수 있게 되었다.

거실 바닥에 깔아놓았던 초배지들을 하나씩 걷어내자 아름다운 나무 바닥재가 새 모습을 드러냈다. 그리고 또 그만큼 초배지 두루마리가 쌓여나갔다. 빈센트는 극심한 통증에도 불구하고 둘둘 만 종이를 딱딱한 쓰레기봉투에 구겨 넣은 뒤 통로로 가지고 나가 현관문을 거쳐 계단에 쌓아놓았다. 거실 나머지 부분에 깔린 종이를 걷어내러 돌아오는 길에 욕실을 지나쳐 왔다. 이반은 작고 섬세한 페인트 브러시로 새하얗게 페인트칠 해놓은 창틀의 마무리 손질을 하고 있었다. 아버지와 아들은 서로를 쳐다보면서도 아무런 말도 하지 않았다. 형사가 남기고 간 적막감은 긴장감으로 이어지고 있었다. 아버지는 대화를 이어 나가보려 애를 썼지만 빈센트는 번번이 자리를 피했다. 괜한 말을 주고받는 과정에서 아버지가 큰형이 무슨 일을 벌이려 한다는 낌새를 눈치채지 못하게 하려면 뭐든 해야 했다.

"빈센트?"

욕실에서 흘러나온 집요한 아버지의 목소리가 또다시 두 사람 사이를 아슬아슬하게 치고 지나갔다.

"난 너도 좋아한다."

그 말에 빈센트가 반응을 보였다.

"뭐라고요? 그게 무슨 말이에요?"

"네가 왜 이러는지 이 애비도 안다는 말이다, 빈센트. 네가 왜 계속 서성거리는지, 왜 내 페인트 통처럼 말이 없는지 말이다."

"무슨 말을 하시는 거예요?"

"먼저, 네 큰형이 출소할 때 교도소로 찾아갔다는 말을 너한테 안 했었지. 그다음에는 그날 저녁 다시 그 녀석을 만났다는 말도 안 했고. 그리고 지금 처음 털어놓는 거지만, 레오하고 난 따로 통화도 했다. 왜 그런 거 있잖냐, 잘 지내냐, 난 잘 있다. 뭐, 부자지간에 나누는 안부 인사 같은 거."

이반은 반짝이는 눈으로 미소를 지어 보였다.

"그래서 우리 막내아들이 좀 질투한다고 해도, 이 애비는 다 이해한다고."

빈센트는 대답 대신 아버지를 빤히 쳐다보았다. 아버지가 그걸 알기나 하세요. 내가 여기 새벽 5시부터 나와 있다는 걸 아시면 어떻게 생각하실 거예요? 큰형 때문에 두 번이나 부숴버린 문짝을 고치고 다듬고 페인트칠까지 다시 했다는 걸 아시면 무슨 생각을 하실까요?

"하지만 말이다, 너도 알다시피 너도 아끼는 내 아들이다, 빈센트."

"아버지. 우리가 같이 일한 지…… 이제 얼마나 됐어요? 고작 두 달 정도 됐어요? 질투심을 느끼기엔 짧은 기간이에요. 아버지가 어떻게 이해하시든 큰형은 저한테 과거에도 그랬고 지금도 그렇고 아버지 이상의 존재예요. 누군가에게 아버지라는 존재가 얼마나 많은 시간을 함께 보내고, 보호해주고, 가르쳐주고, 모범이 되는 사람이냐고 묻는다면 말이에요. 아버지가 그걸, 그 자리를 어떻게 생각하시는지는 전혀 중요하지 않다고요."

"그렇다고 해서 내가 너희들 인생에 대해 신경 쓰지 않는다는 건 아니다. 네 인생에 관해서도 마찬가지고."

"그런 건 아버지가 걱정하실 필요 없습니다."

손이 욱신욱신 쑤셨다.

"아버지?"

"왜 그러냐?"

"형이 그 식당에 찾아간 게 아버지를 이용할 목적이었다고 생각해보신 적은 없어요? 어떻게 지내세요? 전 잘 지냅니다. 이렇게 안부 전화를 하는 게 아버지를 이용하는 것 같다는 생각 말이에요. 우릴 이용했던 것처럼요."

"그게 무슨 말이냐? 그 녀석이 왜 우릴 이용한다는 거야?"

"뭐, 알리바이가 필요해서일 수도 있겠죠."

"빈센트, 이 녀석아! 지금 우리 둘 사이를 갈라놓겠다는 거냐? 이게 무슨 짓이냐? 너까지 그 빌어먹을 여편네처럼 이간질하겠다는 거야, 뭐야?"

마지막까지 남아 있던 종이 뭉치가 점점 두꺼워진 터라 빈센트는 종이를 더 주워 담아야 했다. 쓰레기봉투에 구겨 넣으려고 힘을 줄 때마다 손이 아팠다. 하지만 계속해서 작업을 하고 있으면 아버지와 등을 지고 있을 수 있고, 굳이 서로 쳐다볼 일도 없기에 통증을 꾹 참았다.

"아버지, 큰형이 은행 강도 계획을 짤 때 우린 항상 차고에 모였어요. 굵직한 나무토막 두 개하고 널빤지로 테이블을 만들고 그 위에 커다란 지도를 펼쳐놨어요."

빈센트는 면밀한 조사관처럼 날카로운 아버지의 두 눈을 더 이상 마주할 자신이 없었다. 어렸을 때부터 언제나 진실과 의리를 강요하던 그 눈빛, 막내아들은 자신이 말하고 있는 것보다 큰아들의 계획을 더 많이 알고 있다는 것을 꿰뚫어 볼 수 있는 그 눈빛 때문이었다.

"그리고 지도 위에 10크로나 동전을 올려놨어요. 그건 표적이 되는 은행을 상징하는 물건이었어요. 그리고 도주에 사용하는 차량 위치를 알려줄 때는 미니카를 사용했어요. 그런데 그 지도 속에서 우린 뭐였는지 아세요? 초록색 플라스틱 프라모델 장난감 군인이었어요. 큰형한테 우리는 딱 그런 존재였다고요. 앞으로도 그럴 거고요. 아버지도 마찬가지예요. 그냥 다음 작전에 필요한 장난감 병정에 불과하다고요."

자신의 위치에서 바라본 법원 건물은 마치 기다란 날개를 달고, 기와 얹은 지붕 사이로 지난 백 년의 세월을 간직하고 있는 청동색 탑을 얹은 궁전처럼 보였다.

도보로 불과 몇 분 거리에 있는 쿵스홀름스토리 주차장은 굳이 경찰청 건물 앞에 차를 세우고 내리지 않아도 우아한 건물 안으로 들어갈 수 있을 만큼 가까웠다. 또 그만큼 외부노출을 줄일 수 있었다. 레오는 성격상 긴장하는 일이 거의 없었다. 걱정한다고 문제가 해결되는 건 아니기 때문이다. 그런 그도 지금 이 순간만큼은 신경이 바짝 곤두선 상태였다. 경찰로서 경찰서 건물 안에 첫발을 디디는 순간이기 때문이었다. 제복을 제대로 갖춰 입고 신분증은 물론 배지도 소지하고 있었다. 정확한 압류품 참조번호와 정확한 당번 근무경관의 서명이 적힌 완벽한 요청서도 구비했다. 게다가 외모까지 달라졌다. 그는 자신이 어디로 가야 하는지 잘 알고 있었고 지도상으로 정확한 위치도 외워놓았다. 겉으로 보이는 모든 건 완벽했다. 남들에게 보여야 할 부분만큼은. 단 그에 걸맞게 행동하는 게 관건이었다. 그래야 겉모습뿐만 아니라 남들 눈에도 제대로 된 제복 경관처럼 보이기 때문이다. 애초의 계획은 더더욱 그럴듯하게 보이기 위해 삼과 함께 2인 1조로 움직일 생각이었다. 하지만 혼자 왔다. 삼은 사망한 야리의 자리를 대신하기로 했다. 이렇게 1년 넘게 계획한 그의 미래가 곧 결정될 순간이 찾아온 것이다. 자신이 거쳐야 할 세 개의 관문 중 하나라도 뚫지 못할 경우, 내일이 밝기도 전에 모든 게 무너져 내린다.

경찰차 세 대와 교도소 호송 차량 두 대가 셀레가탄에 있는 법원 중앙출입구 앞에 대기하고 있었다. 그가 예상한 그대로였다. 매일같이 누군가는 자유를 찾고, 누군가는 형을 선고받는 법적인 절차가 진행되는 장소. 판사, 검사, 변호사, 원고 측 변호인, 경찰, 교도관, 그리고 기자들이 피고를 잡아먹거나 '뜯어먹기' 위해 여러 법정에 모여든다.

레오는 보이는 것만큼 육중한 문을 열고 건물 안으로 들어갔다. 컴컴한 복도와 계단을 장식하고 있는 거칠고 낡은 돌들, 법전 위에 세워진 엄격한 교회 같은 분위기에서 끊임없이 탄식이 흘러나오는 것 같았다. 발걸음을 옮길 때마다 소리가 울려 퍼졌다. 먼지도 많고 산소가 부족해 숨쉬기도 힘들어졌다.

대형스피커에서 1층 어느 법정에서 개최될 공판기일에 대한 안내가 흘러나오자 그는 자동으로 천장 쪽으로 고개가 돌아갔다. 몇 달 전 재판 기간에 자신이 앉아 있어야 했던 경비가 삼엄했던 낡은 법정은 몇 층 위였다. 단 한 번도 지금처럼 중앙출입구로 걸어 들어온 적은 없었다. 재판이 있을 때마다 지하에서 올라와 지금 그의 왼쪽으로 보이는 계단을 이용했다. 수갑을 찬 상태로 네 명의 교도관에게 둘러싸인 채.

지하로 통하는 입구는 그가 지금 가려는 곳이다.

경찰서를 들고날 수 있는 통로를 가로막고 있는 문을 향해.

그는 복도 양쪽을 힐끗 살펴본 다음, 앞으로 보이는 행정사무실, 교도관들이 사용하는 감시초소, 그리고 화장실 앞에 짧게 늘어선 사람들을 차례로 살펴보았다. 홀로 돌아다니는 경관을 눈여겨보는 사람은 아무도 없었다.

지하로 이어지는 계단 역시 건물 내부 나머지 공간과 마찬가지로 제아무리 조심스레 발을 떼도 신발 밑창이 바닥에서 떨어질 때마다 소리가 울려 퍼졌다. 경찰서로 연결되는 통로의 문은 그가 기억하고 있는 그대로였다. 그때는 다른 사람들이 카드로 문을 열어주었지만, 지금 이 순간 레오는 앞주머니에서 술로에게 구입한 출입 카드를 꺼내 단말기에 갖다 대고 잠금장치가 찰칵 소리와 함께 풀릴 때까지 잠시 기다렸다.

문손잡이에 손을 대고 살짝 누르자 철문이 스르르 뒤로 밀렸다.

첫 번째 관문 통과.

레오는 먼지도 많고 산소도 부족한 공기를 들이켜며 두 차례 심호흡을 했다. 그런 다음 휴대전화의 타이머 기능을 작동시키고 안으로 들어갔다.

늘 앞뒤로 두 명씩 교도관을 대동하고 들락거리던 곳을 수갑 없이 자유로운 손으로, 죄수복이 아닌 경찰 제복 차림으로 혼자 돌아다니는 기분은 묘하기가 이루 말할 수 없었다.

통로에서 마주치는 첫 번째 교차 지점으로부터 50여 미터 떨어진 위치에서 오른쪽으로 도는데 그 순간 발소리가 들렸다. 두어 명 정도 되는 듯했다. 경로를 살짝 이탈하고 보니 처음에 예상한 숫자보다 훨씬 많은 사람이 걸어오고 있었다. 죄수복을 입은 재소자 두 명이 그를 향해 걸어오고 있었고 그 뒤로 교도관 네 명, 그리고 맨 마지막으로 마주치게 될 인물은 제복 경관이었다.

필요 이상으로 빨리 걸을 필요 없어. 느려서도 안 되고. 엉뚱한 곳을 쳐다봐서도 안 돼. 불필요한 시선 접촉도 피하고.

불과 몇 미터만 걸어오면 그들과 나란히 마주치게 된다.

레오는 재소자들을 향해 고개를 끄덕였다. 하지만 두 사람은 그를 따라 고개를 끄덕이지 않았다. 천 분의 일 초 동안 무언가 심히 잘못됐다는 느낌이 들었다. 뒤이어 경찰 제복이 문제라는 사실을 깨달았다. 재소자들이 경찰을 향해 목례할 일은 없으니까. 교도관들은 딱히 적극적인 반응은 아니었지만 그래도 정중하게 고개를 끄덕였다. 이제 경관 차례였다. 그들은 레오를 동료로서 쳐다보고 있었을 것이다. 그래야만 했다.

짧은 목례.

되돌아오는 짧은 목례.

주고받아야 할 건 그게 전부였다. 성공과 실패의 차이가 딱 그 정도에 불과할 때도 있다.

경관은 목례하기 전에 순간적으로 머뭇거렸다. 지나친 확대해

석일까?

민머리에 눈동자가 갈색인 동료 경관이 아는 사람인지 아닌지 확신하지 못하는 경관으로부터 받는 빌어먹을 목례. 어쩌면 그게 무언지는 몰라도 익숙한 무언가를 알아봤을 수도 있다.

그렇게 그 순간은 지나갔다.

레오는 뒤로 돌아 방금 전 마주친 일행이 계속 가던 길을 가는지 확인하고 싶었다. 하지만 절대 해서는 안 될 행동이었다. 그들의 발소리는 서서히 멀어지고 있었다. 매일같이 그곳을 돌아다니는 사람들이 '허상'에 넘어갔던 것이다.

그는 순간적으로 자신감이 차오르기 시작했다.

스웨덴 전체를 충격에 빠뜨렸던 악명 높은 은행 강도는 단순히 경찰 제복 차림으로 경찰서에 들어온 게 아니었다. 그는 진짜 경관이었고 경관 대접을 받고 있었던 것이다.

두 번째 관문 통과.

60여 미터 앞에 그다음 교차지점이 나왔다. 네 갈래로 갈라지는 곳에서 왼쪽으로 돌아야 한다. 압류품 보관실은 복도 중간쯤이었다. 세 번째이자 마지막 관문인 그곳에 있는 철문을 열고 들어가면 그가 준비해온 서류에 대한 '정밀감식' 과정이 진행될 것이다. 스웨덴 경찰 당국의 관료주의적 체계가 지금까지 그가 준비해온 결과물에 대한 최종 '감정 결과'를 내놓는 순간이 오는 것이다. 보물 상자는 언제나 무지개 끝에 묻혀 있는 법이니까. 그만큼 중요하고 또 어려운 단계였다.

레오는 검지를 들어 초인종을 누르고 벽에 달린 카메라에 신분증을 들이민 다음 문이 열리기를 기다리며 휴대전화의 타이머 화면을 힐끗 쳐다보았다. 법원으로 들어와 압류품 보관실까지 걸린 시간은 1분 15초였다. 그 안에 있는 담당자가 확인절차를 거쳐, 널찍한 앞주머니 안에 반으로 접어 찔러 넣은 서류를 소지하고 있는 그에게 문을 열어줄 때까지 추가로 10여 초가 더 소요되었다.

안으로 들어서자, 이게 가능하기나 한 건가 의심스러울 정도로 심하게 먼지 냄새가 풍겼고 그나마 모자랐던 산소마저 희박하게 느껴졌다. 그는 커다란 보관창고로 이어지는 지하실에 와 있었다. 그곳은 현재 수사가 진행 중이거나, 수사는 종결되었지만 법적인 문제가 해결되지 않았거나, 혹은 수사 진척에 필요하거나, 아니면 사건의 직접증거가 되기 때문에 압류된 수천 개의 온갖 압류물품과 봉투들로 선반이 꽉 들어차 있었다.

나무로 된 카운터 뒤에 한 남자가 서 있었다. 그는 이미 외부에 설치된 카메라를 통해 상대를 확인했을 것이다. 레오가 예상했던 대로 60대 정도로 보였다. 회색 재킷과 체크무늬 셔츠 차림에 민머리인 담당자는 더 이상 폭력 사건을 제압하기도 힘들어 보일 정도로 몸집이 비대했다. 현장근무가 더 이상 불가능해진 경관이 조만간 민간인 신분으로 돌아가기 직전에 마지막으로 거치는 종착지였다. 그가 하는 일은, 지금 그곳을 찾은 '방문객'이 가져가게 될 갈색 봉투와 그 방문객이 내일 다시 돌아와 찾아가게 될 여러 개의 갈색 봉투처럼 자리를 지키는 것이었다.

"여기 요청서입니다……."

레오는 종이를 펼쳐 카운터 위에 내려놓았다.

"압류품 참조번호는 2017-0310-BG4743입니다."

나이든 경관은 민머리에 걸치고 있던 돋보기를 콧날 위로 내리고 레오가 작성해 온 요청서를 찬찬히 살펴보았다.

"신분증은?"

제복 차림의 방문객은 야리가 구해온 신분증과 식클라의 임시 거처에서 자신이 직접 만든 배지가 들어 있는 검은색 가죽 케이스를 꺼냈다.

"우리 전에 만난 적 없지? 그렇지 않은가?"

가죽 케이스는 노 경관이 신분증에 나와 있는 페테르 에릭손이라는 이름의 신분증 사진과 눈앞에 있는 실물을 번갈아 보는 동안 그의 손에 들려 있었다.

"그럴 겁니다. 전 외레브로에서 왔습니다."

"외레브로라고? 그럼 사케는 알겠군. 안 그래?"

"사케 경관님이오?"

"그래."

레오는 상대가 던진 질문의 의도를 저울질해보았다. 면담조사실에서 나온 질문이었다면 대답의 사실 여부를 정조준한 질문이었을 것이다.

"경관님 연배랑 비슷한 분 말씀이신가요?"

하지만 두 경관 사이에 주고받는 질문은 단지 친근감의 표시일 뿐이었다. 다른 거라고는 오직 참조번호가 전부인 천편일률적인 갈색 봉투들에 둘러싸인 노 경관의 시간 때우기에 불과했다.

"그래, 맞아. 80년대에 그 친구랑 순찰도 참 많이 다녔는데."

거리에서 순찰을 돌며 사람들과 세상을 접하다 창문도 없는 지하실 콘크리트 방으로 내려오게 된 노 경관은 선반들이 여러 줄로 놓여 있는 통로 안으로 사라지며 말했다. 레오는 바로 그 안쪽으로 로센그렌스 금고들이 놓여 있을 거라 추측했다. 압류품 중에서 값나가는 물건들이 담겨 있는 금고. 하지만 그중 하나에는 세상에 없는 물건이 보관돼 있다. 그리고 그 금고는 다음 날 10분이라는 시간 동안 반출될 터였다.

"그런데 뭐 여기선 그럴 일이 없더라고."

카운터 위에 봉투를 내려놓기 전에 위아래로 뒤집어보는 노 경관의 손길은 마치 잘 조율된 음계 같았다.

"그리고 여기에 자네 서명."

서명란을 가리키는 그의 손동작은 격자무늬를 만드는 가느다란 선 같았다. 날짜와 참조번호는 왼쪽에, 계급과 서명은 오른쪽에. 레오는 자신보다 앞서 그곳을 찾았던 진짜 경찰이 남겨놓은 기록을 재빨리 살펴보았다. 그는 서명을 마치고 노 경관에게 볼펜을 건넸다.

"혹시 사케 경관님을 뵙거든……."

"뭐라고?"

단순히 시간을 때우려고 시작한 한쪽의 우호적인 대화는 친근한 기억을 남기려는 다른 쪽의 우호적인 대화로 이어졌다.

"어느 분이 안부 전하신다고 말씀드릴까요?"

"안부는 무슨 얼어 죽을 안부. 됐네. 내가 여기서 이 신세로 지내고 있다는 거 알릴 마음 없어."

"알겠습니다. 그럼 어느 분이 안부 안 전하신다고 말씀드릴까요?"

노 경관은 깃털처럼 가볍지만 가운데가 불룩 튀어나온 봉투를 내밀며 대답했다.

"오스카슌."

"즐거운 하루 보내세요, 오스카슌 경관님."

휴대전화의 타이머 확인 결과, 먼저 온 다른 경관이 없을 경우 압류물품을 손에 쥘 때까지 걸리는 시간은 4분 20초였다. 그리고 복도로 다시 나와 지하 출입구를 통해 법원으로 되돌아오는 데 걸리는 시간은 1분 10초. 단, 다른 사람과 마주치지 않는다는 조건에서였다. 셀레가탄에서 쿵스홀름스토리로 걸어가 주차해놓은 렌터카까지 가는 데 걸리는 시간은 2분 35초였다.

운전석 쪽 보도블록 위에 쓰레기통 하나가 비치돼 있었다. 레오는 불룩한 봉투를 열고 물건을 꺼냈다. 베르사체 선글라스 하나가 나왔다. 그는 선글라스와 봉투를 쓰레기통 속에 던져 넣었다. 그것들은 빈 맥주 캔과 바나나 껍질 사이로 떨어졌다. 알바니아 마피아에게 구입한 고가의 노트북을 통해 무작위로 고른 수사 중인 사건의 증거품이었다. 마지막 관문 앞까지 가기 위한 단순한 도구에 불과했다.

모든 게 예상대로 진행되었다.

이제 작전의 두 번째 단계를 실행해야 할 시간이었다. 가짜 단서를 남겨 브론크스를 멀리 보내버리는 것. 내일 오후 1시 50분, 그가 진짜로 원하는 압류물품을 회수해 가기 위한 작전이었다.

툼바 1:21

모니터에 뜬 검색결과는 단순한 지명과 숫자가 전부였지만 해석할 방법이 없었다.

하지만 몇 시간에 걸쳐 공개, 비공개 자료를 샅샅이 훑어본 결과는 그 지명과 숫자가 전부였다.

브론크스는 자신의 형을 찾아갔었다. 형은 처음에 거짓말을 하더니 곧이어 그의 죄책감을 무기로 공격해왔다. 돌아오는 길에 페리 관리인을 찾아갔고 형이 강도 사건에 연루되었을 가능성을 암시하는 영상을 두 눈으로 확인했다. 치명적인 결과였다. 생물학적인 관계보다 경찰로서의 수사가 먼저라는 결론에 이르자 브론크스는 자신의 형인 삼 라셴과 레오 뒤브냑의 범죄공모가 교도소에서부터 이미 시작되었다고 추정했다. 삼이 출소한 뒤, 하나는 교도소에서 작전을 짰고 다른 하나는 밖에서 계획을 실행에 옮겼던 것이다. 그렇게 오랜 시간 동안 바깥세상에서 준비하고 있었다면 분명 어느 순간에는 흔적을 남기기 마련이다.

그리고 그 흔적이 바로 모니터에 떠 있다.

그가 지금 들여다보고 있는 모니터 속의 글자는 부동산 등기부 등본에서 찾아낸 이해할 수 없는 자료였다.

스톡홀름 남부에서 10여 킬로미터 떨어진 곳에 있는 툼바의 어느 부동산이 그들의 연결고리였다.

형에게 아르뇌에 집이 한 채 있다는 건 이미 아는 사실이었다. 그런데 또 다른 집이 있었다는 건 전혀 모르고 있었다. 그리고 문제의 그 집인 툼바 1:21은 형이 교도소에서 복역 중에 취득한 부동산이었다.

매수인: 삼 조지 라센

매도인: 스웨덴 재산 강제집행기관

거래목록을 뒤로 넘기던 중 또 하나의 이름을 발견했다.

전 소유주: 레오 이반 뒤브냑

그곳은 뒤브냑에게 있어 연쇄 은행 강도행각을 벌이는 동안 머물렀던 단순한 주거지가 아니었다. 작은 집과 커다란 차고는 위장 건축회사 뒤에 숨어서 전체 작전의 두뇌이자 심장 역할을 했다.

그가 지금 앉아 있는 식당 창문으로 몸만 살짝 기울이면 바로 작은 주택과 커다란 차고가 한눈에 들어왔다. 등기부 등본 자료에서 다운받아 모니터 화면으로 본 그 집과 현실 속 집은 완전히 닮은꼴이었다. 옆에 있는 커피 잔은 손도 대지 않은 상태였다. 툼바에 위치한 로반 피자가게에 자리를 잡고 앉은 건 커피를 마시고 싶어서가 아니었다. 바로 그 시각, 집에 아무도 없는지를 확인하기 위해서였다. 그렇게 주요 간선도로 반대편에서 45분간 문제의 집을 지켜본 끝에 아무도 없다는 확신이 들었다. 커튼도 없는 창문 너머로 아무런 움직임도 감지되지 않았고 그곳을 찾는 차도 없었다. 브론크스는 노트북을 닫은 다음 건드리지도 않은 커피 값 15크로나의 두 배가 되는 30크로나를 테이블 위에 올려놓고 파란 철판으로 지어진 건물에 딸린 작은 쇼핑몰 주차장으로 걸어갔다. 노트북은 밖에서 보이지 않도록 앞좌석 밑에 집어넣었다. 경찰이 사용하는 컴퓨터는 범죄자들에게는 탄창까지 꽉 채운 총보다 훨씬 위력이 강한 무기가 될 수 있기 때문이다. 그는 교통량이 많은 길 앞에서 기다리다 적당한 기회에 뛰는 걸음으로 길을 건넜다. 짧은 구간을 걷는 동안 지어진 지 한 세기도 넘어 보이는 초록색 나무 울타리로 둘러싸인 아담한 집을 지나쳤다. 철조망이 가리고 있는 문 앞으로 아스팔트 진입로가 보였다. 뒤브냥 일가를 일망타진했던 몇 년 전과 달라진 게 거의 없어 보였다. 대형 차고는 자물쇠로 잠겨 있었다. 그는 쌓여 있는 타이어를 밟고 올라가 측면에 있는 타원형 유리창으로 안을 들여다보았다. 차량 다섯 대 정도가 들어갈 만한 공간은 텅 빈 채 불도 꺼진 상태였다. 집 주변을 돌며 확인한 결과 나머지 방도 마찬가지였다. 부엌 레인지 앞에 있는 낡은 소파를 제외하면 가구 하나 보이지 않았다. 한동안 아무도 살지 않은 게 분명했다.

그런데 형이 왜 이 집 주인이 된 거냐고?

현관문에 달린 다이아몬드 형태의 유리창에 길게 난 균열에 햇살이 어지럽게 반사되었다. 그는 돌멩이 하나를 손에 들고 유리창을 깨뜨렸다. 두 번 정도 더 내리쳐 날카로운 조각들을 걷어낸 뒤 팔을 안으로 밀어 넣자 문손잡이가 손에 닿았다.

그런데 놀랍게도 좁다란 통로에 방문객의 흔적이 남아 있었다.

운동화 고무 밑창이 남긴 것으로 보이는 여러 개의 족적은 상당히 선명했다. 모양으로 보아 적어도 두 명 이상이 최근에 그곳을 다녀간 게 분명했다. 발자국은 유독 한 방향으로 이어지고 있었다. 통로 끝에서 바로 왼쪽에 있는 게스트 룸으로.

브론크스는 천장에서부터 구불구불한 매듭으로 이어진 전선에 달린 전구를 켰다. 그런데 안으로 들어가기 전부터 무언가가 그의 시선을 끌었다. 바닥에 깔린 타일 하나가 살짝 튀어나와 있었다.

그는 허리를 숙여 타일을 움직여 보았다. 그런데 하나뿐만이 아니라 옆에 있던 타일 역시 헐거운 상태였다. 반대편 타일 두 개도 마찬가지였다. 그는 하얀색 타일 두 개와 검은색 타일 두 개를 이리저리 움직여 위로 들어 올렸다.

그러자 콘크리트 속에 박혀 있는 둥그런 철제 손잡이 두 개가 모습을 드러냈다. 그는 손잡이를 잡고 위로 들어 올렸다. 타일 크기와 똑같은 콘크리트 덩어리가 손에 딸려 올라왔다.

그는 아래를 내려다보았다.

금고문이었다.

누군가 여기에 금고를 묻어놨어.

지난번에는 없던 것이었다. 아니면 그때 발견하지 못한 거였을까?

손잡이를 돌려보았다.

손잡이가 돌아갔다.

문을 열어보니 비어 있다.

브론크스는 손가락 끝으로 검은 벨벳 천으로 덮여 있는 금고 바닥과 벽면을 더듬어보았다. 그리고 아래서 들리는 소리에 귀를 기울였다. 지하에서 윙윙거리는 소리가 흘러나오는 것 같았다. 그런데 그 집은 지하실이 따로 없었다.

브론크스는 주먹으로 금고 바닥을 살짝 두드려보았다. 그러다 주먹으로 쿵쿵 내리치기도 했다. 하지만 달라지는 건 없었다. 그는 두 팔을 벌리고 상체의 힘을 이용해 바닥을 눌러보았다. 여전히 똑같았다.

또다시 이상한 소리가 들리기 전까지는.

짧은 쇳소리 같은 기침 소리로 끝나는 게 꼭 기계장치 같았다.

그 아래 무언가가 있다는 뜻이었다.

이 작은 집 어딘가에 분명 비밀통로가 있었다. 지하로 들어가는 출입문은 그곳이 아닐 수도 있다. 그 출입문을 찾기 위해 게스트룸에서 나가려던 순간, 창문 위쪽 벽에 붙어 있는 접속 배선함 밖으로 튀어나온 전선 두 개가 그의 시선을 끌었다. 그는 감전의 위험을 피하기 위해 조심스레 플라스틱 뚜껑을 잡고 전선을 옆으로 치운 다음 혹시 안에 뭐가 들어 있는지 살펴보았다.

역시 아무것도 없었다.

그런데 전선 두 개가 우연히 서로 맞부딪히는 순간, 또다시 기

계 소리가 들렸다. 분명했다. 윙윙거리는 소리보다 훨씬 묵직했
다. 하지만 전선을 떼어내자마자 소리가 멈췄다.

소리의 진원지는 금고였다.

브론크스는 다시 금고를 확인해보았다. 금고 바닥이 대략 7에
서 8센티미터 정도 낮아진 것 같았다. 그는 손을 밀어 넣고 빈 공
간이 있음을 확인했다. 그래서 배선함으로 되돌아와 또다시 전선
두 개를 맞물려 보았다.

예상대로 기계 소리가 이어졌고 금고 바닥이 점점 더 어둠 속으
로 가라앉았다.

가장 먼저 감지한 것은 냄새였다. 총기 소제에 사용하는 윤활유
가 확실했다.

그는 휴대전화 플래시로 아래를 비춰보다가 불빛을 반사하는
철제사다리를 발견했다. 그리고 그 위에 무언가 달려 있는 것도
찾아냈다. 브론크스는 손을 내밀어 달려 있는 걸 붙잡았다. 일반
전기 콘센트에 꽂는 플러그였다. 그는 코드를 끌어다 게스트 룸에
있는 콘센트에 꽂았다.

강렬한 불빛이 들어왔다.

그 불빛에 의지해 브론크스는 일곱 계단 아래 바닥으로 내려갔
다. 그리고 한참 동안 멍하니 서서 두리번거리기만 했다.

네 개의 벽면을 둘러싼 나무 선반 위로 3센티미터 간격으로 홈
이 파인 널빤지가 두 개 달려 있었는데, 동일한 간격으로 늘어선
그 홈의 수가 수백여 개는 되어 보였다.

그제야 자신의 눈앞에 있는 물건의 정체가 무언지 서서히 그림

이 그려졌다.

총기 거치대.

AK4는 위쪽에, 자동소총은 아래에 총열을 홈에 기대 세운 채로 그 자리에 서 있었던 것이다.

우리가 위쪽을 수색하는 동안.

브론크스는 윤활유 냄새가 강렬하다는 것을 감지했다. 최소 두 명 이상이 최근 이곳을 다녀갔음을 뜻하는 발자국이 어지러이 찍혀 있었다.

그는 지금 비밀지하 창고에 서 있었다. 누군가 최근 거기 있던 자동화기들을 다른 곳으로 옮겼다. 사설 군부대 하나를 조직하고도 남을 정도로 많은 자동화기를.

도대체 이 물건들로 무슨 짓을 벌이려는 거지?

흙과 점토로 빚은 테라코타는 이미 천 년 전부터 불과 열기를 막아주는 보호막 역할을 해왔다. 갈색 혹은 오렌지색 테라코타 타일들이 트럭 화물칸 바닥, 측면, 후면을 보호하기 위해 나란히 줄지어 쌓여 있었다. 딱 한 번, 은행 강도 혐의로 그를 기소하는 근거로 사용되었던 총들은 그렇게 쌓인 테라코타 타일 안에서 타들어 갈 듯한 테르밋 불길에 휩싸여 녹아내릴 터였다. 하지만 트럭은 멀쩡할 것이다.

그는 과거를 짓밟을 생각이었다. 그래야 그 과거가 자신이 사라진 뒤에 남게 될 두 동생을 괴롭히지 않을 테니까.

증거가 감쪽같이 사라지는 것이다. 그런 이유로 테라코타 타일이 필요했다. 테라코타는 고온의 열을 막아주는 보호막 역할을 할 뿐만 아니라 3천 도의 뜨거운 열을 가둬두는 욕조 역할도 한다. AK4 소총, 기관단총, 자동소총들이 바로 그 '욕조' 안에 담겨 있다. 거의 2백여 정 넘는 총들이 트럭 화물칸 전체에 차곡차곡 쌓여 있었다.

레오는 헛간 안에 세워둔 트럭을 한 바퀴 둘러보았다. 헛간 안에서는 건초 냄새를 비롯해 작업하는 내내 낡은 거즈를 계속 떠올리게 하는 그런 냄새가 풍겼다.

그의 휴대전화는 작업대로 사용했던 벤치 옆 접의자 위에 놓여 있었다. 휴대전화에서 몇 분 간격으로 두 번에 걸쳐 짧은 알림이 울렸다. 이번에는 진짜이기를 바랐다. 밤사이 동작 감지 카메라를 작동시킨 빌어먹을 새가 아니라 그가 찾는 바로 그 인간이기를.

그는 작은 화면에 재생되는 동영상을 확인해보았다.

사람이었다.

위에서 비스듬한 각도로 찍힌 감시 카메라 영상 속에서 욘 브론크스가 작은 집 부엌 창문 안을 들여다보고 있었다. 레오가 지금 이곳으로 옮겨오기 전까지 비밀지하 창고에 문제의 총들을 숨겨뒀던 바로 그 집이다. 브론크스는 현관문으로 들어가려다 잠겼다는 사실을 인지하고 돌멩이를 들고 다이아몬드 형태의 창문을 깬 다음 문을 열고 들어갔다.

두 번째 카메라 영상은 집 안에 남겨둔 단서를 브론크스 형사가 찾아내는 과정을 보여주었다. 비밀지하 공간을 발견할 수 있도록 일부러 살짝 어긋나게 덮어놓은 바닥 타일과 일부러 열어놓은 접속 배선함을 통해 브론크스는 레오가 예상했던 대로 텅 빈 비밀지하 창고를 찾아냈다.

당신이 찾는 총들, 그건 처음부터 지금까지 바로 그 자리에 있었어. 당신 발밑에.

레오는 영상을 정지시키고 헛간을 다시 한번 둘러보았다.

지난번 무기 은닉처의 주요지점을 포착하는 데는 감시 카메라 두 대로 충분했다. 그리고 새로운 은닉처인 이곳에도 두 대면 충분할 것 같았다. 하나는 헛간 문 위에, 다른 하나는 입구 주변에. 툼바의 집이 브론크스에게 출발점이었다면 헛간은 분명 종점이 될 것이다.

트럭 화물칸 정중앙, 어마어마하게 쌓아둔 총기 더미 한가운데에는 상자 하나가 놓여 있었다. 빨간색 휴대전화를 신발 상자 위에 올리고 회색 테이프로 칭칭 감아놓은 물건이었다. 레오는 황록색과 빨간색, 파란색 전선을 확인해보았다. 전선 세 가닥은 휴대전화 뒷면에서부터 상자 안에 들어 있는 계전기를 거쳐 배터리와 연결된 상태였다.

겉으로 보면 사제폭탄 같아 보이지만 사실, 누군가 사전에 입력된 정확한 번호로 전화를 거는 순간 작동하는 어댑터였다. 그러면 계전기가 돌아가고 신발 상자에서부터 트럭 지붕에 올려둔 테르밋 용기에 전류가 흐르게 된다.

그러면 불과 몇 초 사이에 불꽃이 일고 열이 가해지면서 용기 안에 들어 있는 물건에 불이 붙는 것이다. 테르밋 파우더 25킬로그램에.

제대로 작동하는지 이미 5백 그램으로 실험을 거친 상태였다. 결과는 코미디 같았다. 그는 자동소총 두 정을 꺼내 테라코타 욕조 안에 던져 넣어 보았다. 그리고 자리에 앉기도 전에 총들은 걸

쭉한 쇳물로 변해버렸다. 열이 점점 퍼지자 거대한 폭죽에 불을
붙인 것 같은 일이 일어났다. 위험하진 않았지만 순간적으로 눈부
실 정도로 하얀 섬광이 일어났다.

그는 2백여 정의 자동화기를 싣고 있는 트럭을 쳐다보았다. 테
르밋 파우더가 액화처럼 쏟아져 내릴 것이고, 아마 그곳에 발을
들인 감식반원들은 쇳물이라는 악몽을 경험하게 될 것이다. 지문
을 깨끗이 지워버리는 쇳물 속에서.

그가 만든 건 살상용 폭탄이 아니었다. 하나의 볼거리를 제공하
는 불꽃놀이였다.

비밀지하 창고.

브론크스는 벌써 1시간째 철제사다리 가로대 위에 걸터앉아 있었다. 싸늘하고 축축하고 갑갑한 것도 느끼지 못하고 그는 지난 수년간 레오 뒤브냑이 비밀지하 창고에 2백여 정이 넘는 자동화기를 숨기고 있었다는 정보를 어떻게 처리해야 하나 고민하고 있었다. 그리고 그 집의 소유권은 자신의 형인 삼 라셴에게 넘어간 상태였고 삼과 레오는 최근 그곳에 찾아와 모든 무기를 다른 곳으로 빼돌린 게 분명했다. 공식적인 수사를 일단 피하고 보자는 결론을 내린 그는―삼이 과연 어디까지 연루되어 있나 파악할 때까지 혼자 움직이기 위해서―안면이 있는 대형 통신사 담당자들에게 전화를 걸었다.

제가 지금 전화를 걸고 있는 이 전화기 위치를 삼각측량으로 알아보고 싶습니다. 세 번째 통화에서 결국 원하는 답을 얻어냈다.

위치가 파악됐으면 지난 며칠간 그 지점에서 수발신된 통화목록을 좀 알고 싶습니다. 예상은 정확했다. 똑같은 위치에서 발신된 번호 하나가 나왔던 것이다. 통신사와 서비스 계약을 맺지 않은 휴대전화번호였다. 반대로 수신자는 서비스 계약을 맺은 정상적인 번호였다. 등록된 기록에 따르면 번호 소유주는 이반 뒤브냑이라는 사람이었다. 그리고 삼각측량 결과, 그가 전화를 수신한 지역은 스칸스툴 인근에 있는 헝가리 식당이었다.

이반 뒤브냑.

레오 뒤브냑은 북유럽 최대 개인 무기보관소를 철저히 비우는 동안 자기 아버지에게 전화를 걸었다. 마지막으로 은행을 같이 털었던 공범에게.

결코 우연이 아니었다.

서로 연락을 주고받고 있었다. 두 사람은 연관돼 있다. 그리고 한 배를 타고 어딘가로 가고 있고 삼이 그 배에 같이 올라탄 상황이었다.

브론크스는 확신이 들었다. 아버지의 전화를 감청해서 레오와 삼이 무기를 어디로 빼돌렸는지 알아내야 한다. 동료들이 수사에 개입하는 상황을 피하려면 한동안은 그런 식으로 움직여야 한다.

비공식적으로 통신사 세 곳에 전화를 건 뒤, 다시 한번 전화통화를 했다. 지난번에 그래 주셨던 것처럼 도·감청 영장 하나만 써 주시면 좋겠습니다. 혐의에 대한 언급도, 죄목에 대한 언급도 없는 영장 말입니다. 몇 년 전, 그는 지금 통화 중인 검사를 설득해 연방 은행 본점에서 현금수송을 담당하는 경비원 휴대전화에 대한 도·감청 영장을 받아낸 적이 있었다. 그때도 해주지 않았습니까. 날 믿으셨으니 말입니다. 그 덕에 1억3백만 크로나를 지켰고 경력에 도움도 되지 않으셨습니까?

브론크스는 철제사다리에서 일어나 비밀지하 공간의 천장에 거의 손이 닿을 정도로 기지개를 켠 뒤 검사로부터 전화가 걸려오기를 기다렸다.

그런데 또다시 아래서 기계 소리가 들려왔다.

그제야 알 수 있었다. 어딘가에 펌프가 설치돼 있다는 것을. 호수부지에 지어진 터라 행여 물이 밀려 들어올 위험을 사전에 방지하기 위한 전제조건이었다. 못마땅하긴 했지만 대단히 영리한 해결책이라는 건 인정할 수밖에 없었다.

그는 다시 위로 올라왔다. 콘센트에 꽂혀 있던 코드를 뽑아 아래로 떨어뜨린 다음 벽에 붙어 있는 접속 배선함의 전선을 맞물려 비밀지하 창고로 이어지는 문을 닫은 다음 콘크리트 뚜껑을 덮고 흰색과 검은색의 바닥 타일 네 장을 가지런히 깔았다. 그가 거기 왔었다는 사실을 아무도 몰라야 한다. 자신이 앞으로 뭘 어떻게 할지도 모르는데 다른 사람이 무언가를 알아가게 놔둘 수는 없었다.

"브론크스 형사님?"

검사가 다시 전화를 걸어왔다.

"네."

브론크스는 통로를 거쳐 현관문 밖으로 나와 바람 소리와 뒤섞이게 될 상대의 목소리를 기다렸다.

"좋습니다. 영장 발부해드리지요. 대신 이제부터 그럴듯한 결과를 내놓으셔야 합니다."

"적어도 지난번만큼 검사님 경력에 도움이 돼드리도록 하지요."

그는 발걸음을 옮겼다. 울퉁불퉁한 아스팔트 안마당을 지나 출구로 향했다. 철조망을 보고 있으니 교도소가 떠올랐다. 브론크스는 검사로부터 원하는 것을 얻어냈다. 도·감청할 수 있는 권한을.

이제 레오 뒤브냑의 범죄계획 속으로 들어가는 길이 열린 것이다.

정보과 수사관은 전화가 연결되자마자 그 즉시 알렸다. 브론크스는 소식을 듣자마자 득달같이 뛰어나와 폴헴스가탄에 있는 연방경찰청사로 향해 엘리베이터를 타고 9층으로 올라갔다.

"아버지, 저예요. 시간 있으시면 같이 어디 좀 가실래요?"

제법 나이가 든 담당 수사관은 도·감청실 의자에 구부정히 앉아 수발신되는 전화 내용을 분석하고 있었다. 전자지도상에 쇠데르말름의 요한네스호브스브론 북부교각 인근에 빨간 점이 반짝였다.

"시간? 시간이야 있지. 지금 앉아서 커피 한잔하는 중이다. 평소처럼."

수사관은 키보드 맨 윗줄에 있던 키 하나를 눌러 재생을 정지시키고 브론크스를 쳐다보았다.

"전화가 올 때마다 형사님한테 연락 달라고 하셨지요? 첫 통화는 48초간 지속되었습니다."

구부정하게 앉아 있던 수사관은 모니터 화면을 가리키며 말을 이었다. 반짝이는 점 아래로 검은 선이 시간대로 펼쳐져 있었다.

"전화를 받은 수신자 위치가 여기입니다. 예트가탄 끝에 있는 건물이오."

"들었냐, 레오? 술은 한 방울도 입에 대지 않는다고."

"좋아요. 잘하고 계시네요. 몇 시간 뒤에 모시러 갈게요."

"어디로 가는 건데?"

"뭐 보여드릴 게 있어서요."

"그게 뭔데?"

"우리 미래요. 7시 정각에 현관으로 나오세요."

브론크스는 전자지도가 펼쳐진 모니터를 향해 고갯짓했다.

"저 사람, 아직 그 자리에 있습니까?"

"누구요?"

"전화 수신한 사람 말입니다. 우리 수사 대상자요."

통화 내용은 물론 통화자의 음역과 억양까지 분석하는 전문가는 씩 웃기만 했다.

"형사님이 제시한 영장은 전화통화 내용에 대한 도·감청입니다. 이 사람이 전화통화를 하지 않을 때의 위치나 행방을 알아내는 건 직권남용입니다."

"하지만 수사관님은 볼 수 있지 않습니까?"

"그렇지요."

"어디서요?"

"다른 방에서요. 굳이 말씀드리자면, 공식서한 같은 걸 받았을 때 특정 번호의 전화 신호를 상시로 받아 이동 경로를 확인할 수 있습니다."

브론크스는 미소를 지었다. 두 사람은 나름의 방식으로 문제를 해결한 셈이었다. 브론크스에게 거의 아버지뻘 되는 노 수사관은 한때 현실 세계에서 꽤 유능한 경찰이었지만 지금은 머리에 헤드셋을 걸치고 창문도 없는 골방 같은 곳에서 온종일 앉아 있어야 했다. 예전처럼 현장을 누비고 싶은 마음은 그 누구보다 간절했을 것이다. 하지만 꼿꼿한 허리와 젊고 힘찬 두 다리가 없었다.

"왼쪽으로 문 세 개 지나쳐 가면 방 하나가 나옵니다. 나가시는 길에 우연히 거길 들르시거든 가운데 있는 모니터 화면을 한번 보고 가기 바랍니다. 난 형사님이 어디 있는지 모를 테니까요. 여기 좀 더 앉아 있을 생각이거든요."

"거기 들를 일은 없을 겁니다. 잘 아시지 않습니까."

브론크스는 "행운을 빕니다, 브론크스 형사"라는 노 수사관의 말이 채 끝나기도 전에 이미 복도로 나간 뒤였다. 이반 뒤브냑을 뒤쫓다 보면 그토록 원했던 레오 뒤브냑의 범죄계획을 들여다볼 수 있게 되는 것이다.

그 빌어먹을 총들의 은닉처가 점점 가까워지고 있었다.

10분.

11분.

12분이 지났다.

아버지는 약속에 늦고 있었다. 최대한 아버지의 편의를 고려해 결정한 시각과 장소였다. 7시 정각에 현관으로 나오세요. 그렇게 날아가는 시간은 누군가에게는 대수롭지 않을 수도 있지만, 당사자에게는 시커먼 매듭처럼 가슴을 틀어막다가 목구멍 위로 솟구쳐 올라오는 일종의 압박감으로 작용하기에 충분했다. 게다가 꽉 끼는 모자 속 머리가 간지럽다 못해 이제는 아예 불덩어리가 이리저리 옮겨 다니는 느낌이 들 정도였다.

레오는 부옇게 성에가 낀 차창으로 흐릿하게 보이는 드라바 식당을 유심히 들여다보았다. 호기심 많은 주인과 그 아내가 보였다. 창가 가까운 자리에 앉은 젊은 커플은 고기 요리를 열심히 씹고 있었다. 조금 떨어진 곳에는 나이가 지긋한 남성이 카운터에 기대서서 맥주잔이 채워지기를 기다렸다가 혼자 차지하고 앉은 자신의 테이블로 조심스레 가져와 앉았다.

하지만 아버지는 보이지 않았다.

빌어먹을 13분을 기다렸다. 세상에 존재하지 않는 것을 되찾아야 하는 결정적인 순간이 채 하루도 남지 않은 시점이었다.

혼자 하는 일에서 스트레스를 받은 적은 없었다. 자신이 통제하고 관리하면 그만이니까.

가슴이 갑갑해지고 머리가 가려운 것은, 자신이 그리고 계획한 작전을 완성하기 위해서 아버지 같은 외부 요인에 의지해야 하는 이 같은 상황 때문이었다.

레오는 두 차례에 걸쳐 아버지와 직접 통화를 했다. 한 번은 거짓 단서를 흘리기 위해서, 또 한 번은 거짓 단서를 작동시키기 위해서.

첫 통화지점은 무기 은닉처였다. 레오는 브론크스가 총격 사건 현장에서 수거된 자동소총을 조사하다보면 정상적인 수사 과정을 조금만 거쳐도 삼의 소유로 넘어간 그 집을 찾아낼 거라 판단했다. 그래서 그 집에 들어가 도·감청이 가능한 전화번호로 통화 추적이 가능할 만큼 충분히 길게 전화를 걸었던 것이다. 그다음은 감시 카메라가 소식을 알려줄 때까지 기다리기만 하면 그만이었다. 브론크스가 어떻게 현관 유리창을 깨고 들어갔는지, 들어간 다음은 의도적으로 흘린 단서를 발견하고 얼마나 좋아하는지 확인하면서.

두 번째 통화는 몇 시간 전이었다. 그 이후 이어진 경찰 수사를 통해 이쯤이면 도·감청 작업에 착수했을 거라 판단해도 무리가 아닐 것 같은 시점을 계산한 것이었다.

레오는 멀리 정면으로 보이는 한 건물에 달린 디지털시계 전광판을 흘깃 쳐다보았다. 거짓 단서를 완벽히 작동시키는 게 얼마나 중요한지 전혀 모르고 있는 사람을 기다리는 동안 약속 시각은 14분이나 넘어 계속해서 흐르고 있었다.

그때 아버지가 도착했다. 순간 가려움이 멈추고 가슴에 느껴지던 압박감도 가벼워졌다. 아버지는 어디선가 홀연히 나타난 사람처럼 드라바 식당 문을 열고 나왔다. 다소 강한 바람에 코트가 휘날렸고 입술 사이에 빨간 불이 보였다.

레오는 아버지를 향해 상향등을 두 번 깜빡였다.

아버지는 강렬한 불빛을 발견하고 맨홀에 담배꽁초를 던졌다.

"14분 30초나 늦으셨어요."

"커피 때문이다. 돈을 냈으니 마시긴 해야지. 그리고 화장실도 갔다 왔고. 그런데 저 빌어먹을 주인 녀석이 잔돈까지 일일이 다 확인해서 담지 뭐냐."

이반은 조수석에 털썩 주저앉으면서 차 문은 그대로 열어두었다. 그렇게 하면 자신이 발을 동동 구르며 큰아들의 전화를 기다린 것은 아니라는 걸 강조할 수 있다고 여기는 듯 보였다.

"그런데 14분 30초라니? 그게 무슨 뜻이냐? 어디 늦기라도 한다는 말이냐?"

"문부터 닫으세요."

"날 보자고 하지 않았냐? 난 그 소릴 들으니 기분이 좋았다. 그런데 그 14분 30초라는 시간이 뭐가 그렇게 중요한지 알면 더 좋을 것 같구나."

"그게 무슨 말씀이세요?"

"웬 형사가 네 동생과 내가 일하는 작업장까지 찾아와 질문 공세를 퍼부었다. 너에 대한 걸 꼬치꼬치 캐물었다는 말이다, 레오. 몇 월, 며칠, 몇 시경에 어디에 있었느냐, 누구랑 있었느냐, 확인해줄 사람은 있느냐, 그런 거 말이다. 빈센트가 그런 상황에 놓이면 얼마나 신경이 날카로워지는지 너도 잘 알지 않냐? 다른 이들은 그런 반응을 나름대로 해석하는 법이다."

이반은 문손잡이를 잡고는 있었지만, 안으로 당겨 문을 닫지는 않았다.

"그런데 그 다른 이가 정말 자기 나름대로 해석해버리면……."

"추워요, 일단 문부터 닫으세요."

"사실도 사실이 아닌 게 될 수 있다. 그 느낌도, 그러니까 이용당한다는 느낌도 마찬가지다. 알아듣겠냐?"

레오는 아버지 쪽으로 몸을 기울여 창틀을 붙잡고 조수석 문을 직접 닫았다.

"가요."

"그건 그렇고, 춥다니? 아니, 너 지금 모자도 쓰고 있구나. 실내에서 말이다! 진정한 남자는 반바지 따위를 입고 돌아다니는 거 아니라고 내가 가르치지 않았냐? 진정한 남자는 실내에서 빌어먹을 모자 같은 것도 걸치지 않는다고 말이야!"

레오는 어깨를 한 번 들썩이고는 회색 털모자를 벗고 자신의 민머리를 드러냈다.

"이게 이유예요. 이제 됐죠? 말싸움은 여기까지만 하시죠. 운전해야 하니까요. 저하고 이런저런 이야기 하면서 시간 보낼 마음이 있으시다면요."

이반은 한참 동안 아무 말 없이 큰아들을 쳐다보기만 했다.

"너 도대체 무슨……. 레오, 머리는 또 어떻게 된 거냐? 우리 가문 남자들, 크로아티아의 네 할아버지도, 네 할아버지의 아버지도 대대로 머리숱이 많았다. 그건 유전자라고, 레오! 우성 유전자! 우리 가문에 대머리는 없어. 방사선 피폭이나 선전, 선동 같은 이유로 머리를 밀 뿐이야. 너 어디가 아픈 거냐, 아니면 히틀러 자서전이라도 읽은 거냐?"

레오는 시동을 걸었다. 가속페달을 밟고 기어를 1단으로 옮긴 다음 2차선 도로에서 유턴한 후 남쪽으로 차를 몰았다. 이반은 요한네스호브스브론을 지나는 동안 아무런 말도 하지 않았다. 굴마스플란에서 터널을 지나는 동안에도 침묵을 지켰다. 베스트베르가 언덕에 다다라 E4 고속도로로 빠져나갈 때까지 레오의 민머리만 쳐다볼 뿐이었다.

"머리는 그 지경으로 만들어놓고 어디를 가자는 거냐?"

해석과 오해. 레오는 되묻지 않았지만, 아버지가 무슨 말을 하려는지 잘 알고 있었다.

"전화로 말씀드렸잖아요."

맞아요. 아버지는 상황을 제대로 보고 계세요.

"우리 미래를 보여드린다니까요."

하지만 제대로 못 보고 지나가는 게 더 나을 수도 있어요.

"그게 도대체 무슨 뜻이냐, 레오? 나도 네 녀석처럼 머리를 밀게 된다는 말이냐, 뭐냐?"

이번 일에 아버지 역할이 뭔지는 모르시는 게 낫습니다.

"미래요, 아버지. 우리가 같이 쌓아갈 미래 말입니다. 도착하면 이해하실 거예요."

이 차 안에서, 그리고 우리가 가는 곳에서 아버지가 하실 일은 미끼 역할이니까요.

12분 정도 달려 차가 마당으로 진입하자 타이어 아래로 자갈 밟히는 소리가 들렸다. 어둠 속을 달렸던 마지막 구간은 섬에 살고 있는 삼을 찾아갔을 때 경험했던 순간을 떠오르게 했다. 하지만 앞으로 보이는 집 덕분에 찾아가는 길이 그리 어렵지는 않았다. 당당히 서 있는 2층 주택과 빨간색과 하얀색으로 칠해진 널찍한 헛간이 환한 빛으로 둘러싸고 있었기 때문이다.

　가장 가까운 이웃과도 수백여 미터 떨어져 있고 길 양쪽으로 수풀이 제멋대로 자라나 있었다.

　레오는 황량하고 고요한 이곳이 최적의 장소라고 생각했다.

　때가 왔을 때 아무도 다치지 않을 테니까.

　"다 왔어요."

　아버지 쪽을 힐끗 쳐다보았다. 아버지는 내릴 마음이 조금도 없다는 표정으로 차창 밖만 쳐다보고 있었다.

"이게 아버지한테 보여드리고 싶었던 거예요."

"빌어먹을…… 농장이라고?"

"네, 맞아요. 아버지 눈에 들어오는 게 널빤지나 담장, 지붕 같은 거라면 단순한 농장 맞습니다. 일단 절 따라오세요. 이게 실제로 어떻게 변할 수 있는지 보여드릴게요."

농가와 헛간 사이에는 작은 잡목들이 여기저기 자라난 상태였다. 여러 그루의 배나무에서 뻗어 나온 가지들이 빽빽했고 몇 년 전에 누군가 가지치기를 해준 것 같은 자두나무들이 군데군데 서 있었다. 레오는 자신의 동작을 따라하는 기다란 그림자를 끌고 앞으로 걸어갔고 이반은 그제야 어슬렁거리며 조수석에서 나와 차지붕을 짚고 기지개를 켰다.

안 그래도 오는 내내 아버지한테서 무언가 주저하는 기색을 느끼고 있었다. 그 망설임이 앞좌석에 앉은 자신과 아버지 사이를 가르고 있는 전기 담장 같았다. 그리고 이제는 느릿느릿 차에서 나와 기지개를 켜고 괜히 여기저기 어슬렁거리며 큰아들이 보여주고 싶다고 말했던 것에 전혀 관심이 없다는 반응이었다.

"이리 와보세요, 아버지. 어떻게 생각하세요?"

아버지는 아무런 대꾸도 하지 않았다. 하지만 두 눈은 전혀 다른 어딘가로 향해 있었다.

"아버지와 저, 이렇게 함께 하는 거예요. 원하셨던 대로 보수공사를 하는 겁니다. 우리한테 딱 필요한 일이잖아요."

그는 그렇게 자랐다. 목수, 페인트공, 뭐가 됐든 돈 되는 일이라면 닥치는 대로 하며 인근의 집과 아파트를 고치는 아버지 밑에서 자라났다. 마지막으로 크게 싸우기 전까지는 몇 년간 회사도 함께 운영했다. 지금 이 순간, 레오의 제안은 무의적으로 미끼가 되어 줘야 할 사람이 물어야 할 완벽한 미끼였다.

"아버지, 지난 몇 년간 생각하셨던 바로 그런 일이잖아요. 그 빌어먹을 은행 강도를 벌이기 전부터요. 그래서 우리를 위해 이 농장을 구입한 거예요. 아버지가 좋아하실 거라 생각했거든요."

아슬아슬한 적막감. 아버지가 취할 때마다 항상 그랬지만, 지금의 아버지는 지난 2년간 술 한 방울 입에 대지 않아왔다. 그래서 이 적막감이 더더욱 크게 다가왔고 무슨 일이 벌어질 것만 같았다.

"아버지하고 저하고 함께 작업하는 거예요. 옛날처럼요. 그리고 이윤을 남겨서 이걸 파는 거예요. 잠재 구매자도 이미 알아냈어요. 우리한테 양도의사가 있는지 확실히 하기 위해 만나고 싶어 한다니까요. 이거 보시면서 돈벌이가 될 거라는 생각 안 드세요?"

적막감 뒤로 의심이 찾아왔다.

레오는 아버지를 쳐다보았다.

전혀 예상치 못한 반응이었다. 미끼가 미끼를 물려고 하지 않는 상황은 시나리오에 없었다. 술을 마시지 않은 냉철한 정신상태가 아버지의 감각을 예리하고 또렷하게 만든 것이다.

"돈벌이라고 했냐? 너 도대체 무슨 속셈인 거냐, 레오?"

"무슨 속셈이라니요? 우리 미래를 건설하는 거잖아요. 아버지가 아버지 입으로 그렇게 말씀하셨잖아요. 아버지가 달라질 수 있다면, 저도 달라질 수 있어요."

한때는 빨간색 페인트가 완벽히 칠해져 있었겠지만 지금은 낡고 닳은 헛간 위로 빛이 쏟아지고 있었다. 아버지는 뜸을 들이며 눈만 헛간 안으로 이리저리 굴리고 있었다.

"그러니까 몇 달에 걸쳐 고쳐야 하는, 거지 같은 헛간 딸린, 거지 같은 농장을 나한테 보여주고 싶었다, 그거냐 레오?"

어린 레오는 일시적으로 맨정신인 아빠의 눈빛 피하는 법을 터득했었다. 그렇게 기다리면 술 취한 아빠의 눈을 마주볼 수 있었다. 그리고 그런 아버지를 상대하는 법도 터득했었다. 그런데 지금의 아버지는 전혀 경험해보지 못한 '새로운' 아버지였다.

"칠흑같이 어둡고 깜깜한 황무지 한가운데서 말이냐, 레오? 어느 병신 같은 자식이 이런 데서 살고 싶어 하겠냐? 나보고 그 말을 믿으라고?"

아버지는 손가락으로 결이 거친 나무 표면을 쓸어보았다. 빨간 페인트가 벗겨지며 바닥으로 떨어졌다. 엉망이 된 배나무처럼 건물 관리상태도 엉망이었다. 아버지는 더러운 창문 안쪽을 들여다보기 위해 몸을 숙이며 양손으로 손차양을 했다. 실내를 가려주는 커튼조차 달려 있지 않았다. 아버지는 생명력이 전혀 느껴지지 않는 집을 똑바로 바라보았다.

"이리 오세요, 아버지."

타이어가 밟았던 자갈들이 발밑에서 소리를 냈다. 두 사람은 커다란 헛간으로 발걸음을 옮겼다. 레오는 시종일관 농장에 설치된 네 개의 가로등 기둥이 비춰주는 지점에 서 있었다. 움직이는 두 사람의 모습이 보이는 게 관건이었기 때문이다. 그러면서도 간간이 보는 사람이 있는지 어두운 주변을 슬쩍슬쩍 살펴보았다. 관심을 끌기 위해서라도 헛간 문을 열고 안으로 들어갈 필요가 있었다.

"안으로 들어오시라니까요. 진짜 이걸 보여드리고 싶었거든요."

레오의 손에 열쇠 하나가 들려 있었다. 열쇠는 묵직한 자물쇠 안으로 쏙 들어갔다. 열쇠가 돌아가자 나무문을 붙잡아두고 있던 강철 걸쇠가 쑥 올라갔다. 문에 달린 경첩 세 개는 하나같이 낡고 녹슨 상태였다. 헛간은 본채보다 훨씬 오래전에 지어진 듯 보였다.

"그리고 여기도 싹 갈아엎는 거예요."

레오는 과장된 손동작으로 방대한 내부를 가리키며 말을 이었다.

"계단을 설치하고 복층으로 증축하고 위쪽은 침실로, 아래쪽은 거실로 쓰는 겁니다."

안으로 몇 걸음밖에 들어가지 않았지만 몇 백 년 묵은 낟알과 마른 건초 냄새가 훅 밀려들었다. 안에서 보니 천장이 보기보다 훨씬 높아서 가운데 세워져 있는 트럭이 한없이 작아 보였다.

"트럭? 아니 이게 왜 여기 있는 거냐?"

"연장들이 들어 있어요. 필요할 테니까요."

"그러니까 그새 연장까지 구입해 트럭에 싣고 또 그 트럭을 여기 가져다 놨다, 이거냐? 무슨 돈으로? 이러다 거래가 성사되지 않으면 어쩌려고?"

"아버지. 저랑 일하면 거래는 언제든 생겨요. 내일 당장 작자가 나타날지 누가 압니까."

이반은 갑자기 걸음을 멈췄다. 레오는 등 뒤로 아버지의 따가운 시선이 느껴졌다. 아버지는 트럭 근처는 얼씬도 하지 않겠다는 듯, 아니 빈껍데기 같은 건물 안에 있는 건 만지지도 않겠다는 듯 반응했다.

"카를로바츠의 내 고향에서는 말이다, 레오. 매년 봄이면 강물이 불어났었다……."

등 뒤에서 아버지의 목소리가 이어졌다.

"그러면 메기들이 찾아와 놀았지. 묵직하고 미끄러운 녀석들이었어. 그놈들이 다 놀고 가면 우리 차례였다. 동네 꼬마들 말이야. 물이 따뜻해지고 나면 우리는 강 위로 자란 버드나무에 올라 물속에 뛰어들곤 했다."

두 사람은 그렇게 한참을 서 있었다. 나무로 둘러싸인 커다란 공간 안에서, 아들이 몇 걸음 앞에서 아버지를 등진 채로. 아들은 자신이 아버지를 왜 여기까지 데려왔는지 이유를 명쾌하게 설명할 수 없었고, 아버지는 아들과의 화해를 바라는 동시에 큰아들이 자신을 이용하고 있는 거라 속삭이는 목소리와 싸우고 있었다.

"우리는 초록색 강물에 뛰어들었어. 그런데 물속에 들어가자마자 바로 위로 올라와야 했지. 안 그러면 바닥에 부딪치거든. 들어가자마자 곧바로 올라오는 게 관건이었어. U자를 그리듯 말이지."

레오는 아버지가 한 걸음 더 가까이 다가오는 게 느껴졌다. 흘낏 곁눈질로 본 아버지의 손은 U자를 그리듯 위아래로 천천히 움직이고 있었다.

"그런데 동네에 경관 하나가 있었다. 바지 끝자락을 항상 더러운 가죽 부츠 속에 넣고 다니는 인간이었어. 닦지도 않아 꾀죄죄한 경찰 문양이 박힌 모자는 너무 커서 헐렁했고 제복은 곰보버섯 주름처럼 구겨진 채 돌아다녔지. 힘은 정말 셌어. 거의 두 사람 몫을 하고 다녔거든. 그런데 의자가 약했지. 아주 약했어. 그래서 우리는 틈만 나면 그 인간을 골리며 비웃곤 했다. 그럴 때마다 그 경관은 곤봉을 들고 우릴 쫓아왔다. 우릴 붙잡아 흠씬 두들겨 패고 싶었지만 우리는 훨씬 빨랐어. 우린 재빨리 달려가 강물에 뛰어들었다. 날치처럼 헤엄치면서. 그런데 그 인간은 빌어먹을 곤봉만 휘두르며 강가에 그대로 서 있었어……. 뛰어들어요, 뛰어들어 보라니까요! 우리는 물속에 들어가서 그렇게 소리쳤다. 무서워서 못 들어오겠죠? 그냥 풍덩 뛰어들면 그만인데! 우리처럼 저 나무에서 펄쩍 뛰라니까요."

아버지는 또다시 한 걸음 다가와 아들과 나란히 섰다.

"그러던 어느 날은 경관도 도저히 참을 수 없었는지 구겨진 제복을 벗더구나. 그래도 더러운 가죽 부츠는 절대 안 벗었지. 아무튼 그 상태로 위풍당당한 버드나무 위로 기어오르더니 가장 두꺼운 가지에 매달려 물 위로 몸을 뻗지 뭐냐. 그 모습이 꼭 기다란 기린 목 같았지."

아버지는 기다란 팔을 뻗어 살짝 앞으로 기울였다.

아버지와 아버지의 빌어먹을 이야기. 그 이야기들은 단지 밑에 깔려 있는 숨은 진실을 끌어내기 위한 핑계에 불과했다. 아버지는 옛날부터 항상 그랬다. 어린 삼 형제를 상대로 거짓말을 구분해내기 위해 옛날이야기를 마치 한 편의 동화처럼 포장하고 그럴듯한 이미지를 심어주면서 아들들을 혼란시켜 저항을 최소한으로 줄인 다음 정곡을 찔러 결국엔 그 진실이 드러나게 만들었다.

"경관은 나뭇가지 끝에 매달리자 덜컥 겁이 났던 거야. 우린 그 모습을 고스란히 다 지켜볼 수 있었다. 그래도 우린 계속 소리쳤어. 헤엄을 치면서 자신 있으면 뛰어들어 보라고 고래고래 소리를 질렀지. 그래도 엄두를 못 낼 거라고, 겁쟁이라고, 멍청하다고 계속해서 약을 올렸어."

이반은 점점 말수가 줄어들었다. 그리고 레오를 쳐다보고 있었다. 냉철한 눈빛이었다.

"결국 그 인간은 물속으로 뛰어들었어. 몸을 쭉 편 채로 수면을 때렸지. 더러운 부츠가 마치 잠망경처럼 꼿꼿이 물 밖에 나와 있었어. 그 인간은 몸도 크고 힘도 강했지만 볼품없는 닭처럼 목이 툭 부러졌다. 바보같이 아무런 의지도 없었던 거야. 자기 의지대로, 자기 생각대로 판단하지 않고 꼬맹이들을 따라 한 거지."

재킷 주머니 안에 넣어둔 휴대전화가 진동했다. 순간적으로, 꼭 일어나길 바랐던 일이 실제로 일어났는지 확인하기 위해 휴대전화를 꺼내 슬쩍 확인하고 싶은 간절함이 머릿속에서 아버지의 목소리를 지우고 멀어지게 했다.

"레오, 내 말 듣고 있는 거냐? 난 그 경관이 아니다. 무슨 말인지 알겠냐?"

감시 카메라 두 대와 연결돼 있던 애플리케이션이 신호를 보내왔던 것이다. 카메라 A. 여기서 1킬로미터 떨어진, 자갈길이 시작되는 담장에 설치해놓은 카메라였다.

　"레오. 이 애비는 그런 멍청한 인간이 아니다."

　고성능 카메라가 아닌 탓에 흐릿하게 포착되긴 했지만 휴대전화 화면에 뜬 영상은 전조등을 끈 채 카메라 앞을 지나치는 한 대의 차였다.

　완벽해.

　모두 다 모였어.

　"그렇기 때문에 네가 지금 나보고 물속에 뛰어들라고 하는 건, 네게 다른 속셈이 있다는 뜻인 거다. 그렇지 않냐, 레오?"

　아버지는 아들의 눈빛을 확인하려 했지만, 아들은 좀처럼 눈을 마주치려 하지 않았다.

　"레오, 너 지금 날 이용하는 거냐?"

　"뭐라고요?"

　"그냥 간단한 질문이다. 날 이용하는 거냐고?"

　침착한 목소리로 온전히 아버지에게 집중해야 한다. 레오는 그 생각만 했다.

　"아버지. 절 찾아오신 건 아버지였어요. 아버지가 달라질 수 있었다면 저도 달라질 수 있다고 말한 것도 아버지였고요. 그래서 지금 이렇게 달라지려고 하는 겁니다."

　이제 두 사람은 서로의 눈을 들여다보고 있었다.

　그럴듯한 말을 던져야 했다.

그게 관건이었다.

"펠릭스도, 빈센트도 불러서 다 같이 하는 거예요."

헛간 문을 열고 들어온 후로 시종일관 의혹에 차 분노에 가까운 부정적인 반응만 보이던 아버지의 반응이 처음으로 달라졌다.

"뭐라고? 펠릭스도 같이한다고?"

"네."

"게다가…… 빈센트까지?"

부자는 여전히 서로를 마주 보고 있었다. 레오는 거짓말을 품은 채 기를 쓰고 아버지의 눈빛을 정면으로 받아내려 했다.

"네. 두 녀석한테 물어봤고, 둘 다 동의했어요."

그러고 나니 훨씬 쉬워졌다. 부분적이긴 하지만 그곳에 찾아온 목적은 일단 달성한 셈이었다. 자신들을 미행해주기 바랐던 사람이 실제로 미행을 했다. 그리고 그 사람은 황량하고 외진 농장의 용도도 알 수 없는 헛간에서 걸어 나오는 뒤브냑 부자의 모습을 보게 될 터였다. 아버지가 제안을 받아들이면, 다시 말해 자신이 던진 미끼를 물고, 그곳에 오게 된 이유였던 최종적인 미끼가 되어주기로 한다면 다음 날도 계속해서 거짓 단서를 유효하게 끌어갈 수 있게 되는 것이다.

"그 말은…… 우리 넷이 함께한다는 뜻이냐? 아버지와 삼 형제가 건축회사를 운영하게 되는 것이냐?"

"네."

"레오야……. 이 애비는 잘 모르겠다. 너 그거 진심으로 하는 말이냐?"

레오는 머뭇거렸다. 하지만 순간일 뿐이었다. 그러고는 두 팔을 앞으로 뻗어 평생 그래 본 적이 있는지 기억도 나지 않는 행동을 하고 있었다. 자신이 먼저 아버지를 끌어안았던 것이다.

"네, 진심으로 하는 말이에요."

그런데 자신에게 와 닿은 아버지의 가슴이 앙상하게 느껴졌다. 수감생활을 하는 동안 아버지는 수척해졌다.

"지금 결정하지 않으셔도 됩니다. 집으로 가는 동안 일단 생각해보세요."

아니면 빌어먹을 거짓말이 아버지를 이렇게 수척하게 만든 걸까?

그래서 아버지를 속이기 쉬웠던 걸까?

레오는 한때 자신에게 곰을 따라 춤추면서 곰 때려눕히는 법을 가르쳐준 사람을 쳐다보면서 목에 걸려 있는 무언가를 억지로 집어삼켰다.

나무와 덤불, 그리고 저녁 시간대의 어둠으로 보호받을 수 있는 수풀지대에 몸을 숨긴 브론크스는 제법 규모가 큰 농장 본채 옆에 딸린 큼지막한 헛간에서 걸어 나오는 부자(父子)를 목격했다. 두 사람은 나지막이 이야기를 주고받고 있었다. 하지만 은밀한 내용이었는지 그들이 차에 올라타 사라질 때까지 한 마디도 엿들을 수는 없었다.

　스웨덴에서 가장 악명 높은 은행 강도 중 하나와 그 아버지가 뜻 모를 짧은 전화통화 이후 찾아간 곳은 황량한 농장이었다.

　　"뭐 보여드릴 게 있어서요."

　　"그게 뭔데?"

　　"우리 미래요."

구부정한 자세로 앉아 있는 정보과 수사관은 브론크스가 9층 사무실을 다녀간 뒤에도 계속해서 그를 돕고 있었다. 공식 요청서는 없었지만 비공식적인 '업무협조' 요청을 전달받은 친근한 인상의 수사관은 전자지도가 펼쳐진 모니터 화면 앞에 앉아 이반 뒤브냑이 주머니에 넣고 다니는 휴대전화의 이동경로를 확인하고 있었다. 브론크스는 E4 고속도로를 타고 가다 노르스보리에서 빠져나와 보트쉬르카 교회를 거쳐 낯선 도로로 접어들었다. 스웨덴의 수도에서 불과 10여 킬로미터 떨어진 지점에 위치한 외진 곳, 그중에서도 한참 시골농장까지 들어온 기분은 묘하기 이루 말할 수 없었다. 바로 그 정보과 수사관은 그 농장 소유주가 외스텔로케 교도소에서 수감생활을 했던 어느 청부업자라는 사실을 알려주었다. 뒤브냑은 그런 식으로 주인 없는 거주지 하나를 확보했던 것이다.

　자신이 쫓고 있는 두 남자가 완전히 떠났다는 확신이 서자 그는 숨어 있던 수풀에서 나와 역시 보이지 않게 숨겨놓았던 차로 갔다가 헛간으로 향했다. 차 뒷자리에는 지금처럼 과학수사대의 지원을 받을 수 없는 상황에 대비해 늘 갖고 다니는 비상 가방이 있었다.

　마음이 편치는 않았다. 자신을 속이고, 경찰 신분을 부정하는 그런 이상한 기분이 들었기 때문이다.

　하지만 선택의 여지가 없었다. 엘리사는 물론 다른 동료 경찰에게도 알릴 수 없었다. 자신의 형이 레오 뒤브냑과 어디까지 연결되어 있는지 알아내기 전까지는.

그는 차 트렁크에서 플래시를 꺼내 전원을 켠 다음 기다란 헛간 측면을 비추며 걷다가 문 앞에 멈춰 섰다. 자물쇠가 달려 있었다. 플래시 불빛을 이리저리 돌리다가 몇 미터 떨어진 곳에서 녹슨 철근 한 토막을 발견했다.

생각했던 것보다는 수월했다. 철근토막으로 자물쇠를 고정하고 있는 걸쇠를 떼어내고 문을 열었다. 나중에 돌아갈 때 나무에 다시 박아 넣으면 무단 침입한 흔적을 지울 수 있을 것 같았다.

맨 먼저 눈에 들어온 물건은 소형 화물트럭이었다. 눈에 보이는 게 그거 하나였기 때문일 것이다. 커다란 헛간 안에 화물트럭 한 대, 작업대 하나, 그리고 접의자 하나가 전부였다.

트럭 화물칸은 두꺼운 비닐 방수포로 덮여 있었다. 브론크스는 방수포를 고정하고 있는 고무 밴드를 빼고 화물칸 안을 들여다보기 위해 방수포를 벗겨냈다.

바로 거기 들어 있었다.

일렬로, 차곡차곡, 나란히.

도난당한 자동화기 더미 사이로 당장 방수포를 다시 덮어씌우고 뒤로 물러서고 싶게 만들 물건이 그의 시선을 끌었다. 하지만 그는 가만히 서 있었다. 작은 상자에 붙어 있는 휴대전화와 연결된 전선 세 가닥이 무얼 의미하는지 잘 알고 있음에도 불구하고.

그건 폭탄이었다.

레오 뒤브냑이 마음만 먹으면 언제든 폭발시킬 수 있는 물건이었다.

전에도 이런 경우를 본 적이 있었다. 규모가 어마어마한 물건을 두고 벌이는 위험한 범죄자들의 거래가 이런 식이었다. 구매자가 물건은 물론 물건을 가져갈 수 있는 비밀번호나 물건을 보호해주는 암호를 '강매'하는 판매자의 보험 같은 장치인 것이다.

놈이 계획하고 있는 게 이거였어. 구매자를 찾은 거야. 이 총들은 이제 새 주인을 찾아가는 거라고.

브론크스는 가방에서 얇은 라텍스 장갑 한 짝을 꺼냈다.

유일무이한 기회가 찾아왔다. 그 개자식이 거래하는 순간을 덮치면 이번 건은 물론 이전의 무기 절도 건까지 엮을 수 있게 되는 셈이었다. 게다가 법적인 측면에서 볼 때 이 정도 규모의 절도 사건의 경우 테러행위처벌법 적용도 가능한 수준이므로 운만 좋으면 레오 뒤브냑에게 종신형까지 때릴 수 있게 된다. 거기다가 이전에 밝혀내지 못했던 다수의 은행 강도 건까지 추가로 적용하면 정말 평생 세상 빛을 못 보게 만들 수도 있다. 브론크스는 스웨덴 정부의 재산인 수백여 정의 자동화기를 미친놈들이 통제하는 불법무기 시장에 유통시키는 행위는 법적으로 공공의 안전을 심히 침해하는 행위에 해당할 수도 있다는 확신이 들었다.

브론크스는 플래시를 트럭 화물칸 끄트머리에 내려놓은 다음 조심스레 맨 위에 있던 총 하나를 들어 올렸다. AK4. 그리고 다시 그 총을 트럭 뒤에 있는 직사각형 작업대 위에 내려놓았다. 그다음 가방에서 지문감식용 브러시와 파우더, 그리고 숯가루를 차례로 꺼냈다. 끝부분에 묻어 있는 섬유 조각들을 먼저 제거하는 게 관건이었다. 그다음 전용 브러시에 검은 가루를 묻히고 개머리판, 손잡이, 총신 등에 고루 붓질을 했다. 검회색 가루 사이로 둥근 지문이 선명히 묻어나왔다. 그것도 손가락 여러 개의 지문이. 브론크스는 전용 랩으로 지문 위를 감싸고 라텍스 장갑 낀 손가락으로 꾹 눌렀다. 지문복사가 완료된 것이다. 분석기에 넣고 돌리면 1시간 내에 범죄 수사 과정에서 수집된 뒤 A 파일로 분류되어 보관되는 10만여 개의 범죄자 지문과 대조가 끝나는 것이다.

브론크스는 총을 다시 있던 자리에 정확히 가져다 놓았다. 그러고는 방수포를 덮고 고무 밴드를 단단히 건 다음 몇 걸음 뒤로 물러서서 화물차 번호판을 뚫어지게 쳐다보았다. 알파벳 세 개와 숫자 세 개.

뒤브낙, 넌 내가 어디까지 찾아왔는지 상상도 못 할 거다.

돌아가는 길은 조용했다.

비좁은 자갈길에서 조금 넓어진 자갈도로로 나온 뒤 더 큰 자갈 대로에 접어들자, 반대편에서 차량이 와도 차를 세울 필요가 없어 졌다. 마지막으로 포장도로인 E4 고속도로를 타고 스톡홀름으로 향했다.

차를 타고 가는 동안 두 사람은 앞자리에 나란히 앉아 아무런 말도 하지 않았다. 그런데 갑자기 레오가 도로변 휴게소로 빠져나 갔다.

"여긴 왜 서는 거냐?"

사람은 없었지만, 딱히 형편없어 보이지는 않았다. 조명도 밝고 공중화장실 딸린 작은 콘크리트 건물 하나를 비롯해 여러 개의 벤 치와 테이블이 갖춰져 있고 숲 끝자락에 쓰레기통도 구비해 놓는 곳이었다.

"화장실요. 볼일이 급해서요. 금방 옵니다."

레오가 차에서 내려 건물을 향해 반쯤 걸어갔을 때 아버지가 차창을 내리고 그를 불렀다.

"레오?"

레오는 걸음을 멈추고 아버지 쪽을 돌아보았다. 아버지는 아들에게 더 잘 들리라고 차창 밖으로 고개를 내밀었다.

"왜요?"

"너 아까 헛간에서 한 그 말, 진심인 거냐?"

"아버지, 그 얘긴 인제 그만 하세요. 아버지가 싫다고 하시면 그만이에요."

"난 그렇게 하고 싶다."

거리도 거리였지만 너무 어두운 탓에 그 순간 아버지 얼굴에 만족감이 번지고 있는 것을 알 수 없었다.

"아버지가 그렇게 결정하실 거라 생각했어요."

"함께 하는 거다, 레오. 그 빌어먹을 농장, 우리가 갈아 엎어버리자! 너하고 나하고 펠릭스와 빈센트와 같이 말이다."

아버지는 차창 밖으로 머리를 더 뺐다. 간절한 염원. 온몸이 바라는 바였다.

"온 가족이 말이다! 솔직히 인정하지만, 난 행복하다. 정말 행복하다고, 레오!"

관리상태가 엉망인 공중화장실은 이리저리 갈겨놓은 소변 얼룩으로 인해 악취가 진동했다. 조명이 닿지 않은 벽은 컴컴했고 구석 끝에 열려 있던 작은 창문을 통해 찬바람이 밀려들었다.

레오는 냄새나는 소변기 두 대를 그대로 지나쳐 문을 잠글 수 있는 좌변기 칸으로 들어갔다.

농장에 있을 때 전조등을 끈 채로 자갈길 진입로 담장에 설치해 둔 카메라 A 앞을 지나는 차 한 대가 휴대전화 액정화면에 떴었다. 그리고 바로 얼마 전, 또다시 알람이 울렸을 때는 아버지가 바로 옆에 있어 제대로 확인할 수가 없었다. 그 소리는 카메라 B가 작동했다는 뜻이었다. 징조가 좋았다. 그런데 도로변 휴게소 공중화장실에서 확인한 휴대전화 액정화면 속 장면은 기대 이상이었다. 상대가 덫에 제대로 걸려들었기 때문이다. 카메라를 헛간 위쪽에 달아놓은 터라 위에서 내려다보는 각도였다. 버려진 거나 다름없는 상태로 어둠 속에 잠겨 있는 사유지를 훑고 다니는 플래시 불빛. 그 불빛은 화물차 가까이 다가가 구석구석을 비추고 있었다. 그리고 그 플래시를 들고 있던 사람이 드디어 얼굴을 드러냈다. 레오는 욘 브론크스의 눈을 바라보았다.

레오는 껄껄대는 자신의 웃음소리를 듣고 있었다.

웃음소리는 비좁은 공간의 벽을 때리고 퍼져나갔다.

브론크스가 더 이상 작전에 방해될 일은 없었다. 아버지를 헝가리 식당 앞에 내려드리고 삼을 태우러 가는 동안 개 같은 형사 새끼는 '형사답게' 움직여 작전에 나설 것이다. 경찰특공대를 투입해 페인트가 다 벗겨진 허름한 농장을 둘러싸고 있는 수풀 요소요소에 배치한 뒤 스웨덴 최악의 불법무기 밀거래 사건으로 기록될 현장을 덮칠 준비를 하고 있을 것이다.

하지만 그가 모르는 게 하나 있었다. 불법무기 판매상이 될 레오 뒤브낙이 그를 그 자리에 불러들인 것은 의도적이었다는 사실을.

'현장급습' 시간은 도·감청 되고 있는 아버지에게 전화를 거는 순간이 될 것이다. 그가 말한 사업과는 전혀 다른 사업을 생각하고 있을 아버지에게.

그사이, 실제 '현장급습'은 그곳과 전혀 다른 곳에서 진행될 것이다.

베스트베르가 진출로를 막아선 차들은 꼼짝도 하지 않았다. E4 고속도로와 첫 번째 교차로 사이에 긴 줄이 늘어서 있었다. 아주 간혹 있는 일이긴 하지만 민간 차량과 똑같은 수사과 차량이 아니라 노골적으로 경찰차를 타고 오지 않은 게 후회되는 그런 순간이었다. 하지만 그는 시간에 쫓기는 몸이었기에 항의하는 경적들을 무시하고 배수로로 이어지는 안쪽으로 차를 몰았다. 출구를 빠져나오자마자 보이는 첫 번째 휴게소로 들어간 브론크스는 빈 주유기 앞에 차를 세웠지만 기름은 넣지 않았다. 그러고는 계산대로 바로 직행했다. 하지만 이번에도 역시 늘어선 줄에 막히고 말았다. 이번에는 안쪽이나 바깥쪽으로 빠져나갈 수 없는 상황이었다. 먼저 줄을 선 고객이 둘이나 더 있었기 때문이다. 대여할 영화 한 편을 막 골라 든 청년 하나는 렐리시가 골고루 담긴 완벽한 핫도그 하나를 먹고 싶었는지 시간을 들여 이것저것 고르고 있었다.

그 뒤에 선 노부인은 오늘 저녁과 내일 아침거리를 한아름 안고 있었다.

초조해서 심장이 벌렁거렸다. 그 상황을 견뎌내려고 자신의 차례가 몇 번째인지, 자신이 얼마나 급한지 생각하지 않으려 애썼지만 마음대로 되지 않았다. 다른 생각을 하려 할 때마다 결론은 과거로 귀결될 뿐이었다. 대규모 무기도난 사건 이후 지금까지 몇 년간 엉뚱한 단서만 쫓고 있었다는 사실과 자신이 쫓고 있던 얼굴 없는 그림자가 레오 뒤브냑이었다는 사실은 확실히 밝혀냈다. 브론크스는 모든 일의 배후에 레오 뒤브냑이 있다고 확신하고 있었다. 무엇보다 이전에 뒤브냑한테 직접 무기거래 제안을 받은 경험이 있다. 경찰이 그가 훔친 2백여 정에 달하는 자동화기를 되사지 않을 경우 스웨덴에서 활동하고 있는 조직범죄단체에 팔거나 아예 기부해버리겠다고 협박했었다. 이는 치명적인 무기들이 대량으로 시장에 풀리는 것을 의미했다. 이후 법정에서는 당시 뒤브냑의 행위를 "경찰공권력에 대한 악질적인 협박"이라고 낙인찍었다.

맨 앞에 있던 청년은 결국 가느다란 칠리 핫도그를 고르고 한 입 뜯어 우물거렸다. 그런데 두 번씩이나 겨자를 더 달라고 주문하던 순간 브론크스도 인내심을 잃고 뒷사람도 물건을 사야 하니 적당히 하고 그만 가라고 소리쳤다. 두 사람 사이에 있던 노부인은 슬쩍 뒤로 돌아 고맙다는 표정과 함께 미소를 지었다. 그러고는 차례가 되자 버터와 치즈, 빵, 파테, 냅킨, 양초, 냉동 양배추말이 등을 카운터에 내려놓았다. 언제부터 휴게소가 슈퍼마켓이 됐는지 신기할 따름이었다.

재판 이후에도 욘 브론크스는 도난당한 총기와 관련된 단서를 찾아다녔고 이따금 사무실 바닥에 던져놓은 수사 자료도 들여다보곤 했다. 그런데 이제 보관 장소 출입구를 찾아냈다! 총기 소제 전용 윤활유 냄새가 진동했고 선명한 발자국까지 남아 있었다. 그리고 방금 전까지는 한 헛간에서 그 물건들을 두 눈으로 확인까지 하고 왔다! 트럭 화물칸에 보관돼 있던 2백여 정의 자동화기. 드디어 제대로 꼬리를 밟은 것이다. 그런데 그 느낌은…… 절망감이 되고 말았다. 간절한 바람, 강렬한 집념은 순식간에 추악하고 생지옥 같은 불안감으로 뒤바뀌고 말았다. 친형이 범죄에 연루되어 있으며, 이 일로 두 사람에게 어떤 일이 벌어질 것만 같은 불안감으로. 브론크스는 이제 삼과 뒤브냐이 공범 관계라는 걸 알고 있다. 하지만 삼이 얼마나 깊숙이 범죄에 개입해 있는지는 아직 모른다. 그렇기 때문에 지금 이 순간, 노부인이 장바구니에 자신이 산 물건을 집어넣고 계산을 한 다음 저녁 인사를 하고, 미안하지만 문 좀 열어달라는 부탁을 들어주고 자기 차례가 올 때까지 기다리고 있었던 것이다.

"가득 채우신 거예요?"

"아니, 주유 안 했습니다. 내가…….."

"안 하셨다고요? 그런데 저기 4번 주유기 앞에 서 있는 거, 선생님 차 아닌가요?"

"……찾아온 건…….."

"핫도그 사시려고요? 아니면 음료수? 커피도 제법 싸거든요. 시나몬 번은 반값에 팔아요."

"BGY 397 번호판 달고 있는 트럭, 여기 소유 렌터카가 맞는지 확인하러 왔습니다."

"이거 좀 헛갈리네요. 차를 빌리신다는 말씀인 거예요?"

"그 트럭이 여기 렌터카 맞는지 확인하러 왔다니까요."

"그런 건 말씀드릴 수 없어요."

"차량 등록부에 따르면 그렇게 나와 있습니다."

"아시다시피, 전 아무 말씀도 드릴 수 없다니까……."

상대가 말하는 동안 브론크스는 주머니를 뒤적이다 가죽 재킷 안주머니에서 신분증을 찾아 카운터 위에 내려놓았다.

"이제 묻는 말에 좀 협조적으로 답해주기 바랍니다."

휴게소 직원은 의심스러운 표정으로 가죽 지갑을 들고 펼쳐보았다. 그러고는 왼쪽에 든 경찰 신분증을 확인하고, 오른쪽에 든 경찰 배지를 꺼내 살펴보고는 다시 안에 넣었다. 그런 다음 뒤쪽 벽에 걸려 있는 회색 열쇠 보관함을 열었다. 빈 고리들과 고리에 걸려 있는 열쇠들이 보였다. 모든 열쇠고리 위에 번호가 붙어 있었다.

"맞네요. BGY 397, 저희 차량 맞아요."

"누가 빌려간 겁니까?"

"그것까지는 말씀드릴 수 없어요."

브론크스는 신분증과 배지가 든 지갑을 낚아채며 말을 이었다.

"경찰이라는 건 확인하셨을 테니 다시 묻겠습니다. 우호적으로 묻는 건 이번이 마지막이 될 겁니다. 그 차, 누가 빌려갔습니까?"

직원은 브론크스를 한 번 쳐다본 다음 경찰 신분증으로 눈을 내렸다가 다시 브론크스를 쳐다보았다. 그러고는 입차와 출차를 구분해놓은 두 개의 서류함 쪽으로 눈을 돌렸다. 그는 서류를 넘겨보면서 형사라는 사람을 곁눈질로 흘끗거렸다. 그러고는 상대가 요구하는 서류를 찾아 카운터 위에 올려놓았다.

"직접 읽어보시는 게 낫겠네요."

브론크스는 서류가 잘 보이게 앞으로 끌어당겼다. 석유회사 로고가 맨 위에 찍혀 있고 온갖 동의 관련 문구가 두 장 넘게 적혀 있는 차량임대계약서였다. 중간쯤에 정확한 차량모델과 똑같은 번호판이 그의 시선을 끌었다. 그리고 좀 더 아래쪽으로 익숙한 숫자 하나가 보였다. 전에도 본 적 있는 열 자리 숫자. 개인 신분증 고유번호였다. 그리고 맨 아래 칸, 점선 위에 당사자가 유일하게 자필로 쓴 부분이 눈에 들어왔다.

검은색 잉크로 쓴 삼의 서명이었다.

희미하지만 분명히 연기 냄새가 산들바람에 실려 왔다. 집 위에서 흘러나오는 냄새였다. 순간, 상상의 산물이 아닌가 하는 생각이 들었다. 먼지 묻은 아련한 옛 기억 속 이야기인 듯. 삼과 브론크스의 주변에는 언제나 그 연기가 돌고 돌았다. 엄마는 나뭇잎과 풀들을 태웠고, 아빠는 스트렝네스 폐기장까지 가져가기 귀찮은 물건을 다 태웠다.

욘 브론크스는 빨간 담장 바깥에서 서성거렸다. 그 무렵이면 늘 그렇듯, 여느 저녁 시간대와 마찬가지로 주변이 깜깜했다. 플래시 불빛이 담장 대문을 때렸다. 언제나 잠겨 있던 대문이었다. 힘줘서 채우지 않으면 제대로 잠글 수 없는 걸쇠가 강제로 내려간 상태였다.

Sam Larsen(삼 라센)

자동차 임대계약서 가장 아래 칸에 적혀 있던 이름이었다.

그 서명은 툼바의 주택을 비롯해 자신의 형이 2백여 정에 달하는 자동화기를 화물칸에 싣고 있는 트럭과 깊은 관련이 있음을 뜻했다. 그리고 레오 뒤브냑을 체포할 순간이 오면 자신의 형도 체포해야 한다는 뜻이기도 했다. 아무런 감정도 느껴선 안 된다. 서로를, 예전에도 그랬고 지금도 그런 무의미한 관계로 바라봐야 한다. 하지만 느끼고 있었다. 절망감을. 처절하게. 절망감은 그를 긁고, 그에게 소리 지르고, 그를 찌르고 있었다. 상상 이상으로 강하고 무자비하게. 그런 감정을 느끼는 게 여전히 형제애가 남아 있어서 그런 건지, 아니면 두 번째로 친형의 자유를 자기 손으로 빼앗아야 하는 현실 때문인지는 정확히 알 수 없었다.

휴게소를 나오면서 계속해서 삼에게 전화를 걸었다. 하지만 번번이 연결되지 않았다. 쇠데르텔에 다리에서 빠져나오자마자 섬에 살고 있는 이웃 사람의 연락처로 전화를 걸었다. 이웃의 설명에 따르면, 그날 이른 아침 봄맞이 대청소를 하면서 삼을 보긴 했지만 지금은 그가 어디 있는지 모른다고 했다. 왕복 여정 사이에 친절하게 추가로 한 번 더 움직여준 페리 관리인조차 삼을 보지 못했다고 했다.

봄맞이 대청소.

그래서 연기 냄새가 났던 것이다.

유년 시절 유일한 기억으로 남아 있는 집이 자리한 경사면 끝자락에 오른 브론크스는 소용돌이치는 바람을 따라 집 뒤로 향했다. 그리고 발견했다. 오렌지색에 가까운 벌건 불빛이 엄마가 성원에서 나온 잡풀들을 태우던 바로 그 자리에서 이글거리고 있었다.

집 안은 밤하늘처럼 어두컴컴했다.

현관은 열려 있었다.

"형?"

브론크스는 대답 없는 방을 향해 형을 불러보았지만 목소리만 방 안을 맴돌 뿐이었다. 불을 켜보았지만 통로고 부엌이고 모두 불이 들어오지 않았다. 전원이 차단된 것이다. 냉장고 돌아가는 소리조차 들리지 않았다.

그는 손전등 불빛으로 여기저기를 비추며 형을 불러보았다.

"형, 나야, 욘."

그러다 깨달았다.

모든 게 사라졌다는 것을.

언제나 변함없이 돌담처럼 입구 벽을 장식하고 있던 그림이 사라졌다. 통로도 썰렁했다. 빨간색 플라스틱 구둣주걱이 놓여 있던 작은 테이블도 사라지고, 빈자리에는 먼지 외엔 아무것도 없었다.

부엌도 사정은 마찬가지였다.

접이식 테이블 주변에 놓여 있던 근사한 윈저 스타일 의자도 없어지고, 테이블 다리 자리만 선명한 사각형 자국으로 남아 있었다.

좁은 거실에 있던 60년대 식탁, TV, 전기스탠드 두 개, 안락의자, 천으로 엮은 깔개, 코르덴 천에 주름이 풍성하게 잡힌 작은 소파도 보이지 않았다. 엄마는 언제나 그 자리에 앉아 저녁 뉴스나 토론 프로그램을 시청하곤 했었다. 모든 가구가 빠지고 나자 마룻

바닥이 얼마나 울퉁불퉁한지, 주로 어디를 밟고 다녔는지가 확연히 드러났다.

가장 처음 든 생각은 전혀 이성적이지 않았다.

조만간 집 보여줄 일이 생기겠다는 생각.

그 집에 살게 될 사람에게 의미 있는 물건들로 채워질 공간이 될 것이다.

두 번째로 든 생각은 그나마 현 상황과 조금 관련이 있었다.

바깥에서 타고 있는 물건들의 정체를 서서히 깨달아가기 시작했다. 삼은 집에 있던 가구들을 전부 태워버렸던 것이다. 브론크스는 자신의 판단이 틀렸다는 것을 깨달았다. 삼은 과거의 기억들 속으로 들어가 살 생각이 전혀 없었다. 단지 그것들을 뒤로하고 떠나기 전에 그 기억들에 작별인사를 건네고 싶었을 뿐이었다.

딱 하나의 기억만 빼고.

컴컴한 침실 안에 남아 있는 가구는 딱 한 점이었다.

브론크스는 손전등 불빛으로 그 가구를 비춰보았다.

불빛은 아버지가 썼던 침대의 헝클어진 매트리스와 그 위에 놓인 물건을 밝히고 있었다.

날 끝이 부러지고 피가 묻어 있는 낚시용 칼.

탄탄한 근육으로 뭉친 삼의 뒷모습이 보이는 듯했다. 십 대의 삼이 어떻게 칼을 들어 올리고 아버지의 가슴을 찔렀는지. 한 번, 두 번, 계속해서. 근섬유를 찢고 갈비뼈에 닿는 칼 소리만 들렸다.

분노가 느껴졌다. 과거에는 메스꺼움으로 느꼈던 감정이었다. 너무나 치명적이었기에 의식적으로 오랫동안 가슴속 깊이 눌러

났던 분노는 충동 조절을 힘들게 만들었다. 분노는 평생을 떠안고 살아야 할지도 모르는 행동을 하게 만들었다.

지금 이 순간 여기에서, 그는 더 이상 그 감정을 억누르지 않았다.

브론크스는 좁다란 침대로 성큼성큼 다가가 침대 프레임을 붙잡고 칼을 침대 뒤 어딘가로 떨어뜨렸다. 그리고 맥없이 축 늘어진 두툼한 매트리스를 꺼내 질질 끌고 나가 남아 있는 잉걸불 위로 집어 던졌다. 그러고는 다시 되돌아와 목제 프레임을 발로 차서 부러뜨려 갑자기 잠에서 깬 불꽃 속에 던져 넣기 적당한 크기로 만들었다.

남은 건 낚시용 칼이었다.

칼은 그의 손에 곱게 들려 있었다.

잉걸불에서 일어난 강력한 불꽃은 매트리스와 침대 프레임 위에서 파리 떼처럼 타닥거리며 돌아다니다 이내 커다란 불로 번지기 시작했다. 갑작스레 강렬해진 불길로 인해 바라보고 있던 그의 얼굴이 이글거렸다.

그때는 동생이었던 자신이 형에게 구해달라고 부탁했었다. 아버지를 칼로 찔러달라고 부탁하지는 않았다. 하지만 서로 꼭 부둥켜안고 있던 형제는 조만간 아버지가 둘째 아들을 정말 죽을 때까지 두들겨 팰지 모른다는 두려움에 떨었다.

그래서 삼은 결심했던 것이다.

동생이 죽어나가는 걸 보느니, 그 인간을 죽여버리기로.

하지만 일이 벌어진 뒤, '구조'를 받은 욘은 황급히 벽에 달려 있던 초록색 전화기로 뛰어가 경찰에 신고 전화를 걸었다. 그 전화의 수화기 일부가 지금 잿더미 속에서 타들어가고 있었다. 그는 자신의 형을 경찰에 넘겼던 셈이다. 형에게 어떤 기회조차 주지 않았다. 아무것도 모른 채 형을 종신형이라는 늪 속에 밀어넣었다. 자기 손으로.

이번에는 종신형을 피할 수 있도록 기회를 줘야 한다.

무기가 숨겨져 있는 헛간을 급습하기 전에, 체포에 나서기 전에, 삼에게 연락을 해야 한다. 내일 당장 모든 게 끝날 거라는 사실을 말해주고, 설명하고, 이해시켜야 한다.

경고에도 불구하고 일에서 손을 떼지 않는다면, 동생이 진심으로 하는 말을 믿지 않는다면, 그건 스스로의 선택인 것이다.

그 결과는 온전히 삼 스스로 책임지고 살아가야 한다.

하지만 형에게 선택의 기회를 주는 것이 그의 책임이었다. 형에게 연락하기 위해 애를 썼지만 결국 막다른 골목에 이르렀다면 형이 거쳐 간 길을 더듬어 다른 길을 찾아봐야 한다. 다시는 형에게 굴욕감을 느끼지 않으리라.

욘은 칼을 손에 꽉 움켜쥐었다.

그리고 불길 속으로 던져버렸다.

제법 근사한 주거지역이었다. 탈크로엔 쇼핑몰과 뉘네스함으로 향하는 국도 사이에 위치한 스톡홀름 외곽의 어느 도시는 1950년대 스웨덴 중산층 분위기가 물씬 풍겼다. 주택 진입로마다 한 대씩 서 있는 자동차. 과하지 않고 적당히 손질된 정원. 창문마다 느껴지는 따사로운 불빛. 욘 브론크스는 그런 현실 속에 한자리를 차지하고 들어갈 수 있기를 바랐다. 푹 빠져들고 싶고, 자신을 덮치도록 내버려 두고 싶을 만큼 사랑스러운 그런 현실 속으로. 하지만 그건 그의 모습이 아니었다. 어쩌면 그런 현실 속에 그가 머물 자리는 없을 수도 있다. 그는 모든 게 제자리에 있고, 준비돼 있는 상황에서 어떻게 살아야 하는지를 잊고 있었기 때문이다.

반짝이는 타원형 금색 표지판에 악셀손이라는 이름이 찍혀 있는 현관문 앞에 서서 그는 초인종을 눌렀다. 단음의 벨 소리가 세 차례 길게 이어졌다.

귀를 기울여보았다. 아무것도 들리지 않았다. 환하게 불이 들어온 부엌 창문을 들여다보았다. 은촛대 한 쌍, 꽃이 담긴 화병, 그리고 도자기 장식품들이 보이긴 했지만 아무런 움직임도 감지되지 않았다.

유년 시절의 집에 남겨두고 온 잿더미. 그건 삼이 남긴 전부였다.

다른 메시지는 없었다.

브론크스는 버텨보려 했지만 온몸이 떨렸다. 평생 처음 느껴보는 이질적인 외로움이었다. 오한이 느껴질 만큼 싸늘하게.

삼은 초토화 전술을 이용했다. 남기는 것은 단 하나, 적을 약화시킬 수 있는 물건이다. 관건은 사기를 꺾어버리는 것이다. 자양분이 될 수 있는 것에 독을 타버리는 식으로.

그래서 침대 위에 낚시용 칼을 올려뒀던 것이다.

삼과 브론크스는 형제지간이었으나 형은 동생에게 적개심을 가지고 있었다. 브론크스는 이해할 수 없었고, 앞으로도 이해할 수 없을 것이다. 형이 왜 동생을 적으로 규정하고 대하는지를.

오한 같은 떨림이 또다시 간담을 서늘하게 만들었다. 하지만 아무리 삼이 의절하겠다는 의사를 내비치고 적개심을 드러낸다 해도 그것만으로는 충분치 않았다.

브론크스는 형을 꼭 만나야 하고, 형에게 스스로 선택할 기회를 줘야 했다. 그 외에는 달리 방법이 없었다. 또다시 그 현관문의 벨을 누르는 것 외에는.

희미하긴 하지만 발소리가 들리는 것 같았다.

현관문 옆에 달린 작은 창문이 누군가 문을 열기 위해 앞을 가리자 검게 변했다.

붉은빛이 감도는 컬 진 금발 머리 여성이 감시하는 눈빛으로 그를 노려보고 있었다.

"안녕하십니까. 늦은 시각에 죄송합니다. 전 욘 브론크스라고……."

"댁이 누구고, 뭐 하는 분인지는 알아요. 재판에서 본 거 기억하니까."

목소리에 힐난이나 원망 같은 감정은 묻어나지 않았다. 단지 관찰하는 것 같았다.

"늦은 시각은 맞네요. 무슨 일이시죠?"

브론크스는 이렇게 말하고 싶었다. 매번 그 법정의 맨 앞줄에 앉아계시던 부인을 저도 똑똑히 기억합니다. 그 자리에서 어떤 표정으로 세 아들의 선고를 받아들였는지도요. 그리고 이런 말들도 덧붙여주고 싶었다. 이미 여러 번 본 장면이라 새로울 것도 없다고, 가까운 친인척들은 하나같이 그 앞줄을 차지하고 앉는다고. 그렇게 하면 자신들의 표정을 살피려고 뒤돌아보는 사람은 없을 테니까. 등 뒤로 따가운 시선을 느끼는 게 훨씬 낫다는 듯이.

"큰아드님, 레오를 찾고 있습니다. 그 친구 거주지로 나온 주소가 여기였습니다."

"지금 집에 없습니다."

"그러면 제가 부인께 정중히 부탁드립니다. 큰아드님께 전화 한 통만 걸어주시면 좋겠습니다. 번호는 아실 거라 생각합니다. 전화

통화를 하셔서 제가 할 이야기가 있다고 전해주시면 좋겠습니다."

문손잡이를 잡고 있던 여성은 그를 빤히 쳐다보고 있었다. 변함없이 관찰하는 눈빛이었다. 눈빛은 이렇게 말하는 것 같았다. 난 당신이 이렇게 찾아오는 게 마음에 들지 않지만 그렇다고 당황하지도 않아. 당신도 나처럼 이 꼴 저 꼴 다 보고 살았을 테니 웬만해선 놀랄 일도 별로 없을 거야. 아니면 그런 척을 하는 걸까? 그래서 맨 앞줄에 앉았던 걸까? 자신을 진짜 죽이기 직전까지 두드려 패던 남자에게서 가까스로 도망친 뒤, 그래도 아들 삼 형제가 모조리 중범죄를 저지르고 각각 다른 교도소에서 몇 년간 수감생활을 해야 한다는 소식을 전해 듣는 상황만큼은 피하고 싶지 않았을까? 사실, 타인의 반응에 무감각한 사람은 힐난의 시선도 아랑곳하지 않는다. 그래서 무너지지도 않고 쓰러지지도 않는다.

"다른 형사 양반들이 어제 점심시간에 찾아왔습니다. 자유의 몸이 된 지 겨우 이틀째 되는 날에요. 그러고는 조사를 하겠다고 데려갔습니다. 그리고 기회다 싶었는지 온 집 안을 뒤집어엎더군요. 이번에는 또 무슨 일 때문에 이러는 겁니까? 우리 큰아들이 무슨 수상한 짓이라도 한 겁니까?"

이번에도 마찬가지였다. 그녀는 브론크스에게 고함을 지르지도, 문을 쾅 닫지도, 신분증이나 영장을 요구하지도 않았다. 그녀는 중립적인 목소리로 상대를 관찰하며 무슨 일이 벌어지고 있는지 이해하려는 태도를 취했다.

주저앉지 않겠다는 의지가 단호했다.

"만약 제가 큰아드님을 체포할 의도가 있었다면 이렇게 혼자 오지는 않았을 겁니다. 범죄 전과 분류 기준상 고위험군에 속하는 큰아드님을 무장해제시키기 위해서라도 무장 경찰로 이 집을 다 포위했을 겁니다. 그것만 보셔도 공식수사와 관련된 게 아니라는 건 아실 겁니다. 아직은요. 전 오늘 형사로서 찾아온 게 아닙니다. 민간인 자격으로 온 겁니다."

4월 초, 늦은 밤이었다. 얇은 옷차림으로 현관에 그대로 서 있기는 다소 추운 날씨였다. 하지만 그녀가 서서히 팔짱을 낀 건 추워서가 아니라는 걸 브론크스는 알고 있었다.

"민간인 자격이라고요? 그렇다면 왜 우리 큰아들에게 연락하라고 하는 건지 더더욱 이해가 안 가네요. 갑자기 두 사람이 친구처럼 가까워졌을 리도 없을 텐데 말입니다."

그는 상대를 쳐다보았다. 그녀를 이해할 수 있었다.

하지만 딱히 뭐라고 대꾸할 말도 없었다.

왜냐하면 성급한 방문은 그녀의 아들 때문이 아니었기 때문이다. 살아 있는 욘 브론크스의 유일한 혈육 때문이었다.

그는 지금도 여전히 자신의 형이 무장 강도 사건에 연루되지 않았기를 바라고 있었다. 형에게 연락이 닿아서 또다시 종신형에 처할 상황을 막을 수 있기를 여전히 바라고 있었다.

"상황은 이렇습니다, 브릿 마리 씨. 아, 그나저나 이렇게 불러도 되겠습니까, 브릿 마리 씨? 아드님과 연락이 닿지 않아 해야 할 이야기를 나누고 합의에 이르지 못하면, 단지 의심만 받고 있는 상황에서 어제 같은 가택수색에서 느끼셨던 불쾌함보다 훨씬 더한 경험을 하게 되실지도 모릅니다. 지금 큰아드님이 큰일을 계획

중이라는 정보를 입수했습니다. 그런데 그 일을 정말 벌이게 되면 생지옥이 따로 없을 겁니다."

"일단 브릿 마리라고 부르는 건 듣기 거북하네요. 형사님은 나를 잘 모르시잖아요. 그리고 날 잘 아셨다면, 내가 형사님을 도울 수 없다는 것도 잘 아셨을 겁니다. 난 그 아이 엄마예요. 아들이 체포되게 도울 수는 없는 법이잖아요."

"아드님을 체포하도록 돕는 게 아닙니다. 아드님이 구속될 상황을 막는 걸 돕게 되시는 겁니다."

또다시 거짓말을 했다. 브론크스는 자신이 찾아온 이유는 상대의 가족이 체포되는 상황을 어떻게든 막기 위해서라고 설명했다. 삶의 안전을 위해 빌어먹을 거짓말을 한 것이다. 능력 있는 동료에게 거짓말을 했던 것처럼. 지금 느끼고 있는 형사로서의 수치심을 앞으로 다시는 경험하고 싶지 않았다.

"제 말을 믿어주시기 바랍니다, 브릿 마리 씨."

"무슨 의도를 가졌는지도 모르는 사람 말을 어떻게 믿습니까."

"의도라고요?"

"사람들에겐 어떤 식으로든 의도라는 게 있는 법이니까요."

절망감. 의도를 비틀고 왜곡하는 원동력. 자기 아들을 보호하려는 자신의 어머니가 될 수도 있었다. 하지만 그에게는 선택권이 없었다. 이렇게 되면 되도록 써먹고 싶지 않은 근거를 악용할 수밖에 없었다. 나머지 두 동생을 끌어들이는 것이다.

"관련된 사람이 여럿입니다."

"여럿이라고요?"

"큰아드님인 레오가 동생들까지 끌어들였습니다. 동생들까지 이런 일을 겪을 필요는 없지 않겠습니까. 전에도 그랬는데, 이번에도 그렇게 만드실 작정이십니까?"

"펠릭스가요?"

브론크스는 상대를 쳐다보았다. 자신의 절망이 그녀에게 옮겨가는 과정을 볼 수 있었다. 그러는 사이 자신이 느끼는 자기혐오는 점점 더 커지고 있었다.

"그러니까 지금 펠릭스가……. 아니…… 빈센트가 지금……. 설마 그 아이들이……."

"다른 형제들도 있습니다, 브릿 마리 씨. 말씀드릴 수 있는 건 이게 다입니다."

브론크스는 고래고래 소리를 지르고 싶었다.

내 형제가 있다는 말입니다!

그러고 싶었지만 그러지 않았다. 그리고 볼 수 있었다. 냉정하고 당당했던 자세, 주저앉지 않겠다고 버티던 저항력이 점점 사라지는 것을. 곧 상대의 갑옷을 뚫고 들어가기 일보 직전이었다.

"연락해보십시오."

그는 자신의 휴대전화를 건넸다.

"브릿 마리 씨, 큰아드님께 전화해보세요."

"싫습니다."

온몸에 힘이 빠진 상태에서도 강한 거부 의사로 고개를 흔들 기력은 남아 있었다.

"제 말 잘 들으세요, 브릿 마리 씨. 전화를……."

"제가 한 말 못 들으셨어요?"

이제 그녀는 소리치고 있었다.

"빈센트는 절대로, 다시는 범죄를 저지를 애가 아닙니다! 내가 알아요! 난 그 아이 엄마이기 때문에, 내가 안다니까요!"

뱃속 깊은 곳에서부터 올라온 그 목소리는 가슴을 통과해 밖으로 튀어나와 그를 거쳐 근사한 주거지역 어딘가로 날아가버렸다.

"그러니까 형사님을 위해서 내 큰아들과 연락할 일 없다고요!"

그러고는 두 팔을 뻗어 주차장 옆에 있는 진입로와 불이 켜진 작은 도로를 가리키며 말을 이었다.

"그러니 이제 돌아가주시겠어요?"

그녀는 더 이상 고함을 지르지 않았다. 날카로운 만큼 묵직한 저음이었다.

"아니면 제가 지금 이 시간에 근무 중인 다른 경찰에게 전화 걸기를 바라시는 건가요?"

몇 시간 동안 정처 없이 인적이 드문 시골길을 오간 뒤였다. 어쩌면 성인이 된 후, 아버지와 처음으로 대화다운 대화를 나눠본 것 때문이었는지 레오는 드라바 식당 앞에 아버지를 내려드리던 순간 만감이 교차했다. 레오는 동시에 두 가지 감정을 느끼는 상황을 싫어했다. 그런 건 자신답지 않았다. 작전에 성공하려면 신경을 분산시키는 모든 것들을 사전에 날려버려야 한다. 감정이 상충할 경우 집중력을 잃을 수 있기 때문이다. 일단 짜릿함이 먼저였다. 브론크스가 미끼를 물었고, 아버지가 미끼를 물었다. 하지만 아버지를 내려드리고 운전석에 앉아 식당 유리창 너머 아버지 모습을 보면서는 더러운 기분이 들었다. 상반된 감정이었다. 아버지는 경쾌한 발걸음으로 카운터로 걸어가 주인과 잡담을 나누면서 영업 마감 전에 커피 한 잔을 주문했다. 흥에 겨운 모습이었다. 큰아들이 아버지에게 불어넣어 준 건 희망이었다. 조만간 다시 빼앗아가겠지만……

아버지가 삼 형제에게 지속적으로 희망을 주고는 빼앗아가던 당시에 느꼈던 그 감정만큼이나 더러운 기분이 들었다.

작전을 성공시키려면 필요한 과정이었다. 내일 레오 뒤브냐이 브론크스의 '친정'을 덮치는 순간, 그를 거기서 한참 떨어진 장소로 끌어내기 위해서는.

아버지는 당연히 실망할 것이다. 아프기도 할 테지. 하지만 상처를 입을 만큼 다칠 일은 없을 것이다. 아버지는 딱 전화 한 통만 더 받게 될 뿐, 더 이상 그 어떤 일에도 가담하지 않는다. 법적인 책임을 질 일도 없을 것이다. 사후에, 비록 헛간에 들어갔을 때부터 의심스럽다고 생각했던 그 게임에서 자신이 결국 체스판 위의 졸에 불과했다는 사실은 알게 되겠지만…… 아버지는 식당 주인이 뭐라고 한 말에 큰 소리로 웃고 있었다. 그 모습을 잠시 지켜보던 레오는 시선을 차로 돌려 가속페달을 밟고 실선 부분에서 유턴한 다음 모퉁이로 향했다. 그리고 링스베겐을 거쳐 터널로 내려가 커다란 호텔 아래 있는 주차장으로 곧장 차를 몰았다.

목적지에 도착했을 때 삼이 먼저 나와 기다리고 있었다. 두 사람은 다시 차를 타고 스칸스툴 구교(舊橋)를 넘어 식클라에 있는 술로의 은신처로 향했다. 최종점검의 시간이 왔기 때문이다. 그런데 삼의 주머니에 들어 있던 휴대전화가 부르르 떨렸다. 번호를 아는 사람이 몇 되지 않는 암호화된 번호였다. 액정화면을 들여다보았다. 엄마였다. 받고 싶지도 않았고 작별인사를 하고 싶지도 않았다. 이미 마음먹은 일이었다. 그냥 이대로 사라지는 게 훨씬 쉬웠다. 하지만 엄마에게 걱정을 끼치고 싶지는 않았다.

"네, 엄마."

그 번호로 전화를 걸었다는 건 중요한 일이라는 거다.

"레오, 얘기 좀 할 수 있겠니?"

"그럼요."

"방금 전에 말이다……."

목소리에서 느껴지는 건 두려움이 아니었다.

흥분한 분위기였다.

다소 화가 난 듯도 하고.

"형사 하나가 집에 다녀갔다. 이름이 욘 브론크스라더구나. 얼굴은 누구인지 알아보겠더라. 그 형사였지."

브론크스가?

"너하고 긴밀히 할 얘기가 있다더구나."

방금 전이라고?

"너하고 합의를 봐야 더 많은 사람이, 다른 형제들이 다칠 일이 없다고 그렇게 말하는데……."

어머니 집으로 찾아갔다고?

"다른 형제들이라고 하는데, 레오, 난 도대체 무슨 일인지 누굴 말하는 건지 모르겠다. 그게 펠릭스나 빈센트와 관계된 일인지도 모르겠고. 그런데 넌 그게 무슨 뜻인지 잘 알 거라고 생각한다."

브론크스가! 방금 전에! 어머니 집을 찾아갔다고!

"제가 알아서 할게요, 엄마. 걱정하지 마세요."

그는 통화종료 버튼으로 엄마의 목소리를 잘라버렸다. 분노. 마지막으로 서로 대화했을 때 목소리가 그랬던가?

"어머니였어?"

삼은 미소를 짓고 있었다. 레오는 아니었다.

"아니, 빌어먹을 경찰 동생."

짧은 대화 내용을 설명해주긴 했지만 삼은 한 귀로 흘려듣는 듯 점점 더 자기 생각 속에 빠져드는 것 같았다.

"욘과 나는 서로에게 남은 유일한 가족이야. 브론크스 가문의 마지막 남은 자손들인 셈이지. 그거 알고 있었어, 레오?"

이미 작별인사라도 건넨 사람처럼.

"그래도 상관없어. 어차피 적이니까. 내가 그 녀석을 바라보는 관점은 그래. 이미 오래전부터."

마치 세상에 없는 사람에 관해 이야기하는 것처럼.

"적이면서 동시에 하나밖에 안 남은 가족. 그 녀석이 그래."

두 사람은 초록 불이 떨어지자 왼쪽으로 돌아 함마뷔베겐을 따라 프뤼쉬후세트와 스타토일 주유소를 지나 굴마스플란으로 향했다. 레오는 삼이 자신과 얼마나 가까운 사이인지 생각해보았다. 그리고 자신 역시 삼에게 그런 존재라는 확신을 갖게 되었다. 브론크스 덕분에…… 두 사람은 각자의 인생 제2막을 앞두고 있었다. 아무도 따라갈 수 없는 제2막을. 하지만 삼이 잊고 있는 게 하나 있었다. 브론크스를 머릿속에서 완전히 지워내려 제아무리 애를 써도 브론크스는 삼을 머릿속에서 확실히 지울 수 없을 거라는 사실을. 그것 외에 달리 설명할 방법은 없었다. 브론크스는 일종의 화해를 원하고 있었다. 조만간 경찰에 체포될지 모른다는 소식을 형에게 전하고 경고하고 싶었던 것이다. 경찰이 헛간을 둘러싸고 급습했을 때 현장에서 2백여 정의 자동화기와 레오 뒤브냑의 얼굴을 보고 싶었지만, 자신의 형은 그 자리에 없기를 바랐던 것이다.

레오는 다시 휴대전화를 꺼내 들었다.

기분이 좋지 않았다.

엄마는 신호가 울리자마자 바로 받았다.

"레오니?"

"네, 저예요, 엄마. 저기, 내일 일찍 잠깐 들를게요. 다 괜찮은지 확인하려고요."

레오는 휴대전화를 차마 꺼내지도 못했던 말과 함께 원래 들어 있던 주머니에 찔러 넣었다.

그리고 엄마한테 제대로 된 작별인사도 드리려고요.

두 사람은 식클라 가까이 다가가고 있었다. 레오는 차 두 대 사이에 주차하고는 잠시 차에 앉아 있었다. 삼은 벌써 일어나 문을 열고 차 밖으로 나갔다.

"금방 들어갈게요. 내일 일 때문에 약간 손볼 게 남아 있어서요. 삼처럼 나도 머릿속에서 지워야 할 사람이 하나 있거든요."

그는 삼에게 고갯짓을 하고는 차를 끌고 언덕 아래로 내려갔다. 쇠데르말름과 회갈리스가탄에서 그리 멀지 않은 곳이었다. 기껏해야 15분 거리였다.

당신 제대로 실수한 거야, 브론크스.

분노가 서서히 격노로 변해가고 있었다. 거사 전날, 모든 게 차분하게 진행돼야 할 시점에 삼 앞에서 그런 감정을 드러내고 싶지는 않았다. 하지만 그 감정을 더 이상 가슴속에 담아두고 넘어갈 수는 없었다.

내 가족을 끌어들이겠다, 이거지?

끓어오르던 분노가 터져 나왔다. 그는 차 안에서 고래고래 소리를 질렀다.

내 동생들 미래를 망가뜨리겠다고 우리 어머니를 협박해?

레오는 창문을 완전히 내리고 또다시 고함을 질렀다. 욕을 쏟아내고 토해냈다. 그러고 나니 기분이 조금 나아졌다.

욘 브론크스는 범퍼로 앞차를 조금 밀고, 또 뒤차를 조금 밀고 서야 쇠데르말름에서 유일하게 남아 있던 주차공간에 자신의 차를 끼워 넣을 수 있었다. 자정에 가까운 늦은 시각에 집에 오면 반복적으로 겪는 일상이기도 했다. 사람은 없고 차만 가득한 거리를 누비고 다니다 그렇게 룬다가탄 꼭대기에 있는 어정쩡한 자리 하나를 찾게 되었다. 차를 세우고 집으로 가기 위해 에케르만스크말름고리와 바르브스가탄을 지나 회갈리스가탄에 첫발을 내딛는 순간 피로감이 몰려왔다. 드러누워 자고 싶은 마음이 간절했다. 짧더라도 숙면을 취하고 나면 계속 버틸 수 있을 것 같았다.

브론크스는 기다란 하나의 벽처럼 보이는 아파트 단지를 따라 걸었다. 4층짜리 아파트들은 20세기 초에 지어진 건물들이었다. 집 현관문에 거의 도착할 즈음 오늘따라 평소와 달리 더 어둡게 느껴졌다. 누군가 가로등을 다 꺼버리기라도 한 것처럼. 길 반대편의 쌍둥이 탑 교회 건물에서 전해지는 불빛이 전부였다. 머리 두 개 달린 거인이 감시하는 듯 기다란 그림자가 바닥을 장식하고 있었다. 그 순간 종이 세 번 울렸다. 23시 45분이라는 뜻이었다. 이사 왔을 당시만 해도 시간당 네 번씩 울리는 종소리 때문에 미치는 줄 알았다. 그러다 어느 순간부터 무의식적으로 다음 종 칠 시간을 기다리게 되었고, 지금은 단조로운 그 종소리도, 그 자리에 단단히 버티고 있는 교회 건물도 좋아하게 되었다. 대도시 한가운데 당당히 자리를 차지하고 있는 교회는 모든 게 언제나 한결같다는 것을 말해주고 있었다.

그런데 그날은 평소와 달랐다.

절망감은 자기혐오로 변하면서 점점 더 깊숙이 그의 속을 갉아먹고 있었다. 따지고 보면 이미 도를 넘어선 행동을 했을 수도 있다. 욘 브론크스는 대인관계가 그리 원만한 사람은 아니었다. 마음을 쉽게 여는 스타일도 아니었다. 하지만 마음속에는 언제나 옳은 방향으로 가려는 윤리적 신념을 지니고 있었다. 그런데 그 신념이 무너져 내리기 일보 직전이었다. 레오 뒤브냑과 삼 라센이라는 거대한 자기장 사이에 놓인 기분이었다. 멈춰 섰던 윤리적 신념은 양쪽으로 흔들리다 갑자기 브론크스를 크게 흔들어놓았다. 주변을 맴돌고, 큰 소리로 그를 부르다, 뒤에 숨는 식으로. 민간인 자격이라고? 남들에게 거짓말을 할 생각이나 하면서? 자신의 이익을 위해서 상처 주고, 흔들고, 심지어 협박까지 하면서? 형이 이런 대접을 받을 자격이나 있는 걸까? 연락조차 하려고 들지 않는 사람인데? 낚시 칼을 왜 지금까지 가지고 있었는지 그 이유와 상관없이 그냥 이렇게 해줘야 하는 걸까?

욘 브론크스는 그 어떤 질문에도 대답할 말이 없었다. 자신에게는 더 이상 윤리적 신념이 없다는 말을 제외하고는.

밝게 빛나는 철제 열쇠고리는 주머니에 넣어둔 터라 차가운 밤바람 속에서도 온기가 남아 있었다. 현관 열쇠를 고르면서 평소 현관까지 비춰주던 가로등도 깨졌다는 사실을 깨달았다.

그러다 갑자기 동작을 멈췄다.

혼자가 아니라는 불길한 예감.

"브론크스 형사. 당신하고 나는 절대로 서로에게 민간인이 될 수 없어."

그 목소리.

브론크스는 현관 유리를 힐끗 쳐다보았다. 유리에 한 형체가 반사되어 있었다.

놈이었다.

"그래서 미리 경고하는데, 다음에 또 우리 가족한테 볼일이 있거든 그땐 경찰답게 행동하라고, 경찰답게. 이 짭새 새끼야."

너한테 연락한 건 나야. 그런데 장소는 네가 정했어.

브론크스는 서서히 뒤로 돌았다. 오해의 소지가 없도록 신중하게. 언제든 공격에 나설 수 있는 상대를 등지고 선, 전적으로 불리한 위치였다.

"내가 어제 면담조사실에서 원했던 게 정확히 그런 입장이었어, 레오. 그런데 공적인 경찰업무를 민간차원의 사적인 영역으로 끌고 들어간 게 바로 네 녀석이었어. 초대도 받지 않은 우리 형제 이야기 속에 끼어들어 그걸 이용하려 했으니까."

"초대도 받지 않아? 이용해? 그 비밀을 나한테 털어놓은 건 삼의 선택이었어. 당신도 당신이 믿는 사람한테 그런 비밀 털어놓으라고."

순식간에 벌어진 일이었다.

앞에 서 있던 남자는 등 뒤로 손을 가져가더니 허리춤에서 권총을 뽑아 그 즉시 브론크스의 왼쪽 관자놀이에 총구를 들이밀었다.

"그런데 이건 내 면담조사거든. 왜냐하면 오늘 저녁 당신이 한 짓은 전혀 차원이 다른 일이었어. 내 어머니를 찾아가 위협을 하고, 내가 동생들을 범죄에 끌어들일 거라 생각하게 만들었어. 내가 무슨 짓을 벌일 건지, 그건 당신이 어떻게 생각하든 상관없어. 그런데 친구라도 되는 양 위장 전술로 은근슬쩍 그런 짓을 해?"

차가운 총구가 연한 살갗을 짓누르고 있었지만 브론크스는 불안하지도, 두렵지도 않았다.

"뭘 묻는 건지 모르겠다고, 레오. 아, 레오라고 불러도 괜찮나? 자네 어머니는 내가 성이 아니라 이름을 부르는 걸 별로 좋아하지 않으시더라고. 자네도 마찬가지겠지만. 그런데 질문이 뭐였지? 제대로 된 질문을 하지 않았잖아."

공허함. 그랬다.

아무런 생각도 들지 않았다. 그저 두 눈만 바라볼 뿐이었다. 레오 뒤브냑은 무슨 일을 벌일 의도가 없어 보였다. 단지 위협일 뿐 실천으로 이어질 행동은 아니었다.

"레오, 자네도 알다시피 면담조사라는 게 그런 거야. 답을 얻으려면 질문을 해야지. 내가 왜 벌어먹을 자네 어머니를 찾아갔는지 알고 싶지 않아?"

관자놀이를 누르던 총구에 힘이 들어갔다. 긁는 정도를 넘어 구멍이라도 낼 듯 강해지자 뺨으로 피가 흐르기 시작했다.

"뭐라고? 우리 엄마가 뭐가 어째?"

"그 답을 줄게. 자네가 묻지도 않은 질문에 대한 답 말이야, 레오. 자네 어머니를 찾아간 이유는…… 자네와 연락하기 위해서였어."

관자놀이에 달라붙어 몇 밀리미터만 잘못 움직여도 죽음이 찾아올 것 같은 순간이 불시에 찾아온 것처럼 위협도 순식간에 사라졌다. 상대는 총을 거두고 편하게 손을 내렸다.

"그래서 이렇게 연락이 됐잖아. 다음엔 얼굴에 빨간 자국 남기는 걸로 끝나지 않아. 한 번만 더 연락하면 쏴버릴 거라고."

레오 뒤브냑은 상대를 향해 미소를 짓고는 발걸음을 돌렸다.

"자넨 삼이 어디 있는지 알잖아!"

길을 한 절반쯤 건너갔을 때 브론크스의 목소리가 등 뒤에서 들려왔다.

"형하고 날 만나게 해줘야 해!"

레오는 길을 건너가던 중간에 멈춰 섰다. 그리고 뒤로 돌았다.

"꺼져버려, 개 같은 형사 새끼야!"

레오 뒤브냑은 방금 전처럼 다시 웃고는 발걸음을 옮겼다.

"전화해! 연락하라고, 연락해서 말해……."

브론크스는 자기가 던진 목소리를 뒤쫓기라도 하듯 달려오며

소리쳤다.

"나하고 만나자고!"

어느새 레오를 따라온 브론크스는 랭홀름스가탄까지 그와 나란히 걸었다.

"전화해! 연락하라고! 제발 형을 만나게 도와달라고!"

"어이, 형사 양반. 지금 당신이 무슨 소리를 하는 건지 알기는 해? 뭐가 어째? 도와달라고? 나한테?"

브론크스는 이미 자신이 자제력을 잃었다는 걸 알고 있었다. 절망이 자기혐오와 만난 결과는 자포자기로 이어졌다. 그리고 소리를 지르면서 이런 말을 내뱉을 뻔했다.

자넨 날 도와줘야 해. 왜냐하면 내가 총을 찾아냈다는 걸 자네는 모르기 때문이지. 그게 어떻게 될지 내가 이미 다 파악하고 있다는 걸 자네는 모르기 때문이라고.

하지만 그러지 않았다. 왜 삼과 만나 이야기해야 하는지, 왜 이런 굴욕을 감내하고 있는지 말하지 않았다.

난 널 체포할 거야. 그런데 그 상황이 닥치면 내 친형까지 체포해야 해.

"당신은 당신 형을 잘 몰라, 형사 양반."

브론크스는 경계석에 발이 걸려 넘어질 뻔했다.

"당신은 나만큼도 당신 형을 몰라, 브론크스 형사. 그랬다면 아마 다시 교도소에 들어가느니 총에 맞고 죽는 쪽을 선택하리라는 것도 알았을 거야."

회갈리스가탄에서 랭홀름가탄으로 이어지는 길이었다. 레오가 혼스플란이 있는 왼쪽으로 틀자 브론크스도 따라서 방향을 돌렸다. 서로를 증오하는 두 사람이 같은 길을 나란히 걷고 있었다.

"좋아. 이렇게 하지."

목이 아팠다. 그곳은 행인이 더 많이 지나다녔다. 언성을 낮춰야 했지만 브론크스는 그러지 않았다.

"내 형제한테 어떤 일이 벌어질지 관심 없다면, 자네 형제들한테 벌어질 일에 관해서도 관심 없을 거야. 그렇지?"

그 말에 레오는 걸음을 멈췄다.

"그건 또 무슨 개 같은 소리야, 형사 양반?"

다른 것들과 달리 제대로 작동하는 가로등 하나가 두 사람 앞을 비추고 있었다. 형사와 용의자는 정확히 빛과 어둠의 경계선 앞에 서 있었다. 아무런 말없이 가만히 선 채로. 레오 뒤브뇩은 상대를 위협했지만, 딱히 실행에 옮길 마음은 없었을 것이다. 그래서 다음에 또다시 누군가를 위협하더라도 결국 이 정도 선을 넘지 않을 터였다. 하지만 욘 브론크스는 곧 도를 지나칠 생각이었다. 공권력의 한계를 어기면서까지.

"무슨 말이냐고? 자네가 이 빛 안으로 걸어 들어와 얼굴을 내밀면 무슨 뜻이었는지 말해주지."

브론크스는 단호히 발걸음을 옮겨 가로등 불빛 아래로 향했다. 그리고 손가락으로 아스팔트를 가리켰다.

"이리로 걸어 들어오라고!"

"형사 양반은 더 이상 잃어버릴 위엄도 없어 보이니 그냥 집에 들어가서 잠이나 처주무세요."

"빛으로 걸어 들어오라고!"

"잘난 형사 양반께선 내가 당신이 가장 자랑스럽게 여기는 걸 빼앗아갈 때를 대비해서 집에 가서 힘이나 아껴두시라고. 내가 조만간 찾아갈 거거든. 예상도 못 한 순간에 말이야."

레오의 웃음소리는 마치 도로로 뻗어나가는 불빛 주변을 빙빙 도는 것처럼 울려 퍼졌다. 그러다 빠른 걸음과 함께 어둠 속으로 사라졌다.

"네가 자청한 거야, 레오! 네가 선택한 결과라고!"

브론크스는 여전히 주변을 오가는 사람들은 아랑곳하지 않고 레오 뒤브냑을 향해 소리쳤다.

"자네가 확실히 알아둬야 할 게 하나 있거든. 내 형제를 끌어들이면 네 형제도 끌어들일 거라는 거 말이야!"

그녀가 바라보는 창밖은 어둠에 잠겨 있다.

엘리사는 책장에서 창문으로 갔다가 다시 책장으로 되돌아왔다.

그녀에겐 직장에서 지켜야 할 직무수칙이 여러 개 있다. 그런 걸 좋아하기 때문이다. 체계를 갖추면 일단 더 나은 경찰이 된 기분이 든다. 반면, 사생활의 경우 지켜야 할 규칙은 단 하나다. 헤어질 일, 싸울 일을 다시는 만들지 말자. 서로의 마음을 쓰다듬어주는 남자와 여자는 서로의 몸을 쓰다듬어줄 수도 있고 그 친밀감을 이용하기도 하는데, 그럴 경우 아픔이 따라오게 되고 그게 반복될 때마다 상처는 깊어지기 때문이다.

직장생활에도 적용되는 규칙이기도 했다. 그녀의 동료 형사에게는 아주 낯선 규칙이 되겠지만.

그런 이유로 늦은 밤, 어느 교회에서 종이 세 번 울리는 동안 그녀는 경찰서 사무실 안을 서성이고 있었다. 절대로 닮지 않으리라 스스로에게 다짐한 여자 형사의 전형처럼. 사랑하는 사람과 시간을 보내는 대신 일에 치여 살거나, 잠잘 때조차 손에서 사건을 놓지 않는 여자 형사가 싫었다. 그런데 이번에는 결정적인 차이가 하나 있었다. 잡아넣어야 할 상대가 범죄자가 아니라는 사실이었다.

엘리사는 계속해서 책장에서 창문까지 갔다가 수사의 세 가지 축을 구성하고 있는 종이 뭉치 세 개가 놓여 있는 책상을 한 바퀴 빙 돌았다. 그렇게 한 번씩 돌아올 때마다 답답함은 점점 커지고 있었다. 알리바이가 있더라고. 둘 다. 애석하게 말이야……. 그렇게 말하면서 아무리 봐도 불협화음 같은 어색한 미소로 그녀를 바라봤었다. 그때, 거기서, 엘리사는 처음으로 달라진 목소리를 느낄 수 있었다. 면담조사실에서 벌어진 상황은 지금도 이해가 되지 않았다.

LD: 브론크스 형사님. 당신이 데리고 있는 이 꼭두각시하고 복도를 오가다 만나는 이웃 사람들을 어느 정도 알고 지내는지 얘기하던 중이었습니다.

엘리사는 가장 왼쪽에 쌓아둔 종이 더미 앞에 멈춰 섰다. 개자식, 먼저 치시겠다로 분류한 파일이었다. 그녀는 레오 뒤브낙과의 면담조사 녹취록을 그 파일 위에 얹어놓았다. 그것은 브론크스 형사와 레오 뒤브낙의 대화에 가까웠다.

LD: 예를 하나 들어보지요. 거기 재소자가 하나 있었습니다. 그런데 그 양반이 그런 얘기를 해주지 뭡니까. 여름 별장에서 자기 손으로 자기 아버지를 칼로 찔러 죽였다고 말입니다.

엘리사는 다시 한번 녹취록을 읽어보았다. 손가락으로 카메라 렌즈를 두드리고, 손바닥으로 마이크를 때린 용의자가 뱉어낸 말들은 모두 옆방에서 모니터를 통해 자신을 지켜보고 있던 남자를 향한 것이었다.

LD: 자기 아버지 가슴에 칼침을 스물일곱 번이나 꽂았다더라고.

그 대목에서 브론크스 형사가 면담조사실 문을 불쑥 열고 뛰어들어왔다. 레오 뒤브냑은 상대를 도발하는 데 성공했다. 엘리사는 선배 형사에게 도대체 무슨 이유로 그런 반응을 보인 거며, 뒤브냑이 한 말이 무슨 뜻이었는지 대놓고 여러 번 물어보았지만 매번 돌아오는 답은 불협화음 같은 일그러진 미소뿐이었다.
엘리사는 직감을 결코 달가워하지 않았다.
하지만 지금 그녀 앞에 놓여 있는 녹취록은 사실을 담고 있었다.
욘 브론크스와 관련된 무언가가 투명하지 않다는 사실을. 그런 걸 알아내는 게 그녀가 해야 할 일이었다. 그런 생각을 하며 사무실 안을 한 바퀴 더 돌고 나니 답답함이 서서히 가라앉기 시작했다. 가야 할 방향이 명확해지기 시작하면 심리적인 스트레스가 줄어들곤 했다. 지금 이 순간부터 브론크스의 행적도 눈여겨봐야 할 대상에 포함된다. 규칙을 어긴 사람이기 때문이다. 헤어질 일, 싸울 일은 다시 만들지 말자. 형사가 똑같은 용의자를 두 번 다시 잡지 않는 것과 마찬가지였다. 적어도 이전에 다수의 은행 강도 혐의로 그 용의자를 수사했고 몇 달에 걸쳐 면담조사를 진행한 적이 없었다면 말이다. 선배는 용의자와 관계를 발전시켰어. 더 이상 객관적일 수가 없을 정도로. 당신과 범죄자는 서로를 더듬고, 그 친밀감을 악용할 수 있는 사이가 된 거야.

엘리사는 다시 종이 더미 앞에 멈춰 섰다.

그리고 추가 용의자란에 브론크스의 이름을 적어 넣었다. 뒤브냑 바로 옆에. 그런 다음 관련 서류들을 가운데 있는 종이 더미 위에 내려놓았다. 너희들 실수했어.

면담조사가 진행되는 동안 그가 보였던 행동에 대한 그럴듯한 해명을 들을 때까지 욘 브론크스는 일단 용의자로 분류될 것이다. 스스로 그 해명을 가지고 찾아오지 않는다면 밤이 새벽이 되고 새벽이 아침이 되는 순간, 자신이 직접 밝혀낼 것이다. 대신 설명해줄 수 있는 인간, 레오 뒤브냑을 찾아가서라도.

작별인사.

한 번도 떠올려본 적 없는 단어였다. 구식이고, 이상할 정도로 거창하며 거리감이 느껴지는 말이다. 하지만 그가 이곳을 찾은 이유는 작별인사를 건네기 위해서였다. 갈게요, 나중에 뵐게요가 아닌 작별인사. 열어뒀던 문을 완전히 닫고 영원히 떠나기 위해서.

레오는 자물쇠에 열쇠를 넣고 반쯤 돌리다 갑자기 동작을 멈췄다. 브론크스가 이 계단을 밟고 올라와 자신의 가족에게 모욕적인 언사를 퍼부은 게 불과 몇 시간 전이었다. 레오는 굳게 닫힌 어머니 집 현관문을 물끄러미 바라보면서도 머릿속으로는 최종작전인 '경찰서'의 8단계 과정을 계속해서 점검하고 있었다. 작전 실행까지는 불과 몇 시간밖에 남지 않았다. 마지막 단계는 정각 19시에 이 나라를 뜨는 것이다. 그 첫 단계가 바로 작별인사를 건네는 일이었다. 속으로 어떤 기분이 들던. 신경을 거슬리게 하는 것들을 잠재워버리고 홀가분하게, 세상에 없는 것을 되찾아가는 것 외에 다른 생각이 들지 않도록 정신을 가다듬는 데 필요한 전제조건이었다.

계속해서 은행 강도를 이어가는 동안 은행 문을 열고 들어가 장전된 자동소총으로 남들의 시선을 끄는 데는 아무런 문제가 없었다. 심지어 불시에 자신도 총구의 표적이 될 수 있다는 사실을 인지하면서도 절대 주저하지 않았다. 그런데 지금 그는 망설이고 있다.

열쇠를 끝까지 돌려 현관문을 열고 들어가면 한 사람이 보일 것이다. 다른 세상에서는 사랑과 안전의 상징인 사람, 문 열고 들어온 이를 보는 것이 오늘로 마지막이란 사실을 전혀 모르는 사람.

레오는 재빨리 삼 쪽으로 시선을 돌렸다. 삼은 어머니의 집 자동차 진입로에 세워둔 차에서 기다리고 있었다. 그러고는 심호흡을 한 번 한 다음 열쇠를 끝까지 돌리고 서서히 문을 열었다. 부엌과 통로에 불이 들어와 있었다. 이른 아침 시간이었음에도 불구하고 갓 내린 커피 향이 풍겼다. 아들들이 어렸을 때 엄마는 저녁이 되면 당신의 도시락을 챙겨 센달에 있는 요양원으로 일하러 다녔다. 밤새도록 몸이 불편한 사람들을 간호하고 집으로 돌아와 삼형제가 학교에 간 사이에 잠깐 눈을 붙이곤 했었다. 그런데 지금은 주간근무를 하고 있다. 레오는 신문 넘기는 소리를 들었다. 예전엔 어머니가 누릴 수 없는 시간이었다.

어머니는 부엌에 있는 소나무 식탁에 앉아 있었다. 창문과 라디에이터와 가장 가까운 자리는 언제나 엄마 차지였다. 어머니는 이

미 옷까지 갈아입었다. 포리지에 냉동 블루베리가 담겨 있었을 그
릇도 비어 있었다. 어머니는 쓰고 있던 빨간 돋보기를 아래로 내
리고 큰아들을 쳐다보았다.

"저예요, 엄마."

"레오니? 들어오는 소리 못 들었는데."

조리대 위에 놓인 커피메이커에는 미지근하게 식은 커피가 남
아 있었다. 레오는 컵을 반쯤 채웠다.

"남은 건 제가 마셔도 괜찮죠?"

"마셔라. 난 곧 나갈 참이었거든."

"저도 같이 나가죠, 뭐. 오늘은 처리할 일이 좀 많거든요."

레오는 늘 그랬듯 커피를 들고 부엌 찬장에 기대섰다. 하지만
오늘은 예전과 달리 찬장 모서리가 목을 자꾸 찔러 불편했다.

"엄마."

"왜 그러니?"

"어젯밤 일은 죄송해요. 머저리 같은 형사 때문에 괜히 고생하
시게 해서요."

어머니는 돋보기안경을 접어 검은색 케이스 안에 조심스레 집
어넣었다. 그러고는 손을 모아 식탁 위에 떨어져 있던 부스러기를
쓸어 쟁반 위에 담았다.

"고생이랄 건 없었다, 레오. 근심에 가까운 마음이랄까……."

"근심하실 일도 없어요. 경찰들 원래 헛소리 많이 하잖아요. 걱
정하실 일 없어요."

어머니는 신문을 펼쳤다. 그리고 문화, 스포츠, 지역 소식을 차

레로 건너뛰었다.

"레오? 엄마가 요즘 아침에 어떤 식으로 신문을 읽는지 아니?"

그녀는 사회면이 나올 때까지 신문을 계속 넘겼다.

"항상 여기서부터 읽는다. 문화면도, 스포츠면도, 경제면도, 나라 밖 소식도, 나라 안 소식도, 연예면도 아닌 여기. 거기에는 이유가 있어. 난 무슨 일이 있었는지 알아야 하거든. 마음의 평화를 얻기 위한 나만의 방식이라고 할 수 있어. 혹시 대형 강도 사건이 발생하지는 않았는지, 어디서 총격전이 벌어진 건 아닌지, 어떤 범죄가 있었는지 그런 걸 알아보려고. 예전에는 전혀 들여다보지 않던 페이지였어. 너희 삼 형제가 모두 체포된 뒤부터 이런 습관이 생겼다. 은행 강도로 구속된 이후부터."

어머니의 손가락 끝이 신문의 6면, 7면, 그리고 8면을 넘겼다.

"매일 다른 소식들이 나오더구나. 새로운 기소 사실, 새로운 물증과 증인. 그렇게 몇 달이 지나고서야 접견이 가능해져서 너한테 물었지. 도대체 어떻게 된 일이냐고. 신문에 기사로 나온 게 전부 다 사실이냐고 말이다. 네가 뭐라고 대답했는지 기억하고 있니, 레오? 걱정하실 일 없어요, 엄마. 방금 전에 했던 말처럼 말이다."

어머니는 신문을 큰아들에게 내밀었다. 책임지고 잘 보관해야 할 물건을 넘기는 것처럼.

"엄마, 펠릭스나 빈센트한테는 아무 일도 안 생겨요. 제가 장담한다니까요."

"그럼 너는?"

레오는 엄마를 향해 손을 뻗었다. 엄마가 좋아하는, 한쪽으로 살짝 치우친 따뜻한 미소와 함께.

"전 항상 잘 지내잖아요."

"그래서 묻는 거다. 엄마 똑바로 보고 대답해. 도대체 교도소에서 나온 지 사흘밖에 안 됐는데 경찰들이 두 번씩이나 찾아오는 이유가 뭐니?"

"경찰은 원래 그런 인간들이라 그런 거예요."

어머니는 다른 이야기를 하려다 생각을 바꾼 듯 돋보기 케이스를 손에 들고 자리에서 일어났다. 그러고는 엄마 특유의 미소로 커피메이커 전원을 끄고 아들을 지나쳐 통로로 나가 코트와 스카프를 걸치고 지퍼 달린 낮은 가죽 부츠를 신었다.

지금이야. 지금이라고, 젠장. 내면의 목소리가 계속해서 속삭였다.

"난 이제 나가야 한다. 사실 거의 날아가야 해. 차도 밀릴 시간이고 8시부터 일해야 하거든."

말해야 한다. 그 말을 하러 왔으니까.

"엄마."

"왜 그러니?"

"저기……. 그러니까……."

"뭐?"

"같이 나가시자고요."

어머니는 서랍장을 열고 지갑을 꺼낸 다음 문손잡이에 손가락을 얹고 기다렸다.

"레오, 너도 나간다고?"

"네."

"이른 아침부터 뭐 하러 온 거니?"

"그게……. 어젯밤 그 일이오. 그냥 별일 없나 확인하러 온 거예요."

"아니, 레오. 엄마는 네가 여기 온 진짜 이유를 묻는 거야."

어머니는 아들의 답을 기다렸지만, 대답은 이어지지 않았다. 활기 넘치는 아침 바람은 열린 문을 가만두지 않으려 했다. 그래서 어머니는 문손잡이를 아래로 누른 채 문을 잡고 아들을 먼저 내보낸 다음 문을 잠그고 자신의 차로 향했다. 아스팔트 진입로에 세워둔 차로 그녀는 후딩예의 대형 병원으로 출근했다. 그녀는 차에 타려다 자신의 차량 진입로에 서 있는 낯선 차 한 대를 발견했다.

"누구랑 같이 온 거니?"

운전석에는 몸집이 큰 금발 머리 남성이 앉아 있었다. 대략 마흔에서 마흔다섯 사이로 보였다. 그녀는 남자를 쳐다보다가 조심스러운 고갯짓으로 인사를 건넸다. 며칠 전 경찰이 타고 있던 맹금류 같은 자동차가 떠올랐다. 그들은 점심 준비를 마친 시간에 쳐들어와 큰아들을 데려갔었다. 눈앞에 보이는 그 차 역시 큰아들과 무슨 관련이 있는 차처럼 보였다. 확신할 수 있었다. 운전석에 앉은 남성은 레오와 적대적인 인물이 아니라는 것도.

"레오, 저 사람은 누구니?"

"삼이에요."

"그래?"

"괜찮은 친구예요."

브릿 마리는 그 이상의 설명은 덧붙이지 않으리라는 걸 재빨리 깨달았다. 그래서 차 문을 열고 운전석에 앉아 시동을 걸었다. 하지만 문을 닫으려던 순간 레오가 문을 붙잡았다.

"저기, 엄마……."

레오는 차창 프레임을 붙잡고 운전석 쪽으로 몸을 기울였다.

"그러니까……. 오늘 하루 잘 보내시라고요."

그녀는 예열을 위해 가속페달을 살짝 더 밟았다.

"그리고요……. 엄마, 이제 걱정하지 마세요."

엄마는 자동차 엔진 소리에 둘러싸인 채 한참 동안 아들을 쳐다보았다. 책망의 눈빛도, 체념의 눈빛도 아니었다.

"레오야."

"네, 엄마?"

단지 내일 자신이 할 수 있는 일이라고는 여전히 신문기사를 찾아보는 것뿐임을 아는 사람의 눈빛이었다.

"사랑한다."

그들이 앉아 있는 근사한 철제 테이블 위에는 블랙커피 두 잔과 햄 치즈 샌드위치 두 개가 놓여 있었다. 꽤 크기가 작은 카페인 터라 종업원 외에는 아무도 없었다. 시나몬 번과 사과 파이를 쌓아 둔 진열장 사이 카운터에 서 있던 종업원은 사실 주인에 가까웠다. 그리고 손님 두 명이 베리스가탄과 경찰서를 마주 보고 있는 창문 앞에 앉아 있었다.

"뭐 좀 먹어요, 삼."

"안 들어가. 아무것도 삼킬 수가 없어."

삼은 접시 위에 있는 음식을 쿡쿡 찔러보고 손도 대지 않은 커피 잔을 옆으로 밀었다. 만지는 것조차 힘들어하는 게 보였다. 지금처럼 신경이 곤두선 모습은 처음이었다. 지난번 자금 마련 강도를 벌이기 전에도 이 정도로 긴장하지는 않았었다.

"시간 여유가 많지 않다는 건 알지만 필요한 만큼은 있어요."

"레오, 시간에 관한 문제가 아니야."

"잠깐만요."

레오는 자리에서 일어나 흰 냅킨과 반짝이는 티스푼이 구비된 별도의 테이블 위에 놓인 물병 쪽으로 다가갔다. 길 건너 상황이 훨씬 잘 보이는 위치였다.

크로노베리 경찰청. 이 박동하는 스웨덴 경찰의 심장부는 제복 경관과 순찰차를 뿜어내 민간사회가 잘 돌아가고 있는지 감시하는 곳이었다. 몇 시간 뒤, 불과 열다섯 걸음 떨어진 곳에 있는 자신이 그 건물을 활보하게 될 거라는 사실을 알고 있는 사람은 아무도 없었다.

그는 유리잔을 꺼내 물을 꽉 채운 다음 삼 앞에 내려놓았다.

"그럼 이거라도 좀 마셔요."

"원래 우린 셋이어야 했잖아, 레오. 아리의 빈자리를 대신할 사람을 데려오겠다고 했잖아. 동생 중 하나를."

두 사람은 교도소 휴게실에서 TV를 보다 '세기의 강도 사건' 소식을 접했었다. 거의 1년 내내 관련 리포트가 이어질 정도로 대규모 사건이었다. 레오는 그 사건을 접하며 최종판결이 내려지기까지 오랜 시간이 걸리기를 바랐다. 그런데 출소를 2주 남겨둔 상황에서 빌어먹을 소식이 전해졌다. 대법원에서 더 이상 사건을 이어가지 않겠다는 뜻을 밝힌 것이다. 그 결정으로 모든 게 달라졌다. 즉각 행동에 나서야 했다. 스웨덴 역사상 최대 규모 강도 사건에서 압류된 현금이 소각을 목적으로 툼바에 위치한 제지공장으로 보내지기 때문이었다. 수사 과정에서 증거자료로 활용된 것은 파

131

기하는 게 스웨덴 사법체계의 방식이었다.

술로에게 얻은 정보에 따르면 경찰서 수송 일정은 2주에 한 번, 목요일 오후 2시라고 했다. 그리고 이번 목요일이 유일한 일생일대의 기회였다.

"둘 다 싫다더라고요. 다른 사람은 믿을 수 없고. 우리 둘이서도 잘할 수 있어요."

"애초 계획은 밖에서 하나가 진짜 경찰들이 오는지 망보는 거였잖아. 안에 들어가는 건 두 사람이고. 그런데 이 상황에서는 자네 혼자 들어가야 한다고. 예감이 좋지 않아."

"그래서 어제 혼자 예행연습을 거쳤던 거잖아요. 그만큼 중요한 일이니까요. 가서 현재 수사 중인 사건의 증거품인 선글라스 하나를 가져왔고, 사전에 입수했던 청사진 정확도도 확인했고요. 시간 측정까지 다 마쳤어요. 보관실 관리하는 경관하고 얼굴을 마주 보고 대화도 나누고, 진짜 모든 게 순조롭게 진행됐다니까요, 삼! 아무 문제없었어요! 완전히 미치지 않고서야 이런 계획을 세울 수 있을 거라고 누가 상상이나 하겠어요. 우리 같은 범죄자들을 체포하려고 기를 쓰고 덤비는 형사들이 앉아 있는 건물 지하 증거물 보관실을 턴다는 상상 말이에요."

레오는 테이블 건너편 창문을 가리키며 말을 이었다.

"저기 보여요, 삼?"

삼은 물을 몇 모금 들이켜 보려 했지만 역시나 목에서 콱 막혔다. 레오가 가리키는 손가락을 따라가 봤지만, 눈에 보이는 거라곤 아까보다 더 늘어난 경찰차와 경관들뿐이었다.

"저기 봐요, 삼. 경찰 밴이 두 대 있어요. 저 사람들은 지금 가장 안전하다고 생각하는 장소에서 나오는 길이에요. 그리고 저기 웃으면서 건물 정문 밖으로 빠져나오는 경관 네 명 보이죠? 자세히 봐요. 맨 앞에 콧수염 달린 경관이 우스갯소리를 한 것 같네요. 그 옆에 있는 여자 경관이 깔깔거리며 웃고 있잖아요. 저 사람들은 지금 재미있는 시간을 보내는 중이에요. 어떻게 그게 가능한지 알아요, 삼? 왜냐하면 저들은 지금 자신들이 언제나 안전하다고 생각하는 곳을 돌아다니고 있기 때문이에요. 그리고 우린 보장된 그 안전을 영원히 빼앗아올 거예요!"

레오는 테이블 너머로 삼에게 물컵을 건넸지만 그는 고개를 절레절레 흔들기만 했다.

그거야말로 좋지 않은 징조였다.

더 이상 신경과민 따위로 허비할 시간이 없었다. 은행을 털 때나, 현금수송 차량을 덮칠 때, 가벼운 불안감은 감각을 예리하게 만들어주기 때문에 오히려 유용하다. 하지만 그 불안감에 압도될 경우 단순히 움직임에만 영향을 끼치는 게 아니라, 생각을 방해하고 용기까지 꺾어버린다.

"삼이 해야 할 일은 예정대로 차에 빈 옷 가방이 실려 있는지 확인한 다음 내가 다시 나와서 신호를 보내면 속이 꽉 찬 상자를 실은 카트를 밀고 나올 나를 데리러 오면 되는 거예요. 그것만 신경 쓰면 된다고요. 삼의 위치에서는 쿵스홀름스가탄의 경찰서 입구와 셀레가탄으로 연결되는 법원이 한눈에 다 보여요."

레오는 삼의 어깨에 손을 올렸다. 막냇동생 빈센트가 주저할 때마다 안심시키기 위해 하던 행동이었다.

"그러니까 삼, 삼은 일을 끝내고 뜨기 전까지 위험할 게 하나도 없어요. 체포되더라도 저 안에 있는 나만 체포되는 거예요."

낡은 워낭 소리가 울렸다. 새 고객들이 가게 안으로 들어왔다. 밖에서 웃고 있던 경관 네 명이었다. 누굴 체포하러 가는 길이 아니라 번을 먹으면서 수다를 이어가기 위해 이곳을 찾은 것이다.

"좋아. 안전점검을 해보자고. 챙길 건 다 챙긴 건가?"

레오는 제복 경관들이 카페 반대편 끝에 자리를 잡았지만 그래도 목소리를 낮추며 미소를 지었다.

이렇게 가까운 자리에서 난 당신들이 상상도 못 해본 대담한 작전을 세세히 점검해볼 거야.

"압류물품요청서 준비됐어요. 경찰 컴퓨터에 나온 근무일지에 따라 오늘 당번인 경관 서명도 확실하고요. 압류품 참조번호도 완벽해요. 높이 25센티미터, 길이 32센티미터, 폭 30센티미터 정도 되는 뭉치 열 개는 포장 이사 박스 큰 거 두 개에 나눠 넣으면 공간이 조금 남을 거예요. 제복은 내가 하나 입고, 삼은 법원 앞에 날 내려주자마자 나머지 하나를 입어야 해요. 경찰 배지하고 세트로 말이에요."

두 사람은 잠시 말을 멈추고 왁자지껄 웃고 떠드는 소리와 큰 소리를 내며 움직이는 커다란 벽시계 소리에 귀를 기울였다. 결국 삼은 물컵을 들고 반을 들이켰다. 햄 치즈 샌드위치도 몇 입 씹어 삼켰다.

"잘했어요, 삼. 이제 시작해요."

레오는 가죽 재킷을 비어 있던 옆 의자에 걸쳤다. 그리고 안주머니에서 휴대전화를 꺼냈다. 사전에 등록된 번호로만 전화를 걸 때 사용하는 전화였다. 레오는 전화기를 들고 잠시 카페 밖으로 나갔다. 전화가 연결되기를 기다리면서 맞은편 건물을 바라보았다. 앞으로 무슨 일이 벌어질지 상상도 못 하고 있는 누런 회벽 건물을.

13시 45분에 그 자리에 있어선 안 될 경찰은 딱 하나다.

날 붙잡았지, 이 개자식아.

삼을 알아볼 수 있는 건 당신 하나야. 나를 알아볼 수도 있을 거고. 콘택트렌즈에 머리까지 밀긴 했지만.

그래서 당신은 여기서 멀리 떨어져 있어야 해. 지금부터 당신의 관심을 끌 단서를 작동시킬 거야.

신호음이 들렸다. 규칙적으로 반복되던 신호음은 익숙한 목소리가 전화를 받자 멈췄다.

욘 브론크스는 생전 처음으로 죽음을 직면했다. 그 순간 그렇게 죽을 수도 있겠다는 생각이 들었다. 그런데 아무런 느낌이 들지 않았다. 그게 좋은 건지, 나쁜 건지 알 수 없었다. 교회 건물의 그림자와 깨진 가로등이 만들어낸 어둠 속에서 경고도 없이 튀어나온 레오 뒤브냑의 총구는 그의 관자놀이를 눌렀다. 스웨덴 형사들이 사용하는 시그 사우어. 이상하게 브론크스의 머릿속에 남은 건 그 사실 하나뿐이었다. 어찌나 세게 총구를 눌렀는지 관자놀이에 둥근 자국이 벌겋게 남아 있었다.

그는 기지개를 켰다. 작은 가죽 소파는 썩 편한 잠자리가 아니었다.

어차피 그 일 이후 잠도 오지 않았다. 침대에 누워 식은땀을 흘리며 이리저리 뒤척이다 이불과 베개를 상대로 1시간 넘게 씨름을 한 끝에 결국 포기하고 일어나버렸다. 살해위협 때문은 절대 아니었다. 관자놀이를 꽉 누른 총구 따위는 전혀 두렵지 않았다. 뒤브냑 따위가 두려운 것도 아니었다. 문제는 삼이었다······. 잿더미 속에 파묻힌 과거의 삶. 잉걸불 속에서 연기로 사라져가는 가족, 유년기의 추억이 깃든 집. 그런 게 두려웠다. 동생을 혐오해서 만남은커녕 전화도 거부하는 형은 그에게 마지막 남은 가족이기 때문이었다.

땀에 젖은 이불을 몸에 두른 채 침대에서 일어난 브론크스는 커다란 물컵 하나를 들고 소파에 앉아 TV를 틀었다. 독재자, 해전, 왕가 출신의 사이코패스에 관한 역사 다큐멘터리가 이어졌다. 간통죄를 범한 귀족을 참수하는 장면이 나오고 있을 때 그는 위스키병을 집어 들었다. 세기의 강도 사건 당시 수사 공조를 했던 동료 형사로부터 받은 선물이었는데 찬장에 넣어두고 뜯지도 않은 상태였다. 사실 혼자 술을 마시는 성격도 아니었다. 그런 그가 커다란 컵의 절반을 독한 위스키로 채웠다. 그리고 그렇게 머리가 날아가는 장면이 몇 번 더 이어지는 동안 결국 잠이 들었다.

전화벨이 울릴 때까지.

9층에서 근무하는 허리 굽은 베테랑 기술자의 전화였다.

브론크스의 수사를 돕고 있는 정보과 수사관은 녹취파일 하나를 보냈다고 알려왔다. 감청하고 있던 번호로 최근 다시 전화가 걸려왔던 것이다.

"아버지, 3시간 후에 모시러 갈게요. 괜찮으시죠?"

브론크스는 발신자와 수신자의 목소리를 알아보았다.

"스칸스툴, 식당 앞에서요."

억양이 남다른 중년 남성은 말끝에 다소 힘을 실어 크게 말했다. 젊은 친구는 절제된 말투에도 불구하고 권위가 느껴질 정도로 단어 하나하나를 끊어 말했다.

"산다는 사람하고 오후 1시 45분에 만날 거예요. 어제 말씀드렸잖아요. 날짜를 맞춰달라고 했다고요."

"끊기 전에 할 말이 하나 있다, 레오."

"뭔데요?"

"네가 알아줬으면 하는 게 있어서 말이야. 처음에는 네가 한 말, 솔직히 믿음이 가지 않았다. 그런데 밤새 생각해보니 좋은 돈벌이가 될 것 같구나. 모두한테 득이 될 테니까. 온 가족에게 말이야."

"아버지가 더 이상 주저하지 않으신다니 다행이네요. 솔직히 아버지 도움이 절대적으로 필요한 상황이거든요."

분량이 그리 길지는 않았다. 화면 하단에 나오는 검은색 시각표에 따르면 통화가 연결된 시각은 오전 9시 12분이었다. 그리고 전체 분량은 87초에 불과했다. 그리고 침묵이 이어졌다. 그런데 신호가 끊겨서 생겨난 침묵이 아니었다. 부자는 서로의 생각을 읽고 있었다. 몇 시간 후, 스웨덴 최대 규모의 개인 병기창을 팔아버릴 예정이니까.

"그리고 아버지. 말씀드렸던 시간에 맞춰서 나오셔야 한다는 거, 굳이 말씀
드리지 않아도 아실 거라 믿어요. 지난번에는 시간을 안 지키셨잖아요."

브론크스는 TV 위, 벽시계를 들여다보았다. 9시 45분이었다.
산다는 사람과의 만남까지 남은 시간은 4시간이었다.

삼이 어디까지 연루되었는지 파악할 수 있는 시간이 그만큼 줄
어들었다.

레오 뒤브냑이 판매대금을 받는 바로 그 순간을 덮치는 작전을
짜는 데 필요한 시간 역시 줄어든 셈이었다.

브론크스는 크게 하품을 한 번 하고 몸을 쭉 폈다.

저녁에 다시 집으로 돌아와 그 소파에 앉을 때면 하나 남은 가
족마저 영영 잃게 되었는지 아닌지를 알 수 있을 것이다.

병원 복도만큼이나 시간이 더디게 가는 곳도 아마 없을 것이다.

엘리사는 처음에 초를 재다가 그 뒤로 발걸음, 맥박까지 재게 되었다.

어떻게 걷든 그녀의 동작은 경직돼 있었다. 그래서 끝없이 길게 이어지는 병원 복도의 끝까지 걸어가는 게 불가능할 것만 같았다.

어쩌면 주변의 모든 게 단색이기 때문이었을 수도 있다. 흰 벽이 흰 벽으로 이어졌고, 노란 리놀륨 바닥도 똑같이 확장되어갔다. 시선을 둘 만한 중심점이 없었다. 어쩌면 내적인 중심점을 상실했기 때문일 수도 있다. 두려운 소식을 접하러 가는 길, 생사의 가능성이 반반이라는 소식 앞에서 느끼는 무력감, 그녀의 모든 것을 영원히 뒤바꿔버린 과거의 일 때문에 병원 복도는 다시 걷고 싶지 않은 곳이었다.

그런데도 그곳을 찾아왔다.

끝도 없이 기다란 복도의 끝을 향하여.

미닫이문으로 된 K83 정형외과 출입구와 천장에 달린 이정표에 따르면 그랬다. 몇 년 전, 자신이 누워 있었던 병동과는 정반대로 차분함이 느껴졌다. 대부분의 환자가 건강을 회복하고 떠나는 곳이기도 했다. 그래서인지 벌써부터 복도도 훨씬 짧고, 분위기도 화사할 뿐만 아니라 아늑했다. 그녀로 보이는 여성은 동료와 대화를 나누고 있었다. 두 사람 모두 흰 가운에 말랑말랑하고 두툼한 고무 밑창이 달린 하얀 실내화를 신었다.

"안녕하세요. 이렇게 다시 찾아와 죄송하지만……."

브릿 마리는 그녀의 목소리를 듣고 그녀를 보자마자 동료와의 대화를 뚝 끊었다. 엘리사는 그녀를 향해 걸어갔다.

"댁에 찾아갔는데 안 계시고 전화도 안 받으셔서, 낮에 근무하신다고 적으신 주소로 찾아오게 되었습니다……."

"전화하신 건 알아요. 하지만 안 받았습니다. 지금 근무 중이거든요. 그리고 여긴 우리 큰아들 일과는 아무 관련도 없는 제 직장이에요. 여기서는 경찰하고 이야기하고 싶지 않습니다."

"딱 하나만 여쭤보면 됩니다. 그러면……."

"좋아요. 그럼 밖으로 배웅해드릴 테니 가면서 이야기하죠."

두 사람은 똑같이 생긴 병실을 지나갔다. 방에는 철제난간에 목발이나 휠체어가 걸려 있는 바퀴 달린 환자용 침대 네 개가 갖춰져 있었다. 브릿 마리가 슬라이딩 도어를 열고 나가자 두 사람은 끝없이 긴 복도의 시작점인 플라스틱 매트 위에 서게 되었다. 그녀는 눈빛과 목소리를 통해 짧은 만남의 시작이자 끝을 알렸다.

"원하시는 게 뭔가요? 딱 한 가지라는 그 질문 말이에요."

"레오 뒤브냑이오."

"그건 질문이 아닌데요."

"그 친구와 꼭 연락해야 합니다. 그래야만 할 중요한 일이 있습니다. 그런 게 아니었으면 여기까지 찾아올 일도 없었을 겁니다."

단호했던 브릿 마리의 눈빛이 갑자기 피곤해 보였다.

"나도 어디 있는지 모릅니다."

"마지막으로 보신 게 언제입니까? 어쨌든 어머님 주소가 레오 뒤브냑 씨 석방 관련 서류에 나와 있었습니다."

"딱 한 가지 질문은 이미 하신 것 같네요."

엘리사는 비협조적인 상대를 이해하려 애썼다. 자기 아들들을 데려가 가둔 국가가 원망스러웠을 것이다. 그 점은 이해한다. 손자, 손녀를 기다려야 할 나이에 아들들 공판심리를 준비하고, 접견 준비를 하러 다녀야 했으니 그 슬픔 또한 이해할 만했다. 하지만 온 집 안을 뒤집어엎은 압수수색 때보다 고작 질문 몇 개에 훨씬 더 비협조적으로 나오는 상대를 이해할 수 없었다.

"어머님, 전 형사 사건을 담당하고 있는 수사관입니다. 수사관 자격으로 다시 여쭙겠습니다. 마지막으로 큰아드님을 본 게 언제였습니까?"

중년여성은 완전히 녹초가 된 표정을 짓고 있었다.

"오늘 아침이에요."

"오늘 아침이라고요?"

"그래요. 내가 출근하기 바로 직전에 집으로 찾아왔었어요. 그리고 나랑 같이 나왔어요."

"제가 제대로 이해한 게 맞는다면, 아드님이 이른 아침에 댁으로 찾아왔고, 몇 분 정도 있다가 다시 나왔다는 말씀인가요? 어디로 갔습니까?"

상대의 시선은 어딘가를 더듬는 듯했다. 시선을 고정하고 묶어놓을 대상을 찾는 것처럼. 긴 복도를 지나올 때 엘리사가 느꼈던 그런 심정으로.

"어머님, 절 보고 대답해주세요. 아드님이 지금 어디에 있을지 아세요?"

"몰라요. 전혀 모릅니다. 그런데…… 느낌이 좀 이상했어요. 그게, 그러니까…… 다시 돌아올 생각이 없는 사람 같았습니다. 작별인사하는 것처럼. 딱히 그런 말을 한 것도 아닌데……."

흰 가운과 흰 실내화, 브릿 마리 악셀손이라는 명찰을 단 간호사가 보여주던 차분한 손동작과 분위기가 온데간데없이 사라져버렸다. 그녀는 격정에 사로잡혀 벌겋게 상기된 얼굴로 낙담한 표정을 짓고 있었다.

"그럼 이제 내가 형사님한테 물어봐야겠네요. 지금 여기 찾아오신 이유가, 간밤에 우리 집에 찾아왔던 그 동료 형사님과 똑같은 이유 때문인가요? 그래서 내 앞에 번갈아 나타나시는 거냐고요?"

"제 동료 형사라니요?"

"네. 무슨 사건이라도 터진 겁니까? 그런 거라면 나한테 말을 해보세요."

"어머님, 어떤 형사가 댁을 찾아왔었습니까?"

"브론크스 형사요. 은행 강도 사건을 담당했던 형사였어요. 도대체 무슨 사건이 벌어진 거냐고요?"

엘리사는 아무런 말도 없었다.

"대답해보세요!"

욘 브론크스. 이번에도? 나한테 알리지도 않고?

"어머님, 그 형사가 찾아와서 뭐라던가요?"

"지금은 내가 질문할 차례 아니던가요?"

"도와주세요, 부탁드립니다. 그 형사가 뭐라던가요?"

혼란스러워하던 어머니는 점점 평정심을 찾아가고 있었다. 적어도 벌겋게 상기됐던 양 볼은 본래의 색을 되찾았다.

"솔직히 뭐가 어떻게 돼가고 있는 건지 나도 모르겠습니다. 그런데 확실한 거 하나는, 그 형사도 레오하고 연락하고 싶어 했다는 겁니다. 그리고 나더러 꼭 레오한테 연락하라고 재촉했어요. 그러니 그 양반한테 물어보셔야 되는 거 아닌가요? 동료니까 말이에요!"

엘리사는 자신과 브릿 마리의 대화에서 불쑥 튀어나온 브론크스의 존재에 처음에는 놀랐지만, 다음에는 짜증이 나다 점점 분노가 일기 시작했다.

브론크스 선배, 도대체 무슨 꿍꿍이인 거예요?

"죄송하게 됐습니다, 어머님. 그런데 그 형사가 왜 그랬는지는 저도 모릅니다. 대신, 어머님이 좀 더 도와주시면 좋겠습니다. 뭘 알아야 무슨 일인지 알아낼 수 있지 않겠습니까. 제가 지금 알고 있는 건 오늘 이른 아침에 큰아드님이 댁에 다녀갔다는 사실입니다. 그런데 집까지 어떻게 왔습니까? 그리고 어떻게 갔습니까?"

"차를 타고 왔어요."

"무슨 차였죠?"

"몰라요. 그냥 차…… 아마 다른 사람 차였을 거예요. 누가 운전해서 데려다줬어요."

"데려다준 거라고요?"

"어떤 남자, 아마 친구라고 했던 것 같아요. 삼 뭐라고 했는데……."

분노라는 단어로 지금의 감정을 설명하는 건 무리였다.

광분이 점점 더 깊숙이 속을 파고들었다.

삼 뭐라고 하는 친구. 엘리사는 알리바이를 확실히 확인해봐야 할 잠재적 용의자 네 명을 간추려냈다. 그들은 레오 뒤브낙과 동일한 시기에 같은 교도소, 같은 사동에서 복역했고 모두 자유의 몸이 된 전직 재소자들이었다. 그들 중 하나의 이름이 삼 라센이었다. 브론크스 형사가 알아보겠다고 말했던 두 사람 중 하나였다.

"어머님?"

엘리사는 휴대전화 속에 있던 사건 관련 자료를 열었다. 그리고 액정화면에 뜬 사진을 브릿 마리에게 보여주며 물었다.

"이걸 좀 봐주시겠어요?"

교정 당국의 행정서류에 등록된 증명사진이었다. 그녀가 입수할 수 있었던 가장 최근 사진이었다.

"이 사람 맞습니까? 차를 태워줬다는 그 친구 말입니다."

브릿 마리는 안경 줄에 끼워 가슴께에 늘어뜨리고 있던 빨간색 돋보기를 썼다.

그녀는 고개를 끄덕였다.

"맞아요. 비슷하게 생겼네요."

엘리사는 끝없는 복도를 거슬러 올라갔다. 올 때보다 훨씬 빠른 걸음걸이로. 흰 벽, 노란 리놀륨 따위가 눈에 들어올 리 없었다.

그녀는 방금 세 가지 새로운 사실을 알게 되었다.

같은 사건을 수사 중인 동료 형사가 자신에게 정보를 감추고 있다는 사실.

어머니에게 작별인사를 건넸다는 건 판세에 커다란 변화가 있을 수 있음을 예고한다는 사실.

그리고 두 남자가 어떤 식으로든 엮여 있고, 그 사실이 새로운 진실을 만드는 거라는 확신.

이제 모든 걸 제쳐두고 숨겨진 진실을 밝혀내는 게 그녀가 할 일이었다.

뺨에 달라붙는 나무껍질이 거칠었다. 자작나무, 가문비나무, 그리고 참나무도 더러 있었다. 욘 브론크스는 한적한 농장으로부터 대략 150여 미터 떨어진 지점에 마구잡이로 자란 빽빽한 숲속에서 아주 조심스레 움직이고 있었다. 농장 서쪽으로는 주택이, 동쪽으로는 허물어져 가는 헛간이 보였고, 그 사이에는 아담한 과실수가 자라고 있었다.

먼저 그곳을 찾았을 때처럼 자신을 드러내지 않고서도 감시대상이 한눈에 들어오는 유리한 지점이었다.

타고 온 차는 대략 1킬로미터 떨어진 한적한 숲길에 세워두고 걸어온 뒤, 기다리는 동안 10분 간격으로 삼에게 전화를 걸어보기로 했다. 하지만 번번이 연결이 불가능하다는 단조로운 기계음만 들어야 했다. 섬에 살고 있는 삼의 이웃집 사람에게도 다섯 번에 걸쳐 전화를 했었다. 이웃의 설명에 따르면 삼을 보지 못했을 뿐만 아니라 욘의 요청에 따라 확인해보았지만 집은 비어 있다고 했다. 그리고 세 번에 걸쳐 페리 관리인에게 전화를 걸었다. 관리인도 브론크스만큼이나 걱정을 하고 있었지만 놀랍도록 침착한 목소리로 지난 24시간 동안 삼이 섬을 들고난 적이 없다고 대답했다.

계속해서 지켜봐야 한다.

계속해서 연락을 시도해야 한다.

조만간 레오 뒤브냐이 거래를 성사시키기 위해 나타날 것이다.

뺨이 따가워지자 몸을 조금 움직여 나무에 어깨를 기댔다. 그리고 주변을 둘러보았다. 낮에 보는 풍경은 전혀 달랐다. 적막했던 분위기는 아예 삭막하게 느껴졌다. 도시에서 불과 20여 킬로미터 떨어진 지점이었지만 그 누구의 방해도 받지 않고 조용히 거래하고 싶은 누군가에게는 최적의 장소였다.

브론크스는 기다리는 동안 전화 한 통을 더 했다.

상대는 경찰특공대 수장이었다. 7년 전 겨울, 여름 별장에 은신해 있던 뒤브냑 부자를 체포할 당시 알게 된 담당자였다.

브론크스는 당장 오후에 동원 가능한 병력이 얼마나 되는지 물어보았고, 사태의 경중을 따져보았을 때 병력 전체 소집도 가능하며 교통과에서 도로만 차단해주면 상황 발생 시 30분 안에 현장에 도착할 수 있다는 답을 얻어냈다.

그는 여전히 농장을 노려보고 있었다. 칠이 다 벗겨진 허름한 헛간도. 한때는 아마 소들을 비롯해 생명으로 가득 찬 곳이었을 것이다. 하지만 지금은 죽음을 부르는 무시무시한 물건들로 가득 찬 트럭이 세워져 있다. 2백여 정에 달하는 자동화기와 휴대전화 신호로 원격제어할 수 있는 시한폭탄도 함께.

브론크스는 다시 한번 시계를 들여다보았다.

감청한 전화통화 녹취에 따르면 기다리는 사람들이 조만간 현장에 도착해야 할 시간이었다.

마지막 전화통화.

중학교에서 고등학교로 넘어가기 직전의 마지막 여름, 형에게 전화 걸던 기억이 떠올랐다. 형은 겁에 질리고 절망에 빠진 동생의 다급한 구조요청을 들었다. 그리고 그 대화는 결국 재앙을 불러일으키고 말았다. 하지만 이번에는 달랐다. 그를 붙잡을 수 있다면, 결과는 정반대가 되는 것이다. 반복되는 재앙을 미리 막을 수 있기 때문이다.

그는 번호를 누르고 숨죽인 채 신호음을 기다렸다. 하지만 여전히 사용자가 전화를 받지 않는다는 기계음으로 이어졌다. 오한이라도 든 듯 온몸이 부르르 떨리기 시작했다. 그냥 조용히 지나가기를 기다릴 수밖에 없는 그런 떨림이었다.

문득, 희망을 갖는 것 외에 더 이상 자신이 할 수 있는 게 없다는 걸 깨달았다.

레오 뒤브냑과 그 아버지가 그 자리에 나와주기를, 그래서 경찰 특공대에 신속히 알릴 수 있기를, 그들과 함께 있는 삼과 마주칠 일 없기를, 모든 정황이 가리키고 있는 범죄연루 여부가 사실로 드러나지 않기만을 간절히 바랄 뿐이었다.

12호 법정. 레오는 작고 비좁은 법정에 놓인 불편한 나무 벤치에 등을 기대고 앉았다. 삼엄한 경비 속에서 자신과 동생들이 다수의 은행 강도 혐의로 몇 달에 걸쳐 들락거렸던 법정과는 사뭇 다른 분위기였다. 그제야 한 가지 사실을 깨달았다. 반대편에 앉아 재판과정을 지켜보는 게 처음이라는 사실을.

지금 그는 경찰 제복 차림으로 방청석에 앉아 있었다.

닥치는 대로 차를 훔친 가련한 십 대 청소년에 관한 재판이었다. 증인석에 나온 과학수사대 감식반원은 용의자가 모든 차량에 지문을 남겼고, 그 지문은 이전에 기소된 사건에서 증거로 채택된 지문과 일치한다고 설명했다.

짙은 참나무 판으로 막혀 있는 묵직한 벽. 셀레가탄을 향해 난 커다란 창문. 바닥을 밟거나 비비는 발소리와, 불안하고 초조한 분위기 속에 헛기침 소리가 증폭되는 이곳은 때가 될 때까지 기다리기에는 더없이 완벽한 장소였다.

왜냐하면 이곳 스톡홀름 대법원은 모든 것이 시작되는 장소이기 때문이었다.

3분 30초만 지나면, 지난 1년간 철저히 계획한 작전의 최종단계를 실행에 옮기게 된다.

그는 휴대전화를 오른쪽 넓적다리 바로 옆에 내려놓고 벌써 몇 시간 째, 자갈길이 시작되는 지점의 담장에 설치된 카메라 A 영상을 확인하고 있었다. 낮 동안 브론크스가 운전하는 차 한 대가 그 안으로 들어갔다. 좋은 징조였다. 정확히 계획한 대로였다. 그런데 여전히 혼자 움직이고 있다는 사실은 계획에 어긋나는 돌발 상황이었다. 헛간 주변의 덤불 속에 몸을 숨긴 채 그날 오후, 그 자리에 나타날 생각이 눈곱만큼도 없는 누군가를 체포할 만반의 준비를 끝낸 상태여야 할 경찰특공대는 그림자조차 보이지 않았다. 왜 브론크스가 예상대로 움직이지 않는 건지 알 길은 없었지만 마냥 기다릴 수만은 없었다. 의심을 사지 않고 최대한 늦게, 세상에 없는 물건을 찾아가기 위해서는 이제 작전을 실행에 옮겨야 했다. 동시에, 정규 수송 차량이 도착하는 오후 2시 이전에 물건 옮겨 싣는 일을 충분히 일찍 마무리하고 여유를 느끼기 위해서도 마찬가지였다.

레오는 최종선고를 위해 자리에서 일어나는 검사를 따라 자리에서 일어났다. 검사는 차를 훔친 십 대에게 징역 12개월을 선고했다. 레오는 복도로 나왔다. 그리고 권력과 굴복의 소리가 뒤엉켜 울려 퍼지는 돌바닥을 거쳐 지하로 연결되는 널찍한 계단으로 발걸음을 옮겼다.

브론크스의 사무실은 비어 있었다. 오히려 다행이었다. 대놓고 질문을 던지기엔 아직 알아낸 게 하나도 없기 때문이다. 우선 그 자리에 앉아 있어야 할 욘 브론크스 형사와 레오 뒤브냑의 감방 동기로 밝혀진 삼 라셴이라는 전과자와의 연결고리를 찾아내야 한다.

엘리사는 자신의 사무실로 직행해 초조한 마음으로 컴퓨터를 켜고 한 손에 커다란 샌드위치가 든 가방을, 다른 한 손에는 갓 착 즙한 오렌지 주스 컵을 든 채로 의자에 앉았다. 평소 점심은 베리 스가탄 건너에서 주로 먹었다. 경찰서 건물이 한눈에 들어와 좋기도 했지만 잠시나마 직장과 거리를 두고서 생각을 정리할 수 있고, 일에 치여 사는 기분에서 벗어날 수 있어 또 좋았다. 그런데 오늘은 그럴 시간이 없었다. 엘리사는 뚜렷한 근거 없이 떠오르는 직감 같은 느낌을 끔찍이 싫어했다. 그런데 지금은, 경찰서 내에서 가장 존경받는 한 선배 형사가 중요한 정보를 은폐하고 있다는 강한 의혹을 품고 있다. 철저한 조사를 통해 의혹의 실체를 밝혀낼 생각이다. 어떠한 동기로 욘 브론크스가 부조리한 행동을 하는지 말이다. 마치…… 남자친구가 외도 중이라는 심증을 갖고 있는 것과 비슷한 상황이었다. 따져 묻기 위해서는 숙박업소 영수증, 통화내역, 신용카드 사용내역 등의 증거가 필요하다(머저리 같은 그 인간은 애인에게 빅토리아 시크릿 속옷을 사주고도 부엌에서 그녀가 비자카드 사용내역을 들이밀자 극구 부인했었다).

거짓말에는 절대 무너지지 않는다.

엘리사는 욘 브론크스를 대할 때, 숨겨둔 애인에게 야한 속옷을 선물하는 머저리 같은 인간을 대할 때처럼 감정적으로 반응하지 않겠노라 다짐했다. 이번에는 고도로 지능적인 거짓 핑계를 들고 나오더라도 빠져나갈 수 없도록 은밀하고 전문적으로 증거를 찾아내리라.

치즈 샌드위치와 오렌지 주스는 각각 절반이 줄어들었다.

드디어 컴퓨터가 경찰청 전과기록 조회 사이트로 연결되는 창을 열어주었다. 엘리사는 삼 라센의 신분증 번호 열 자리를 쳐 넣고 기다렸다.

컴퓨터는 여전히 느려터진 속도로 정보를 처리하고 있었다. 엘리사는 컴퓨터가 완전히 깨어날 때까지 화면 가까이 몸을 숙였다.

그리고 화면 한가운데 정보가 떴다. 전과기록이 조회되는 삼 라센이라는 인물은 한 명이었다.

살인 – 형법 제1조 3항.

무기징역.

형 집행.

범죄.

성인이 된 후 평생의 기간.

34년 6개월로 감형.

가석방.

남은 기간 11년 6개월.

그녀는 스캔된 판결문 첫 페이지로 눈을 돌렸다. 확인이 가능한 사실관계를 담고 있는 유일한 자료였다. 우측 상단 직사각형 박스로 처리된 기관명에 따르면 판결문은 에스킬스투나 법원에서 작성되었다.

몇 줄 아래로 시선을 내렸다.

피고: 라센, 삼 조지.

그리고 몇 줄 더 아래.

청구인: 브론크스, 구닐라 에바.

처음에는 자신이 제대로 읽은 건지 이해가 가지 않았다. 말도 안 되게 부적절할 뿐만 아니라 거짓말 같은, 전혀…… 옳지 않은 내용이 적혀 있었기 때문이다. 선배이자 동료 형사로 인한 절망감이 분노로 변하면서 전혀 예상치 못한 상황에서 찾아낸 그 이름 하나를 보면서 흥분하지 않을 수 없었다.

다시 한번 읽어보았다.

브론크스, 구닐라 에바.

서서히 머리가 돌아가기 시작했다.

지금까지 그는 철저히 정보를 숨겨왔던 것이다.

레오 뒤브냑과 외스텔로케 교도소 감방 동기였던 삼 라셴은 브론크스라는 성을 가진 고소인과 관련 있는 누군가를 살해했다.

누굴까?

도대체 왜?

모니터 마지막 줄에 나온 설명에 따르면 판결문의 나머지 부분은 수사 관련 자료와 함께 경찰청 문서 보관실에 비치돼 있다고 한다. 문서 보관실 위치는 경찰청 지하였다. 가끔 심부름하러 들락거리는 압류품 보관실과 같은 복도에.

엘리사는 자리에서 일어났다.

지금 그녀가 가야 할 곳은 문서 보관실이었다.

출입 카드가 단말기를 통과하는 순간에 들린 작은 기계음은 이따금 신경을 곤두서게 만들거나 본의 아니게 오싹 소름을 돋게 하곤 한다.

지금이 꼭 그랬다.

온몸에 전율이 퍼져나갔다.

어쩌면 출입 카드가 두 번이나 문제없이 작동했다는 사실로 인한 짜릿한 쾌감이었을 수도 있다.

13:35:00

남은 시간은 25분. 정규수송 차량이 압류품 보관실에 도착할 오후 2시까지는 다시 되돌아와 셀레가탄으로 이어지는 출구로 나와 그곳에 세워둔 차에 물건을 실어놔야 한다.

레오는 법원 출발점에서 기다리는 동안 상자 두 개를 쌓아 올린 카트 손잡이를 잡고 밀기 시작했다. 지하로 내려가는 첫걸음은 전날과 다를 바 없었다. 날카로운 조명과 건조하고 갑갑한 분위기의 그곳은 계절감을 느낄 수 없었다. 대략 50여 미터를 걸어간 뒤 첫 번째 교차지점에서 오른쪽으로 돌고 또 65미터 정도 더 가서 다시 왼쪽으로 돈다. 선글라스를 가지러 왔을 때 그곳까지 걸린 시간은 1분 10초였다. 거기에 신원확인을 위해 카메라 앞에서 10초가 더 소요되었다. 이번에는 2분 정도로 예상했다. 지난번의 경우 첫 코너를 돌기도 전에 가까이 다가오는 발소리를 들었다. 하지만 지금은 그가 끌고 있는 카트의 두툼한 고무바퀴 한쪽이 삐걱거리는 소리가 전부였다. 사전에 확인하고 기름칠이라도 해뒀어야 했는데…….

세상 그 누구도 상상해본 적 없는 희대의 강도 사건의 무대까지 남은 거리는 불과 1백여 미터였다. 툼바 제지공장으로 보내져 폐기처분될 지폐들을 빼돌리는 작전이었다. 재판의 증거로 활용되면서 일련번호가 차단되었기 때문에 이미 스웨덴 중앙은행에서 새 일련번호가 달린 새 지폐로 대체해준 터였다. 그런데 폐기될 운명의 지폐들이 고스란히 액면가를 간직한 채 그 보관실에 잠들어 있었던 것이다. 후에 외국은행의 어느 연락책이 ― 레오와 삼의 경우 러시아 스베르방크에서 일하는 다리아라는 여직원이었는데 ― 그들에게 할인된 가격에 지폐를 구입한 다음 다시 스웨덴 중앙은행에 되팔게 되면 그 외국은행 연락책은 액면가의 1백 퍼센트에 달하는 금액을 보장받을 수 있게 된다.

50미터. 첫 번째 교차지점이다.

국내에서 가장 유명한 범죄자 중 하나이자, 월요일 아침 출소하기 직전까지도 가장 위험한 인물의 하나로 분류되었던 자신이 스웨덴 경찰 신분증을 가지고, 경찰 제복까지 말끔히 차려입은 상태로 스웨덴 경찰청 건물 지하를 자유롭게 활보하고 다닌다는 사실이 도저히 현실 같지 않았다.

그래서 하마터면 웃음을 터뜨릴 뻔했다. 속에서는 이미 웃음보가 터진 상태였다.

레오는 교차지점에서 오른쪽으로 돌았다. 아무도 마주치지 않았다. 자신이 감히 바랐던 것 이상으로 직진 일변도였다.

원칙은 언제나 통한다는 건 이미 알고 있는 사실이다. 체제의 결함은 조금 더 길게 생각하는 사람에게는 이득이 된다. 화폐의 영구적인 값어치에 대한 합의는 몇 년 전, 벨기에에서 이미 테스트를 통해 확인된 바 있다. 중앙은행에서 발행한 지폐와 동전은 그 가치가 언제나 인정된다는 원칙이었다.

벨기에 중앙은행은 폐기처분 대상이 된 2유로 동전 10억 개를 수거해 갔다. 구권을 신권으로 교환하는 작업이었다. 은테두리가 금색 원을 둘러싼 동전이었다. 그래서 동전 기계는 동전 가운데를 밀고 금색 원을 오른쪽으로, 은테두리 부분을 왼쪽으로 이동시켜 분리했다. 그러면 중앙은행은 분리된 동전을 고철로 분류해 판매한다. 이 과정을 조금 더 넓고 깊게 생각하고 체제의 결함을 이용한 사람은 중국 기업 소유주들이었다. 그들은 분리된 금색과 은색 고철을 사들여 직원들에게 수작업으로 일일이 동전을 끼워 맞추게 했다. 20억 유로에 달하는 동전을! 헐값에 고철을 사들여 동전으로 만든 다음 다시 벨기에 중앙은행으로 되돌려 보내면서 이렇게 말했다. "감사합니다. 이 잔돈들을 제값으로 쳐주시기 바랍니다."

65미터를 이동한 다음 두 번째 선택. 다음 교차지점에서 왼쪽으로.

압류품 보관실까지 절반은 온 셈이었다.

'있을 수 없는 일'이 순식간에 '있을 수 있는 일'이 돼가고 있었다. 그런데 반대편 끝에서 누군가가 걸어오고 있었다. 오늘 처음으로 마주친 사람이었다. 평상복 차림의 여성은 확실한 용무가 있는 사람처럼 곧장 이쪽으로 오고 있었다. 건물 소속 직원이 분명하다. 현재 보폭으로 걷게 되면 정확히 그의 최종 목적지 바깥에 있는 카메라 앞에서 마주치게 된다.

레오는 손을 올려 민머리 꼭대기를 긁적였다. 솜털 같은 머리가 다시 자라기 시작했다. 그리고 렌즈를 제대로 쓰고 있는지 여러 차례 눈도 깜빡여 보았다. 그제야 찌르는 듯 쓰라리던 각막이 편해졌다. 결국 레오는 카트를 콘크리트 벽 쪽으로 바싹 붙여 이동했다. 아무렇지 않게 지나가고 싶었다. 어쩌면 아무 생각 없이 지나칠 수도 있을 것이다.

불과 몇 초 후면 서로를 쳐다보고 살짝 목례를 하고 가던 길을 가게 될 것이다. 그런데 평상복? 게다가 뭐 하는 사람인지 유추할 만한 단서 하나 보이지 않았다. 어쩌면 쓸데없는 걱정을 하고 있을 수도 있다. 경찰이 아닐 수도 있을 테니까.

하지만 레오는 쓸데없는 걱정을 한 것이 아니다.

그 여자는 경찰이었다.

그 많은 경찰 중에…… 왜 하필 저 여자가?

검고 컬 진 머리. 양쪽 귀에 걸린 은색 귀고리. 면담조사실에서 어떠한 도발에도 결코 물러서지 않던 그 눈빛.

엘리사 뭐라는 형사였다.

지구상에서 자신에 대해 그 누구보다 잘 알고 있어 언제든 마주치기만 하면 자신에게 달려들 형사는 이미 먼 곳에 보내놓았다. 그런데 여기서 그 젊은 형사와 마주치게 될 거라고는 전혀 예측하지 못했다. 어머니의 집 부엌에서 자신을 데리고 간 바로 그 형사였다. 브론크스를 자극하려고 일부러 기분 나쁘게 도전적으로 행동할 때, 바로 그의 맞은편에 앉아 있던 형사였다. 머릿속에 각인되고도 남을 정도로 깊은 인상을 남겨준, 바로 그 형사였다.

처음으로 자신의 변장술에 대한 의심이 들기 시작했다.

세 걸음, 아니 늘려봐야 네 걸음.

목례를 하고 나서, 아니 그 뒤로 동료 간에 자연스레 주고받는 인사말을 나누는 과정에서 알아보기라도 하면?

1억 크로나를 빼내기 위해 무슨 준비를 해왔던가?

모든 준비를 다 했다.

드디어 두 사람이 마주쳤다. 그리고 서로를 쳐다보았다. 상대는 자신의 일에 집중하고 있는 듯, 눈동자는 자신을 향하고 있었지만 눈여겨보지 않는 것 같았다. 레오도 고개를 살짝 숙였지만, 상대는 그 사실도 인지하지 못하는 것 같았다.

대면의 순간은 그렇게 지나갔다.

형사는 바퀴 소리가 성가신 카트와 점점 멀어지고 있었다. 레오는 압류품 보관실 앞에 멈춰 섰다. 그의 신원을 확인하고 안으로 들여 보내줄 카메라 앞에서.

그리고 마지막으로 형사 쪽으로 고개를 돌렸다.

그녀 역시 걸음을 멈췄다.

젠장.

그리고 뒤로 돌았다.

이런, 씨발!

그런데 그를 쳐다보는 게 아니라 자신의 출입 카드를 꺼내 단말기에 읽힌 다음 열린 문 안으로 들어갔다. 압류품 보관실 옆에 있는 기록 보관실로.

레오 때문에 걸음을 멈췄던 게 아니었다.

상대를 알아보지도 못했다.

그는 정상 호흡을 되찾을 때까지 아주 느리고 깊게 심호흡을 하면서 몸을 진정시켰다. 그런 다음 신분증을 들고 카메라를 쳐다보며 문 열리는 소리가 들릴 때까지 기다렸다가 안으로 들어갔다.

13:36:40

시간을 확인해보았다. 압류품 보관실까지 1분 40초가 걸렸다. 20초를 벌었다.

갈색 봉투와 상자가 꽉 들어찬 보관실에는 먼저 와 줄을 선 사람도 없었지만, 카운터 뒤에서 물건을 꺼내줘야 할 사람도 보이지 않았다. 레오는 수사 중인 사건의 증거 및 압류물품으로 가득 찬 선반을 따라 안쪽을 들여다보았다. 그런데 뒤쪽에서 말소리가 들리기 시작했다. 눈으로 보고 확인할 수는 없었지만 소리만으로는 훨씬 더 넓고 큰 공간이 있는 것 같았다. 증거품 봉투의 대부분이 보관돼 있는 곳일 것이다. 긁는 소리와 부스럭거리는 소리도 들렸다. 골판지들이 서로 맞부딪히는 소리였다. 다락방에서 먼지 날리며 쓰레기가 될 물건들을 옮기고, 쌓고, 치우는 소리 같았다.

"미안하네, 여기 좀 정리해야 할 게 많아서 말이야. 오늘도 뭘 가지러 온 건가?"

어제와 똑같은 재킷을 걸치고 있었지만 양 볼 위로 땀이 흐르는 모습이 빨간 셔츠와 훨씬 더 잘 어울렸다. 오늘 근무담당자 시간표를 확인할 수는 없었지만 아는 얼굴을 만나게 되니 안도감과 함께 감사하는 마음까지 들었다.

"네, 맞습니다."

"에릭손이라고 했지?"

레오는 고개를 끄덕였다.

"페테르 에릭손입니다. 오늘은……."

"옛날 사건들이 새 사건들한테 길을 내줄 시간인 거지. 자네, 요즘은 수사 한 건 당 평균 압류품 수가 몇 개나 되는지 알아?"

"상황에 따라 다르겠죠. 총격전이 있었는지, 범죄에 가담한 범죄자 수가 몇 명이었는지, 그리고……."

"정확해, 아주 정확하다고, 에릭손! 그리고 잘난 형사 양반들이

자기들 사건에 중요하다고 여기는 물건 개수에 따라서 또 들쭉날쭉하지. 범죄현장에서, 가해자 집에서, 피해자 집에서……. 어쨌든 확실한 건, 요즘 내가 하는 일이라고는 공간을 확보하기 위해 상자들 옮기는 게 대부분이라는 거야."

레오는 불평을 쏟아내는 노 경관의 말을 가로막지 않았다. 자연스럽게 카운터 위에 올려놓은 요청서에 관한 괜한 질문을 피해갈 수 있기를 바랐기 때문이다. 맨 위 칸에는 담당 경관의 이름이, 맨 아래 칸에는 압류품 참조번호가 적힌 서류였다.

"오늘 여기 이렇게 쌓아두고 나면 말이야, 사건 하나가 끝나고 다음 사건이 곧바로 진행되는데 여기 내려와서 쓸모없는 예전 증거물들 찾아갈 시간은 없는 것 같더라고."

레오는 요청서를 은근슬쩍 관리인 가까이 더 밀었다. 그리고 상대가 읽기 쉽도록 돌려놓고는 손가락으로 자신이 가져가야 할 물건의 증거품 참조번호를 손가락으로 하나씩 짚어보았다.

"오늘이 무슨 날인가 보네요. 제가 일 보고 가면 공간이 좀 확보될 것 같거든요. 한 번에 열 뭉치를 빼가야 해서요."

그제야 오스카숀 경관이 손가락으로 번호를 훑어가며 확인했다. 2016-0407-BG1713부터 2016-0407-BG1722까지. 그러고는 고개를 들고 죄지은 사람 같은 표정으로 상대를 올려다보았다.

"그래, 뭐 어제 보긴 했는데……. 기록이 있어야 하니, 자네 신분증 좀 부탁하네."

레오는 이미 가죽 케이스를 상대가 편하게 볼 수 있도록 방향을 돌리고 펼쳐놓았다.

"고맙네. 그리고 이것들은 전부…… 로센그렌스 금고 물건들이군그래. 값어치가 상당한 것 같구만."

"그래 봐야 봉투에 든 물건 아니겠어요? 어차피 경관님이나 저나, 그 안에 뭐가 들어 있는지 알 수 없죠. 경관님은 봉인된 물건들을 꺼내 오시고, 전 옮기기만 하면 되니까 멍청한 짓을 할 일이 없잖아요. 안 그래요?"

오스카숀이 마침내 요청서를 들고 선반들 사이로 사라지고서야 레오는 시간을 확인했다.

13:38:50

작전을 설계하던 때만 해도 건물 안에서 21분이면 충분할 거라 생각했다. 그런데 결과는 예상을 빗나갔다. 담당 경관이 안면을 튼 오스카숀이었던 덕에 신원 확인 과정에서 시간을 단축할 수 있었지만 그런 안도감은 상대가 불평을 쏟아내는 바람에 오히려 시간을 더 잡아먹고 말았다. 30초면 될 일이 2분을 훌쩍 넘기고 말았다.

그리고 노 경관이 더 이상 말을 하지 않자 적막감이 점점 커지기 시작했다. 레오는 안에서 희망적인 소리가 들려오기를 바라며 귀를 기울였다. 단순한 종이상자 옮기는 소리가 아니라 묵직한 기계 옮기는 소리가 들렸다. 뒤이어 두툼한 쇠막대가 금고의 잠금 부분에서 빠지는 소리도 났다. 로센그렌스 금고는 훨씬 더 많은 힘을 들이고도 훨씬 적은 현금을 털어가던 시절, 스웨덴 어느 은행에나 비치돼 있던 금고였다. 자물쇠가 풀리는 저 소리는, 평생을 꿈꾸고 계획했던 일이 제대로 풀리고 있다는 상징과도 같은 소리였다. 한 번도 느껴본 적 없는 순수 행복이란 게 어떤 느낌인지 알 것 같았다.

네가 하는 일에 집중해.

중독된 이 순간을 숨 쉬고 고스란히 느껴.

위험에 관한 아드레날린은 통제해야 해. 한 번에 조금씩만 내보내고 언제든 사용할 수 있게 충분히 남겨둬야 해.

"자 여기, 첫 번째 뭉치야. 꽤 무겁군그래. 한 20킬로그램은 되겠어."

오스카숀은 신생아 길이 정도 되는 뭉치 하나를 정말 갓난아기처럼 양팔로 받쳐 품에 안고 카운터로 가져오고 있었다.

"자네, 이 안에 든 게 뭔지는 알아?"

꽉 묶어놓은 지폐지요. 모르셨어요?

"말씀드렸잖아요. 우리가 뭘 알겠어요."

그리고 20킬로그램이면, 5크로나 지폐 한 장에 0.96그램이라고 쳤을 때 한 묶음은 1천만 크로나가 넘는다는 거죠.

1억 크로나가 넘는 돈다발이 똑같은 크기의 압류품 열 개로 나뉘어 있는 겁니다.

오스카숀은 카운터에 '돈뭉치'를 턱 내려놓고 다시 뒤로 돌아갔다.

"한 번에 하나 이상은 못 가져와. 이제 아홉 번 남았어."

그게 갈색 봉투에 들어가 갈색 테이프로 잘 봉인돼 있는 거고요.

세상에 존재하지 않는 물건. 이미 폐기되어 신권으로 대체되었지만 액면가는 고스란히 가지고 있는 다량의 지폐. 욘 브론크스가 수사하고 해결해 칭찬까지 받았던 사건의 증거품이었다.

레오는 돈다발 묶음을 자신이 가져온 상자에 집어넣었다. 아홉 개를 더 넣으면 된다. 계산은 정확했다. 열 개를 집어넣어도 공간이 조금 남을 것 같았다.

13:41:40

다시 시간을 확인해보았다.

이번 단계에서 사용할 수 있는 시간은 16분이 남은 상황이었다. 노 경관이라 움직이는 속도도 느리고 한 번에 하나씩 물건을 가져올 때마다 잡담도 많았다. 그 상태라면 압류품 열 개를 가지러 오게 될 진짜 경관과 나란히 서서 기다리게 될 판이었다. 단순한 가능성이 아니라 그럴 게 확실했다.

그럼에도 불구하고 행운이 자신의 편이라면?

최상의 시나리오는 중앙 경보기가 작동하기 몇 분 앞서 경찰청 복도로 나오는 것이다. 하지만 바퀴에서 소리가 나고 2백 킬로그램이 넘는 지폐가 실린 카트를 끌기 때문에 법원과 바깥세상으로 연결되는 경찰청 지하 통로에서 추격이 시작되면 신속하고 매끄럽게 이동할 수는 없을 것 같았다.

손잡이는 사실상 돌리는 핸들에 가까웠다. 핸들을 잡고 옆으로 돌리자 옆에 붙어 있던 책장이 서서히 양쪽으로 갈라지면서 그 뒤로 바닥부터 천장까지 경찰 수사 자료가 꽉 들어찬 철제 캐비닛이 모습을 드러냈다.

그 어디서도 경험할 수 없는 적막감이 가득 찬 곳이었다.

시간순으로 정리된 지난 수십 년간의 범죄 사건들이 서류 파일과 상자, 그리고 종이 묶음 등의 형태로 '조용히' 보관되어 있기 때문이다. 보관구역 끝에는 '93년 3월~93년 6월'이라는 기한이 타이핑된 문자로 찍혀 있었다. 비좁은 통로로 들어갈수록 곤두섰던 신경이 점점 가라앉기 시작했다. 브론크스의 이중성으로 촉발된 짜증은 오는 길에 마주쳤던 경관이 끌던 카트의 바퀴 소리 때문에 극에 달한 상태였다. 지하 문서 보관실만 오면 그녀는 언제나 기민해지고 정신이 맑아졌다. 대부분의 다른 동료들은 산소도 부족하고 빛도 없다며 그리 좋아하지 않았지만 엘리사는 그 안에서 무언가 다른 걸 관찰하고 경험할 수 있었다. 바로 일체감, 조화였다. 그녀에게는 경찰청 문서 보관실이 안전과 평화와 똑같은 의미였다. 그곳에 보관돼 있는 수사 자료들은 조사와 재평가, 그리고 해명을 통해 폭력이나 혼돈 같은 충격적인 사건들을 논리적으로 이해하게 만들어주기 때문이다.

구역마다 선반이 일곱 개로 구분돼 있었다. 엘리사는 자신이 찾는 문서를 뒤지기 시작했다. B 347/9317. 삼 라셴의 전과기록 조회에서 알게 된 자료였다. 맨 뒤, 가장 위에 있는 선반에서 찾아냈다. 그녀는 입구에 놓여 있던 이동식 스툴을 가져와 고무로 된 표면 위에 올라선 다음 묵직한 연베이지색 보관 상자를 아래로 끌어내렸다. 그리고 책상 두 개가 비치된 모퉁이로 가져가 맨 위에 있던 자료부터 넘겨보기 시작했다. 기술적인 보고서였다. 첫 몇 페이지는 14평 정도 되는 여름 별장 실내를 스케치한 그림들이었다. 그리고 여러 지점을 촬영한 흑백사진 28장이 뒤를 이었다. 과거 현장 감식반원들이 찍은 사진들은 좀 선명하지 못한 편이었다. 그 중에서 그녀의 관심을 끈 사진이 두 장 있었다. 각 사진들에는 설명이 달려 있다.

사진5: 거실 북동쪽 방면에서 바라본 침실1. 침대는 침실 벽과 떨어진 상태. 시트, 이불, 매트리스, 베개는 피해자 피로 흥건히 젖은 상태.

그리고 작은 물건을 확대해서 찍은 두 번째 사진 역시 설명이 달려 있었다.

사진14: 라팔라 칼. 바닥에서 수거. 엄지손가락 지문 검출. 칼끝은 부러진 상
태.

엘리사는 스탠드 갓을 움직여 불빛의 방향을 돌렸다. 전구 밝기
가 너무 강한 탓이었다. 60와트가 아니라 40와트면 충분했다. 엘
리사는 칼을 확대해 찍은 사진을 찬찬히 살펴보았다. 어렸을 때
몇 시간 동안 낚시한 끝에 간신히 건져 올린 농어의 비늘 벗기는
모습이 떠올랐다.

이 칼로 삼 라셴이 살인을 저질렀다는 말인가?

도대체 그 사람은 사망자와 무슨 관계가 있었던 거고, 구닐라
브론크스라는 사람과는 무슨 관계였을까?

검시관 보고서는 일곱 페이지로 상당히 얇은 편이었다.

사인: 날카로운 흉기로 인한 다발성장기손상과 과다출혈.

상세한 설명이 이어졌다.

상반신에 총 27군데의 자상이 발견되었고 21군데는 날카로운 흉기로 찔린
상처였고 6군데는 다소 뭉뚝해진 흉기로 찢긴 상처였다.

살인자는 피해자를 기필코 살해하겠다는 뜻을 품고 있었다.

날카로운 흉기로 인한 자상 한군데에서 부러진 칼끝으로 추정되는 물건이 나왔다. 중간겨드랑선 부근 6번 늑골 바로 아래서 발견되었고, 크기는 2.5×3cm.

피해자는 도대체 무슨 행동을 했기에 삼 라셴을 이토록 분노케 했던 걸까?

판결문 전문은 거의 책 한 권에 가까운 230페이지에 달했다. 판결문은 건너뛰었다. 사무실에서 읽었던 요약문만으로도 충분히 상황은 이해할 수 있었다. 그래도 두툼한 수사 자료 속에 더 많은 답이 들어 있을 것 같았다. 그리고 신고 전화 녹취록이 담긴 도입부 이상 더 읽을 필요도 없었다. 경찰이 된 후 지금처럼 기억에 남는 한 주를 보내는 것도 처음인데, 그 순간에 정점을 찍는 게 바로 보고서 내용이었다. 왜냐하면 가까운 선배 형사가 경찰윤리규정을 지속적으로 어기며 자신에게 거짓말을 하고 더 나아가 의도적으로 공동수사를 방해한 이유를 알 수 있었기 때문이다.

"여보세요. 저는 욘 브론크스라고 하는데, 살인 사건 신고를 하고 싶어요."

동일한 사건에 대한 신고 전화가 동시에 걸려왔었다. 하나는 고소인인 구닐라 에바 브론크스였다. 그녀는 사건 발생 당시 이웃집으로 피해 있었다. 그리고 다른 하나는 사건 현장에서 아직 열여섯을 넘지 못한 십 대로부터 걸려왔다.

"그렇구나. 일단 어디서 전화하는 건지 번호부터 확인할 수 있을까?"

"0171에 84084예요."

"그러니까 사망한 사람이 있다는 거지?"

"네. 침대 전체가 피로 물들었어요."

"사망한 사람이 누구인지는 알고 있니?"

"우리 아빠예요."

엘리사는 두꺼운 종이 뭉치를 잠시 내려놓았다. 그리고 그동안 브론크스 형사에게 항상 부족하다고 느꼈던 부분이 무언지 갑자기 눈에 보이기 시작했다. 적당한 거리에서 폭력을 바라보는 중립적인 자세. 그가 매일같이 사건을 대하는 마음을 반영해주는 수사관으로서의 시각, 목소리, 행동 등등.

그제야 이해할 것 같았다. 브론크스가 그런 일로부터 영향을 받지 않으려고 얼마나 기를 쓰고 살아왔는지를.

"지금 혼자 있니?"

"엄마는 옆집으로 가셨고, 형은 아마 여기 어딘가에 있을 거예요. 아빠를 찌른 건 형이었거든요. 여러 번이오."

"그럼 내 말 잘 들어라, 욘. 너도 지금 당장 어머니처럼 옆집으로 갔으면 좋겠어. 가서 경찰이 올 때까지 조용히 기다려라."

"더 이상 숨을 필요는 없어요. 아빠도 죽었는데요."

하지만 그는 끝내 벗어날 수 없었다.

폭력은 그의 인생에 큰 영향을 끼쳤다.

그게 그의 발목을 잡고 있었다.

엘리사는 묵직한 수사보고서를 덮고 보관함 상자에 넣었다. 판결문과 검시관 보고서, 기술보고서도 차례로 안에 넣었다. 사실을 알게 된 지금은 이해할 수 있었다. 하지만 그런 건 중요하지 않았다. 선배 형사는 고의로 그녀를 속이고 수사까지 방해했다. 그 이유는 이제 중요치 않다. 그럴 만한 동기가 있었으니까. 하지만 그렇다고 책임에서 자유로울 수는 없었다.

엘리사는 이동식 스툴을 밟고 올라가 문서 보관 상자를 있던 자리에 올려놓았다. 앉아만 있어도 편안했던 그 장소에서 다시 한번 더 넓게 바라보고, 진실을 깨닫게 되었다. 그래서 지금 그녀는 수사를 이어나가기 위해 발걸음을 옮기고 있었다. 그리고 처음으로 동시에 양쪽으로 수사를 확대하게 되었다. 강도를 벌인 진짜 범인 쫓는 일과, 차원은 다르지만 그녀에게는 강도 행위만큼이나 파렴치한 범죄 행동을 한, 그녀를 배신한 동료 형사를 쫓는 일을.

엘리사 뭐라는 형사는 오스카슨이 일곱 번째 묶음을 놓고 여덟 번째를 찾으러 가는 사이 복도로 나와 또다시 어딘가로 향하고 있었다. 레오는 나무 카운터 안쪽, 의자 위에 놓인 모니터를 통해 결의에 찬 분위기로 걸어가는 그녀를 확인할 수 있었다. 용무를 다 마친 듯했다. 브론크스 외에 자신을 알아볼 수 있는 유일한 인물이었다. 그리고 아직까지 압류품 보관실에 찾아온 유일한 방문객이었다.

헐떡이는 소리가 크게 들려왔다.

오스카슨이 20킬로그램에 달하는 아홉 번째 돈뭉치를 팔에 안고 오는 중이라는 뜻이었다. 벌겋게 달아오른 얼굴의 이마와 목, 관자놀이가 땀에 흠뻑 젖어 있어 마치 반짝이는 필름이라도 붙인 것 같았다. 갈색 포장지마저 체크무늬 셔츠에서 배어 나온 땀으로 젖을 정도였다. 노 경관은 더 지탱할 힘도 없는 듯 카운터 위에 쿵하고 물건을 떨어뜨렸다. 회색 재킷은 이미 네 번 왕복을 한 이후로 의자에 걸려 있었다.

"다음번……."

오스카숀은 안 그래도 공기가 부족한 상황에서 가쁜 숨까지 몰아쉬느라 정상적으로 말을 잇지 못했다.

"……이 마지막이야."

나이와 체력이 예전 같지 않은 노 경관이었지만 지금까지는 비교적 일정한 속도로 왕복하고 있었다. 이 일이 얼마나 힘든 일인지에 대한 불평을 끝내고 본격적으로 일을 시작하니 한 번 왕복에 걸리는 시간이 평균 1분 45초였다.

13:55:30

이번 단계에 최대한 활용할 수 있는 21분 중에서 19분이 지나갔다.

"그럼 하나 남았으니 당장 처리하시는 게 낫지 않으세요?"

관리인이 갑자기 쉬겠다고 작업을 중단하는 일도 없고, 이전과 같은 속도로 물건을 가져오고, 레오가 서류의 올바른 위치에 재빨리 서명한 다음 물건들을 자신이 가져온 상자에 넣더라도, 어차피 예상한 시간을 초과하게 될 터였다. 하지만 물건을 가지러 올 정규수송팀과 정면으로 마주치게 될 상황까지는 아니었다.

작전은 여전히 가능했다.

"그러니까 제 말은 이미 서서 움직이고 계시니까 말이에요…….

이것들 끌고 가야 하는 건 또 제 일이니까요."

"그러지. 열…… 번째는…… 저거……."

카운터 한쪽 끝에 물이 반쯤 찬 콜라병이 하나 놓여 있었다. 그 병을 발견한 노 경관 표정이 마치 오랫동안 못 본 친구를 만난 것처럼 순간 밝아졌다.

"부터 일단 비우고 하지."

노 경관은 병을 들고 물을 마시기 시작했다. 시간은 계속 흐르고 레오는 불안감으로 속이 타들어 가는 것만 같았다. 하지만 절대로, 무슨 일이 있어도 초조함이 겉으로 드러나선 안 된다. 그렇기 때문에 물도 못 마시게 할 수는 없었다.

"수분이 빠져나가면 또 채워 넣어야 하는 거잖아, 안 그래?"

관리인은 윙크를 하고는 하나 남은 물건을 가지러 뒤쪽으로 들어갔다. 레오의 상의 안주머니에서 진동이 느껴졌다. 그는 전화를 받았다.

"레오, 그 친구들, 지금 왔어! 놈들이……."

삼이었다.

"시간보다 일찍 왔다고! 거기서 나와, 당장!"

레오는 오스카숀이 창고 뒤쪽에서 거친 숨을 몰아쉬고 있는 소리를 들을 수 있었다.

거기서 나와.

아니다.

아직은 아니다.

챙겨가야 할 물건을 딱 하나만 남겨두고, 서류에 서명도 안 하고, 인사도 없이 그대로 나가버리면 오스카숀이 즉시 경보를 울릴 게 뻔하다. 열 번째 뭉치를 그대로 기다리는 것보다 훨씬 위험한 선택이 될 수 있다. 레오는 카운터에서 조금 떨어지며 속삭였다.

"마지막 물건 하나 기다리는 중이에요. 1분도 안 걸려요."

그러고는 다시 카운터 가까이 돌아왔다. 하지만 선반 사이로 걸어오는 사람은 보이지 않았다.

레오는 삼을 안심시키기 위해 거짓말을 했다.

"알았어. 그럼 난 출발해. 지하철로."

하지만 스스로를 속인 거짓말은 아니었다. 오스카숀이 금고 앞에 도착했다는 것, 그가 마지막 물건을 들고 카운터까지 오는 데 얼마의 시간이 걸린다는 것은 잘 알고 있었기 때문이다.

그래도 레오는 계속해서 나지막이 속삭였다.

"약속장소에서 봐요. 행운을 빌게요."

그러고는 시간을 쟀다. 초조함과 두려움에 잡아먹히지 않으려고. 63초가 되자 카운터 쪽으로 가까워오는 거친 숨소리가 들려왔다. 오스카숀이 5크로나 지폐로 구성된 1천만 크로나 뭉치 20킬로그램을 위에 내려놓자 어마어마한 소리가 울려 퍼졌다.

"여기, 어딘가에 서명하면 되는 거죠?"

레오는 황급히 펜을 집어 들었고 관리인은 대답 대신 가쁜 숨만 몰아쉬며 흰 종이를 내밀고 떨리는 손가락으로 서류 아래 빈칸을 가리켰다.

페테르 에릭손.

지난번 서명과 똑같아 보였을 것이다.

레오는 열 번째 뭉치를 카트 위에 올려놓은 상자의 빈 공간에 집어넣고 종이상자 네 귀퉁이를 차례차례 접어 달았다. 그리고 시계를 확인해보았다.

13:59:10

1분 30초가 초과되었다. 게다가 정규수송팀이 예정된 시간보다 5분이나 일찍 도착했다.

이제 여기서 빠져나가야 한다.

"쉬시는 동안 저 좀 내보내주시면 안 될까요?"

오스카슨은 입 열 힘도 없는 사람처럼 고개만 끄덕이고 벽에 달린 버튼을 눌렀다. 복도로 이어지는 묵직한 철문이 철컥 열리는 소리가 들렸다. 지폐뭉치 열 개를 담고 있는 종이상자 두 개의 무게가 감사할 따름이었다. 2백 킬로그램에 달하는 종이뭉치가 카트를 누르는 탓에 더 이상 성가신 바퀴 소리가 나지 않았다. 레오는 등으로 문을 밀고 나가면서 문턱을 넘어서서 마지막으로 오스카슨을 쳐다보았다. 그는 카운터 앞으로 쓰러지듯 몸을 기댄 자세로 쉬고 있었다.

다시 혼자가 된 것이다.

거쳐야 할 세 구간 중 첫 번째 구간의 복도 한가운데서.

첫 번째 갈림길은 40미터 전방이었다. 오른쪽으로 돌면 그 복도에서 더 이상 그의 모습을 볼 수 없게 된다. 정규수송팀은 언제나 서쪽 출입구를 이용한다. 카트를 끄는 것도 훨씬 수월해졌다. 예전에 한 번, 보수공사를 하면서 5백 킬로그램에 달하는 주방용 보일러를 카트에 싣고 울퉁불퉁한 정원을 지나간 적이 있었다. 그때에 비하면 무게도 절반인 데다 바퀴에 바람도 빵빵하고 지면도 거의 평형을 이루는 콘크리트 바닥이었다. 마치 앞으로 날아가고 있는 기분이 들 정도였다.

발소리를 듣기 전까지는.

오른쪽으로 방향을 틀어 다음 구간으로 이어지는 콘크리트 벽 뒤로 사라지기 바로 직전이었다.

뒤를 돌아보니 8, 90여 미터 정도 떨어진 복도 반대편 끝에서 제복 경관 두 사람이 카트를 끌고 나타났다.

그들이 보관실로 들어가기까지 1분도 채 걸리지 않을 듯 보였다. 그리고 또 1분이 더 지나면, 그러니까 절차에 따라 한 묶음 당 20킬로그램에 달하는 압류품 열 개, 다시 말해 관리인이 방금 전까지 땀을 비 오듯 흘리며 옮겨와 내보낸 그 물건을 가져간다는 요청서가 카운터 위에 올라오게 되고, 비상경보가 작동하게 될 상황이었다.

욘 브론크스는 조심스레 나무 사이를 다섯 번째로 옮겨 다니고 있었다. 모습을 드러내지 않으려고 계속해서 숨어 다니는 중이었다. 15분 전부터 불안과 긴장, 기대가 한데 뒤엉키며 심장이 미친 듯이 뛰고 있었다. 섣불리 움직일 수도 없고 불편하고 갑갑한 마음을 토해내지 못하고 쌓아두기만 한 터라 가슴이 터져나갈 것만 같았다. 레오 뒤브냐과 그의 아버지가 자동화기를 가득 싣고 있는 트럭이 세워진 허름한 헛간에 도착해야 할 시간이었다. 그리고 동시에 자신이 두려워해야 할 만큼 형이 이번 일에 깊숙이 연루되어 있는지를 확인해야 할 시간이자 경찰특공대 대장에게 연락해 즉각적인 비상대응팀 소집을 요청해야 할 시간이었다.

그런데 찾아오는 거라고는 공허함뿐이었다. 그리고 실망감. 손꼽아 고대하던 선물 상자를 받았는데 막상 반짝이는 포장지와 구불거리는 리본 장식을 뜯고 상자를 열어보니 기대하던 선물이 아니라는 것을 깨달은 어린아이가 된 기분이었다.

무언가가 이상했다.

그가 그토록 오랜 기간 쫓아왔고 스웨덴 경찰, 아니 더 나아가 스웨덴 사회 전체를 충격에 빠뜨렸던 레오 뒤브냑은 매번 철저히 계획하고 계산한 순간에 맞춰 은행에 쳐들어갔고, 철저히 계산한 시간 내에 일을 마치는 치밀한 강도였다. 그러한 뒤브냑 최대의 업적이 바로 저 헛간에서 기다리고 있었다. 대규모 무장병력조직을 만들고도 남을 군용무기. 암시장에 내다 팔면 어마어마한 돈이 될 물건이었다. 철저한 조사와 분석이 특기인 레오 뒤브냑이 대책 없이 그런 일을 벌이고 구매자를 기다리게 할 리는 없었다.

그때 귓속에서 무전을 알리는 신호음이 들렸다.

"전 대원에게 알린다."

벨트에 차고 있던 무전기와 연결된 수신기에서 소리가 이어졌다.

"크로노베리 경찰청, 압류품 보관실에서 절도 의심 사건 발생."

브론크스는 얼음이 된 것처럼 온몸이 굳는 것 같았다.

절도 사건? 경찰청 내에서?

"14시 01분, 비상경보 발생."

어째서 공허함과 실망감이 들었는지 서서히 납득이 되었다.

"용의자는 신장 190, 갈색 눈동자, 민머리의 30대 남성으로 추정된다."

지금 여기서 레오 뒤브냑이 강력 사건을 벌여야 할 시간과 동시에 대략 20킬로미터 떨어진 지점에서 발생한 강력 절도 사건.

레오 뒤브냑의 범행 수법이었다.

"경찰 제복 차림일 가능성이 높고 페테르 에릭손이라는 이름으로 위조된 신분증을 소지하고 있다."

그래서 제시간에 이곳으로 오지 않았던 것이다. 내가 이것들을 찾아낼 수 있었던 건, 놈이 그렇게 바랐기 때문이다. 헛간에 숨겨둔 총기들은 나를 여기로 불러들이기 위한 구실에 불과했던 것이다.

교란작전. 위장술. 그리고 유인책.

중앙역에 폭탄을 설치했을 때와 똑같은 상황이었다. 경찰력을 한곳에 집중시킨 다음 한참 떨어진 곳에서 은행 두 곳을 동시에 털었던 그때처럼.

갈색 눈동자에 민머리, 경찰 제복에 경찰신분증?

위장술. 변장술. 마법 같은 탈출.

강도 사건이 발생한 지역의 끝과 끝에서 목격된 똑같은 차량. 그래서 어쩔 수 없이 양쪽으로 추격할 수밖에 없었던 그때처럼.

레오 뒤브냑은 그런 인간이었다.

철문으로 나가는 마지막 구간까지 왔다. 레오는 카트를 일자로 세워놓고 출입 카드를 꺼내 단말기에 읽혔다.

아무런 변화가 없었다.

초록색 불이 깜빡이지도, 철컥하고 자물쇠 풀리는 소리도 들리지 않았다.

젠장.

다시 한번 카드를 긁었다. 하지만 법원으로 이어지는 철문은 꿈쩍도 하지 않았다. 그는 카드의 마그네틱 부분을 옷자락에 문지른 다음 다시 카드를 통과시켰다.

젠장. 젠장. 젠장!

정규수송팀은 이제 복도 절반만 걸어가면 신원확인을 하고 압류품 보관실로 들어가게 될 터였다. 그리고 잠시 혼란에 빠졌다가 곧바로 사고 발생 사실을 깨닫기 일보 직전이었다.

이 빌어먹을 카드가 왜 말썽이야!

다시 한번 뒤를 돌아보았다. 쫓아오는 사람은 아무도 없었다. 마지막 두 구간을 오는 동안 아무도 마주치지 않았고 무게 덕분에 카트 바퀴도 아무런 소리를 내지 않았다.

다시 한번.

출입 카드를 단말기에 갖다 댔다. 그리고 카드를 움직였다.

그제야 초록색 불빛이 깜빡거리고 잠금장치 풀리는 소리가 울렸다.

레오는 등으로 철문을 밀고 양손으로 카트를 잡은 다음 문턱을 넘어갈 때 중심을 잘 잡았다. 압류품 보관실 문턱을 지날 때보다는 다소 크게 출렁거렸다. 간신히 안전한 법원 지하 출입구로 들어왔다.

엘리베이터가 그리 넓은 편이 아니라 커다란 상자 두 개가 들어가니 거의 꽉 찼다. 경찰 제복을 벗자 안에 미리 입고 있었던 파란색 작업복이 드러났다. 한쪽 주머니에 넣어둔 모자를 꺼내 펼쳤다. 앞부분에 대문자로 'STADSBUDET'라는 문구가 찍혀 있었다. 경찰에서 순식간에 이삿짐센터 직원으로 변하는 순간이었다. 법원 중앙출입구가 있는 1층까지 가려면 두 층을 올라가야 한다. 엘리베이터를 타고 올라가는 동안 카트 맨 위에 있는 상자의 남은 공간에 경찰 제복을 완벽히 숨길 수 있었다. 그는 어둡고 소리가 울리는 돌바닥 위를 걸어 철문 밖으로 나왔다. 햇살과 신선한 공기가 느껴지는 바깥세상으로. 안도의 한숨을 깊이 내쉬고 주변을 둘러보며 바로 그 자리에 서 있어야 할 트럭을 찾아보았다.

그런데 만나기로 한 사람이 보이지 않았다.

다시 한번 재빨리 주변을 훑어보았다. 쿵스홀름스가탄과 그쪽으로 이어지는 지하철역 입구, 그리고 베리스가탄과 이어지는 지하철역 입구.

삼, 도대체 어디 있는 거예요?

브론크스는 마지막 풀밭 구간을 건너 습지 배수로를 뛰어넘고 또다시 평범한 나무 담장을 뛰어넘고서야 자갈길에 다다랐다.

머릿속에 달라붙어 있는 생각을 떨쳐내려 애썼다. 하지만 걸음을 옮길 때마다 오히려 머릿속에서 요동을 쳤다. 크로노베리 경찰청, 압류품 보관실에서 절도 의심 사건 발생. 정확히 목요일 오후 2시라는 시점과, 14일 전 일명 세기의 강도 사건의 최종판결이 내려진 시점은 서로 연결돼 있었다. 증거물로서의 가치를 상실해 몇 시간 뒤 폐기처분될 지폐 1억3백만 크로나와 관련이 있었던 것이다.

이 개자식.

우리 형을 이용해 종신형에 처할 범죄를 저지르게 해! 그리고 내 형사 생활의 전환점이 된 사건의 전리품을 빼내 가!

게다가 나를 엉뚱한 곳으로 보내 헛발질하게 만들었다? 경찰

제복을 입고 내 집 안방으로 몰래 들어와 주먹 한 방으로 내 가족
은 물론 내 직장까지 무너뜨렸다 이거지.

　더 이상 그렇게 걷고 있을 수가 없었다.

　욘 브론크스는 뛰기 시작했다.

　빌어먹을 헛간을 향해서.

후진하는 트럭이 스톡홀름 법원 건물로 가까이 다가올수록 단조로운 후진음이 점점 더 커졌다. 삼이 화물 승강기를 내리자 레오는 카트를 실은 다음 버튼을 눌러 승강기를 다시 올려 보냈다. 5백 크로나 지폐로 가득 찬 상자 두 개는 화물칸에 미리 준비돼 있던 다른 갈색 상자와 똑같았다. 레오는 다시 차 밖으로 뛰어내린 다음 뒷문을 닫고 조수석 문을 열었다.

"가요."

차는 서서히 셸레가탄을 따라 출발한 다음 첫 번째 교차로에서 왼쪽으로 틀어 시내로 연결되는 한트베르카가탄을 달렸다. 시내 교통상황을 고려했을 때 주차타워까지는 대략 15분에서 20분 정도가 걸리고, 그다음 베르타 항구까지도 그만큼 걸릴 것 같았다.

"늦었어요, 삼."

"지하철이 늦게 와서 지연된 거야. 한 대가 승강장에 머물러 있는 바람에 다른 차량이 터널 안에서 기다리고 있었다고. 그 지하철 두 대가 다 가기 전까지는 경찰 제복 든 가방을 버릴 수 없었어."

거의 만석이 된 버스 한 대가 그들이 탄 차 앞에 멈춰 섰다. 버스 정류장에서 긴 줄을 서 있던 승객들 때문에 일이 점점 더 어려워졌다. 버스에 올라탄 뒤 자리를 찾아다니느라 안 그래도 없는 두 사람의 시간을 갉아먹고 있었다. 하지만 삼은 사전에 약속한 대로 조바심을 내면서 추월하는 대신 끈기 있게 기다렸다.

"그나저나 자넨 어떻게 됐던 거야? 잘 된 거야?"

대화를 주고받는 사이 버스가 문을 닫고 출발했다. 두 사람도 목적지로 향했다. 시청을 지나고, 멜라렌 호수 위에 그림자를 띄우고 다니는 하얀색 다도해 연락선들을 지나쳐 갔다.

"잘 된 거냐고요?" 레오가 질문을 따라 했다.

"그래."

"저 뒤에 지폐가 2백 킬로그램 넘게 들어 있어요."

욘 브론크스는 황량한 자갈길을 미친 듯이 달렸다. 자신이 그곳까지 오게 된 이유나 그 헛간에 쌓여 있던 자동화기들이 미끼였다는 사실은 이제 확실히 깨달았다. 지난번과 마찬가지로 커다란 정문을 지나쳐 측면에 있는 쪽문으로 향했다. 자갈밭이 잔디밭으로 바뀌는 지점에 지난번에 썼던 쇠막대기가 그대로 놓여 있었다. 그는 쇠막대기로 자물쇠를 비집어 열고 안으로 들어갔다.

모든 게 전날과 똑같아 보였다. 달라진 건 어디에도 보이지 않았다.

트럭 가까이 다가가 방수포를 고정하고 있던 고무 밴드를 떼어 냈다. 화물칸 역시 그대로였다. 테라코타 타일이 화물칸 바닥과 벽을 둘러싸고 있었고 그 안에는 자동화기 2백여 정이 고스란히 놓여 있었으며 맨 위를 장식하고 있던 나무상자 속 시한폭탄도 그대로였다.

"로드후세트 지하철역이 일시적으로 폐쇄됐다."

새로운 상황이 발생했다.

브론크스는 무전 내용을 더 정확히 듣기 위해 귀에 꽂고 있던 수신기를 빼고 벨트에서 무전기를 풀었다.

"승강장 인근 선로에서 경찰 제복 발견. 용의자가 지하철을 탔을 가능성이 높다."

놈의 손에 놀아난 게 자신뿐만은 아니었다. 경찰 제복을 찾았다고 지하철 운행을 중단시키고 무전 연락을 하고 있는 경관들 역시 속고 있는 건 마찬가지였다. 자신은 알고 있지만 멍청한 경관들이 모르는 사실이 있다. 레오 뒤브냑의 수법은 항상 그렇다는 사실. 그들이 쫓고 있는 건 지하철을 이용해 도주하는 단순 강도가 아니라 허물을 벗고 자신이 언제나 꿈꿔왔던 대단한 인물, 희대의 강도였다는 사실. 그들은 놈이 이끄는 대로, 놈이 알려주는 곳에서 놈이 벗어버린 허물을 찾아다닐 거라는 사실이었다.

브론크스는 경찰특공대를 비롯한 각 부처에 차례대로 연락하려고 휴대전화를 꺼냈다. 경찰이 쫓고 있는 용의자가 누구인지, 그렇기 때문에 추격의 방향을 새롭게 설정해야 한다는 사실을 모두가 알아야 하기 때문이었다.

그런데 번호를 누르기도 전에 전화가 먼저 울렸다.

앞서 느꼈던 허탈감이 잠깐 분노로 변하다 다시 원상태로 돌아왔다.

형이? 지금?

목이 터져라 형의 이름을 부를 뻔했다.

"형!"

하지만 상대는 아무런 말도 하지 않았다.

"형, 젠장, 왜 말이 없어? 형인 거 다 알아! 어쨌든 이렇게 통화라도 돼서 얼마나 반가운지 형은 모를 거야. 내가 형한테 전화를 몇 번이나 했는지 알기나 해? 내가……."

"나도 알아. 액정화면에 다 떠 있거든, 브론크스 형사. 부재중 전화가 마흔세 건이나 되더라고."

이 목소리는? 형의 전화로?

"그런데 당신 형은 다시는 당신 보고 싶지 않다는데, 아직도 못 알아듣는 거야?"

레오 뒤브냐의 목소리였다.

"그리고 당신 형님이 내키지 않아 해서, 내가 대신 전화한 거야."

뒤로 들리는 소리는 분명 도심의 소음이었다.

욘 브론크스는 전화기를 귀에 꽉 밀착시켰다.

상대는 차 안에서 전화를 걸고 있었다. 방음이 잘 되지 않는 차에서 통화하면 소리가 약해지기 마련이다.

"어쨌든 이렇게 전화통화를 하게 됐으니 서로 얼굴이나 보고 했으면 좋겠는데 말이야……. 서로 눈을 보면서 말이지. 왼쪽으로 반만 돌아서 문 위쪽 구석을 올려다보면 카메라 하나가 보일 거야.”

브론크스는 설명한 위치로 자리를 옮겨 초소형 웹캠을 찾아냈다.

“좋아. 이제야 제대로 보이네, 브론크스 형사. 살이 좀 빠진 것 같은데? 면도도 안 하고 말이야. 어디 아픈 건가? 과로 때문인가?”

자극적인 도발이었지만, 아무래도 상관없었다. 거기에 말려들 상황이 아니었다. 무언가 더 큰 일이 기다리고 있다는 걸 잘 알기 때문이었다. 단지 굴욕을 주고 욕설을 퍼부으러 전화를 건 건 아니었을 테니까.

“내 트럭은 다 둘러봤을 테니까 아마 오늘 내가 당신 만나러 거기 갈 일 없다는 건 잘 알고 있을 거야. 나한테 다른 볼일이 있다는 것도 말이야. 그런데 이제 너무 늦어서 뭐가 됐든 당신이 할 수 있는 게 아무것도 없다는 것도 아주 잘 알 거야.”

브론크스는 상대의 눈을 대신하고 있는 카메라 렌즈를 노려보았다. 그제야 웹캠 겉면도 헛간 벽과 똑같이 빨간색이라는 걸 깨달았다.

“그렇다고 너무 낙담할 필요는 없어, 형사 양반. 비록 날 잡을 순 없겠지만 내가 찾게 해준 그 총들은 당신이 다 가질 수 있거든. 카메라에서 내가 전혀 보고 싶지 않은 장면이 연출된다거나, 무전기에서 내가 듣고 싶지 않은 소리를 들을 일이 없다면 말이지.”

브론크스는 자신의 형이 뒤브냑과 같은 차를 타고 있는지, 아니면 통화 내용을 듣고 있는지, 자신을 보고 있는지 궁금할 따름이었다.

"그러니까 경찰 무전에서 삼이나 내 이름이 거론되는 걸 듣고 싶지 않아. 경찰 무전 교신에 그런 내용이 나오는 순간, 거기 있는 총들은 그 즉시 파괴될 거야. 카메라가 꺼지거나 화면을 가려도 마찬가지야."

침착했던 목소리에 악감정이 실리기 시작했다. 레오 뒤브냑에게 살해 협박을 받았던 경비원이나 은행직원들이 한결같이 증언했던 것과 같은 분위기였다.

"그러니까 지금부터는 당신이 되고 싶었던 대로 한번 해보라고. 경찰이 아니라 민간인처럼 행동해보라고, 이 개자식아!"

뚝 소리와 함께 침묵이 이어졌다. 상대가 전화를 끊었던 것이다.

브론크스는 손에 전화기를 든 채 서서 헛간 벽을 멍하니 쳐다보았다. 상대가 평정심을 유지하고 있는 만큼이나 패배감에 사로잡힐 만한 상황이었다.

하지만 그는 그러지 않았다.

상대가 따라야 할 지침 사항을 설명하면서 터무니없는 독백을 늘어놓는 동안 머릿속에 이 상황에서 어떻게 대응해야 할지 아이디어 하나가 떠올랐기 때문이다. 그는 카메라 렌즈를 통해 자신을 지켜보고 있는 남자가 예상하는 대로 행동할 마음이 없었다.

트럭 전면부는 반대편에 있는 노르디스카 콤파니에트 빌딩이 바라보일 정도로 커다랗게 뚫린 구멍이 일정한 무늬를 만들고 있는 콘크리트 벽 가까이 붙어 있었다. 고개만 조금 앞으로 숙이면 아래쪽으로 보도와 길을 내려다볼 수 있었다.

　두 사람이 스톡홀름 시내 중심가에 위치한 주차타워 맨 꼭대기, 6층에서 바라보고 있는 전경이었다. 주차타워의 높은 층일수록 올라오는 차량이 적기 때문에 보지 말아야 할 장면을 볼 위험이 있는 운전자들의 수가 그만큼 줄어들었다. 두 사람은 트럭 화물칸에서 입고 있던 작업복을 벗고 발트해를 가로지르는 여객선 승객들 사이에 끼어 있어도 어색하지 않을 청바지와 셔츠, 그리고 재킷으로 갈아입었다. 화물칸에 놓여 있는 종이상자의 내용물은 이미 여행 가방 네 개에 나눠 담아놓았다. 옷을 갈아입은 뒤에는 여행 가방을 바로 옆에 세워둔 회색 볼보 승용차에 옮겨 실었다. 시내 중심가에서 베르타 항구까지 가는 데 사용해도 전혀 이상할 게 없는 평범한 차량이었다. 삼이 핸들을 단단히 잡고 나선형 구간을 빙글빙글 돌며 내려가는 동안 레오는 조수석에 앉아 웹캠을 살펴보고 있었다. 헛간 안에도 바깥에도 아무도 보이지 않았다. 마지막으로 녹화된 13분 전 상황을 확인해보니 브론크스는 농장 밖으로 벗어나 사라졌다. 일단 시키는 대로 따르는 듯 보였다. 무전으로 용의자 이름을 알리지도 않았고, 카메라를 끄거나 렌즈를 막지도, 지원을 요청하지도 않았다.

회색 볼보는 콘크리트 회전목마를 타듯 빙글빙글 돌며 아래로 내려와 오후 햇살을 받으며 오가는 차들과 스트레스로 지친 직장인들을 성가시게 하며 쇼핑에 열을 올리는 관광객 대열에 자연스레 합류했다.

출발까지 남은 시간은 4시간 반이었다.

새 삶을 향해 떠나는 여행이 될 것이다.

깨끗하게 니스 칠을 마친 마룻바닥은 아직 아무도 밟지 않았다. 새하얀 천장은 조명의 불빛을 은은하게 흡수하고 있었다. 벽은 아직 해줄 이야기가 없는 탓에 '백지상태'였다. 빈센트는 갓 보수공사를 마치고 정상적인 새 출발을 위한 인수인계 직전의 아파트에서 있을 때마다 뿌듯하고 흡족했다. 교도소 생활을 시작했을 때, 형을 마치고 출소했을 때, 보호관찰관이 주선해주는 임시거처에 들어갔을 때와는 전혀 다른 기분이었다.

마지막으로 그 집을 찾은 건, 혹시 공사 중에 빠뜨린 게 있는지, 더 손볼 곳은 없는지 확인하기 위해서였다. 하지만 발걸음이 떨어지지 않아 그렇게 그 자리에 머물러 있었던 것이다. 아직은 뿌리를 내리지 않았지만 사랑과 갈등이 교차하고, 조만간 온갖 냄새와 생기, 그리고 활력으로 가득 차게 될 새집에서.

발걸음이 떨어지지 않는 이유는 자신도 잘 알고 있었다.

창문 너머 바깥세상은 새집과 정반대 세상이기 때문이었다.

방금 전, 라디오에서 경찰청 내에서 발생한 강도 사건 소식을 전해들은 터였다. 피해액수가 어마어마할 것으로 추정되는 남다른 사건이었다. 희대의 강도 사건. 지난 며칠간 큰형이 계속 이야기했던 일이었다. 지금 그가 서 있는 아파트까지 찾아와 공구 상자 위에 앉아 끝까지 막냇동생을 끌어들이려 했었다.

빈센트는 손가락 두 개로 시퍼런 멍 자국이 남은 오른손 주먹을 쓰다듬었다. 여전히 욱신거렸다.

그러고는 마지막으로 집 안을 둘러본 다음 내일 새 주인에게 넘길 열쇠로 현관문을 잠갔다. 계단을 내려가는데 위로 올라오는 발소리가 들렸다. 필요 이상으로 오래 머물렀던 자신이 원망스러웠다. 집을 꾸밀 계획을 세우기 위해 두 눈으로 직접 둘러보고 싶어 하는 새 주인 부부와 이런저런 한담을 나눌 기분이 전혀 아니었다.

하지만 계단으로 올라온 사람은 아이 없는 중년 부부가 아니었다. 말총머리에 테레빈유나 유성물감 냄새 따위를 풍기는 이웃집 노인이었다. 공사 첫날부터 매일같이 마주쳤지만 말 한 마디 나눠본 적 없는 사이였다. 빈센트는 마지막으로 그와 평소처럼 목례만 나눴다.

타고 온 밴은 주택조합 소유의 주차공간에 세워져 있었다. 차를 향해 걸어가던 빈센트는 자신의 밴 보닛 위에 기대 서 있는 남자를 발견했다. 가죽 재킷과 청바지를 입은 사십 대 남성은 6년 만이었지만 누군지 알아볼 수 있었다.

"잘 있었나, 빈센트. 여러 번 전화했는데 받지를 않더라고. 그래서 이렇게 찾아왔지."

욘 브론크스.

세상 사람들이 '특수부대'라고 부른 은행 강도단 사건을 담당한 형사.

"모르는 번호로 온 전화는 안 받습니다. 그런데 지금 제 차를 막고 계시네요."

"막든 안 막든 상관없거든. 어차피 지금 당장 자네가 이 차를 타고 나갈 일은 없으니까. 나랑 같이 갈 데가 있어."

"형사님하고는 아무 데도 안 갑니다. 난 형도 다 살았어요. 그 뒤로는 범죄행위에 가담조차 한 적 없고요. 그건 아실 겁니다. 동료 형사님이 여기까지 찾아와서 알리바이를 캐물었으니까."

브론크스는 빈센트의 밴 측면을 손으로 두드렸다.

"여기서 일하는 건가?"

"그렇습니다."

"사업이 잘 된다고? 자네도 그렇고, 회사도 그렇고?"

그는 다시 한번 밴을 세게 두드렸다. 이번에는 'V 건설'이라고 적힌 로고 부분을 정확히 겨냥했다.

"그런 편이죠."

"그러면 말이야, 여기로 제복 경관하고 순찰차를 보내서 자네를 데려오는 게 더 낫지 않을까 싶은데? 고객들은 자네 전과를 알고 있긴 한가?"

개자식.

그만 좀 괴롭혀라.

빈센트는 비명을 지르고 싶었다. 아니, 밴에 올라타 거지같은 형사를 들이받아버리고 싶었다. 추천과 평판으로 먹고사는 사람에게 이 따위로 위협하는 형사를 가만둘 수 없었다.

"저기요, 그건 좀 그런데요. 도대체 뭣 때문에 이러시는 겁니까?"

"원래 감방 한 번 들어갔다 오면 이런 일은 즐겨야 하는 거야. 때 되면 한 번씩 순찰차 타고 질문도 받고, 뭐 그런 거. 일상 같은 거지. 감방 동기들한테 물어보라고."

후진으로 들이받고, 앞으로 갔다가 다시 들이받고 싶은 마음이 굴뚝같았다.

"무슨 일 때문에 이러냐고요?"

"일단 차에 타서 얘기하지."

"싫습니다. 도대체 무슨 일입니까?"

"자네 큰형, 레오 일이야."

하지만 내일은 공식적으로 열쇠를 넘겨주고 최종청구서도 제출해야 한다. 무조건 거부한다고 될 일 같지 않았다.

"전화나 한 통 하고요."

빈센트는 한 걸음 옆으로 물러나 휴대전화에 저장돼 있는 몇 안 되는 번호 중 하나를 찾았다.

"어이, 큰형한테는 연락하지 않는 게 신상에 이로울 거야. 법적인 처벌을 받을 수도 있거든. 자네도 잘 알 테지만 말이야."

빈센트는 휴대전화를 브론크스의 얼굴 가까이 들이밀었다. '엄마'라는 이름이 찍혀 있는 액정화면이 잘 보이도록.

"이것도 법적인 처벌을 받는 일입니까?"

그러고는 뒤로 돌아서 상대가 전화를 받을 때까지 기다렸다 낮은 목소리로 말했다.

"엄마?"

"그래."

"아무래도 오늘은 저녁 먹으러 가기 힘들 것 같아요."

"힘들다고? 아니 왜 그러니?"

"죄송해요."

"엄마가 말했잖아. 큰형은 안 불렀다니까. 지난번 점심때처럼 그럴 필요 없어. 엄마는 다 이해하니까. 그래서 너만 부른 거였어."

빈센트는 다시 한 걸음 더 떨어져서 속삭였다.

"엄마, 뭔가…… 예감이 안 좋아요."

엄마는 못 들은 사람처럼 아무런 대답이 없었다.

"다른 게 아니라, 엄마……."

"그게 무슨 말이니, 빈센트? 무슨 예감이 안 좋다는 거니?"

"여기 지금…… 형사가 와 있어요. 제 공사현장 앞에요. 그래서 집에 못 들른다는 거예요. 어디를 좀 같이 가자 그러거든요."

"그게 무슨 말이니, 형사라니?"

"은행 강도 사건 수사한 형사요."

엄마는 또다시 말이 없었다. 숨소리를 통해 엄마가 지금 흥분한 상태라는 걸 알 수 있었다.

"도대체 뭐가 뭔지 모르겠구나. 네가 뭘 잘못한 게 있다고? 형기도 다 채웠고 배상금까지 완납했잖아. 그 정도면…… 적어도 괴롭히지는 말아야지!"

"저 때문이 아니에요."

이번에는 빈센트가 호흡이 거칠어져 잠시 말을 끊었다.

"큰형 때문이에요."

―――――――

대형 여객선은 여전히 베르타 항구에서 가장 멀리 떨어진 신설 선착장에 정박해 있었다. 출발까지 4시간. 그리고 3시간만 지나면 승선이 시작돼, 발트해가 한눈에 보이는 상갑판 우등객실로 들어갈 수 있게 된다. 두 사람은 남은 시간 동안 선착장에서 불과 몇백여 미터 떨어진 호텔에 머물기로 했다. 오후 시간이라 호텔 프런트는 썰렁했다. 그들은 열쇠를 받아 엘리베이터로 향했다. 엘리베이터 안에 나란히 서서 올라가는 동안 비좁은 감방이 떠올랐다. 두 사람은 그 안에서 허기를 느끼면서도 머리를 맞대고 오늘 일을 성공으로 이끌기 위한 계획을 세워나갔다. 지폐로 가득 찬 가방 네 개에 둘러싸인 지금 기분은 이루 말할 수 없이 짜릿했다.

―――――――

차는 프리드헴스플란 건널목에서 경찰청 방향인 왼쪽의 크로노베리가 아니라 오른쪽으로 돌아 드로트닝홀름스가탄으로 접어들었다.

"어디로 가는 겁니까?"

"얘기했잖아. 내가 질문을 하면 답을 해줘야 한다고."

빈센트는 주변을 살펴보기 위해 몸을 돌렸다. 자유의 몸으로 경찰이 모는 차 조수석에 앉는 건 처음이었다. 매번 경찰차에 오를 때는 수갑을 찬 채로 뒷자리에 올라야 했었다.

그런데도 기분은 이상했다.

"물을 게 있으면 물으세요. 경찰서에 가서요."

브론크스는 어깨를 한 번 들썩였다.

"자네도 이미 알고 있을지 모르지만 오늘 큰일이 한두 개 있었거든. 그래서 경찰 제지선도 쳐져 있고 좀 엉망이야."

"그래요? 하긴, 라디오에서 듣긴 했습니다. 그런데 이 길은 외곽으로 빠져나가는 길인 것 같네요."

"맞아."

빈센트는 도로 양쪽을 번갈아 살펴보았다. 차는 어느새 토릴스플란을 지나 에싱엘레덴으로 빠져나갔다. 남쪽으로 향하는 고속도로로.

"이게 뭐 하자는 겁니까? 내가 뭘 했다고 이래요? 묻고 싶은 게 있으면 물어봐요. 아는 게 있으면 당장 말할 테니까요! 난 가석방된 뒤로 1시간 단위로 일기까지 쓰고 있어요. 그것도 이제 한 달이 채 안 남았어요. 형사님은 날 어떻게 못 합니다."

빈센트는 브론크스를 노려보았다. 형사는 보수공사를 마친 아파트에서 출발한 뒤로 줄곧 전방만 주시하며 차를 몰고 있었다.

"잘하고 있어, 빈센트. 아주 영리해."

첫 번째 터널을 지나자 형사는 가속페달을 더 힘껏 밟았다.

"그런데 오늘은 그런 게 전혀 도움이 될 것 같지는 않아. 자네가 그 일기를 쓰기 훨씬 이전에 저지른 범죄 때문이거든."

————

호텔 방의 기능은 그랬다. 도주의 마지막 과정에서 사용하는 임시거처로 창밖으로 보이는 여객선의 출발시각이 될 때까지 안전하게 기다릴 수 있는 대기실이었다.

레오는 옷장과 특대형 스탠드 사이에 끼어 있는 오렌지색 소파에 앉아 있었다. 그는 재킷 안주머니에서 여객선 승차권 두 개를 꺼내 분위기에 잘 어울리라고 커피 테이블 위에 올려놓았다. 첫 번째 승차권 사용자 이름은 요한 마르틴 에릭 룬드베리. 3일 전, 바리케이드를 무사히 통과한 우유 배달원이 사용한 운전면허증에도 같은 이름이 찍혀 있었다. 두 번째 승차권 사용자 이름은 페테르 에릭손. 몇 시간 전, 경찰서 압류품 보관실에서 형사 사건 증거품 열 개를 받아간 제복 경관의 경찰 신분증에도 같은 이름이 찍혀 있었다. 그다음에는 허리 밴드에서 시그 사우어를 꺼냈다. 해결사 술로의 싸늘한 지하 '사무실'에서 구입한 총이었다. 자정을 알리는 성당 종소리가 울릴 때 이 총을 욘 브론크스의 관자놀이에 누르고 위협했었고, 압류품 보관실에서 물건을 빼내오는 동안 보이지 않게 차고 있었다.

길 반대편에서 행여 들여다보는 사람이 있을까 불안한 삼이 커튼을 치는 동안 레오는 옷 가방 하나를 열고 지폐 뭉치 사이에 끼어 있던 경찰 무전기를 꺼내고 주파수를 맞췄다. 경찰서 내에서 발생한 강도 사건에 대한 교신 내용이 주를 이루었다. 크로노베리 일대가 폐쇄되었고 수색은 인근 지하철역에 집중된 상황이었다. 동쪽으로 향하는 철로에서 용의자가 벗어놓은 것으로 추정되는 경찰 제복이 발견되었기 때문이다.

출발시각이 가까워지는 만큼 여객선까지의 거리도 점점 줄어드는 것 같았다.

조만간 571호 객실로 샴페인이 배달될 것이다. 삼과 레오가 마개를 따고 건배를 할 샴페인이.

———

"여기라고, 빈센트. 자네를 데려오고 싶었던 곳이 바로 여기야."

욘 브론크스는 헛간 출입구 앞에 멈춰 서 있는 빈센트를 보며 양팔을 흔들었다.

"그리고 자네 쪽에 있는 방수포를 꽉 붙잡고 있으라고. 이거 벗겨내는 동안."

"무슨 수작이에요? 도대체 무슨 경찰업무가 이따위입니까?"

"최고의 경찰은 그런 거야. 범죄에 대한 증거도 있고, 범죄자를 잡아넣을 수 있을 때 하는 업무."

"이거 봐요, 빌어먹을 농장까지 와서 조사할 게 있다면 어디 해보라고요. 얼마든지 조사받을 테니까. 그런데 할 게 있으면 당장 하잔 말입니다! 저녁에 약속도 있으니까."

늦은 햇살이 세월이 남기고 간 헛간 틈 사이로 스며들고는 있었지만 내부는 여전히 어두웠다. 브론크스는 천장에 대충 달아놓은 불을 켰다.

"이리 와보라고, 빈센트. 도대체 이 트럭 화물칸에 뭐가 들어 있는지 궁금하지 않아? 이것 때문에 여기까지 온 거거든. 자네한테 보여주고 싶어서."

"내가 그렇게 멍청해 보입니까? 난 여기에 지문 한쪽 남길 생각 없습니다."

브론크스는 미소를 짓더니 지탱하고 있던 고무 밴드를 풀고 혼자 방수포를 걷어냈다. 막이 오르자 무대가 드러났다. 트럭 화물칸이 확실히 보이는 자리에 서 있던 빈센트의 반응을 읽는 건 어려운 일이 아니었다. 그는 물건의 정체를 확실히 깨닫고 있었다.

"거의 2백여 정에 가까운 자동화기야, 빈센트. 자네하고 자네 형제들이 훔치긴 훔쳤는데 기소는 당하지 않았던 범죄의 전리품들이지. 그게 여기 이렇게 있더라고. 상상이 가? 내가 아무거나 하나 들고 지문 감식 도구로 문지르기만 하면 자네 지문이 나타난다는 게 말이야! 그러니 지문 묻힐까 걱정할 필요 없다고. 이미 다 가지고 있으니까."

침묵.

빈센트는 온몸이 굳은 듯 꿈쩍도 하지 않았다. 움직이는 거라고

는 오직 시각정보를 확인하고 뇌로 전달하는 동공과 홍채가 전부
였다. 헛간을 떠도는 희미한 냄새는 이미 헛간 출입문에 서 있을
때부터 감지하고 있었다. 습기와 마모를 방지하기 위해 칠하는 윤
활유 냄새였다.

"자, 이제 우리가 여기서 해야 할 질문을 해보자고. 그런데 그건
자네가 아니라, 자네 형한테 물어봐야 해."

———————

레오는 무전기 볼륨을 낮췄다. 교신내용에 따르면 경찰은 여전
히 그가 '이끈' 장소 주변을 맴돌고 있었다. 증거 때문에 오히려
더 길을 잃고 헤매는 모양새였다. 또 다른 거짓 단서 현장 상황을
확인하기 위해 웹캠을 확인해보았다. 카메라 A가 자동차 한 대를
감지했다. 헛간으로 향하는 차였다. 영상을 확인해보니 브론크스
의 차였다. 그가 운전하고 있었고 옆자리에 누군가가 타고 있었
다.

또 다른 형사.

브론크스. 당신이 몇 명을 데려오든 소용없는 일이야. 이미 날
놓쳤으니까. 그리고 이제 당신이 발견한 그 총들도 다 사라질 거
야.

휴대전화를 손에 들고 있던 레오는 여덟 자리 전화번호를 눌렀
다. 수신자는 다름 아닌 헛간에 설치된 휴대전화였다. 그 전화는
배터리와 연결돼 있어 테르밋 소이탄을 터뜨리는 기폭장치였다.

초록색 전화 아이콘만 누르면 끝이었다. 하지만 레오는 아이콘을 누르기 전, 마지막으로 두 경찰이 정확히 어디에 있는지 확인하기 위해 카메라 B를 살펴보았다. 인명피해는 원치 않았기 때문이다.

브론크스는 트럭 옆에 서 있었다. 그는 고무 밴드를 풀고 화물칸을 덮고 있던 방수포를 걷어낸 상태였다. 누군가에게 말을 하고 있었지만 동행한 형사는 얼굴이 보이지 않았다. 그런데 무슨 이유에선지 동료 형사는 카메라 렌즈가 잡을 수 없는 헛간 출입문에서 머뭇거리고 있었다.

브론크스가 폭탄과 가까운 거리에 서 있었다.

레오는 '방아쇠'가 될 손가락을 액정화면 위에 그대로 올리고 그가 이동할 때까지 기다렸다. 곧 브론크스는 출입문에 있던 형사 쪽으로 걸어갔다.

자, 이제 5천 도의 열이 2백 정에 달하는 자동화기를 쇳물로 만들어버리는 광경을 직접 경험하게 될 거야, 브론크스 형사.

엄지손가락이 여전히 아이콘 위를 떠돌고 있었다. 그 순간, 전화벨이 울렸다.

액정화면에서 감시 카메라 영상이 사라지고 거기 뜨면 안 되는 이름이 화면에 나타났다.

네가?

아파트 공사현장에서 손에 피가 나도록 문을 향해 주먹질한 상대와 한참을 끌어안고 있었던 느낌이 되살아나는 것 같았다.

"빈센트?"

숨소리가 들렸다.

"빈센트……. 여보세요? 형이야……. 무슨 일로 전화한 거야?"

"전화는 내가 한 거야."

이 목소리가? 빈센트의 전화로?

"내가 얘기했을 텐데……."

욘 브론크스의 목소리였다.

"내 형제를 끌어들이면, 네 형제도 끌어들일 거라고."

레오는 다시 화면 속에 나온 브론크스를 볼 수 있었다. 검은 권총으로 드디어 화면에 잡히는 다른 사람의 어깨 사이 등을 겨누고 있었다.

빈센트였다.

"아마 자네도 카메라 영상을 확인했을 거야. 내가 자네 동생하고 여기 있다는 거 말이야. 이 친구는 종신형에 해당하는 테러 혐의로 나한테 방금 체포됐거든."

두 사람이 서 있는 자리와 트럭 사이 거리는 대략 4미터 정도 될 것 같았다.

폭탄을 터뜨려도 될 안전거리로는 충분해.

"자네도 알고 있을 거야, 레오. 이 친구 지문이 여기 있는 총 하나하나에 다 묻어 있다는 거 말이야. 자네 것도 그렇고, 첫째 동생도 마찬가지고."

10분만 지나면 모든 증거가 사라질 거야.

"이 사실을 알고 있는 경찰은 아무도 없어. 그래서 우리가 여기 있는 거고. 그래서 하는 말인데, 자네 동생들 지문은 지우고 자네

것만 남기면 어떨까 생각해봤어."

나도 그래서 하는 말인데, 지금 내 손가락은 이 아이콘 위에 있다고.

"자네가 직접 이리 오는 건 어떨까 상상도 해봤어. 자네가 자수하는 상상."

"이봐, 형사 양반?"

"그렇게 하면 자네 동생은 보내주지."

"그 트럭 안에 폭탄이 설치돼 있다는 건 잘 알겠지?"

"물론이지. 그런데 내가 자네 막냇동생하고 여기 이렇게 있는 동안 폭탄을 터뜨릴 수는 없을 거야."

지금 기폭장치를 누를 거거든. 손가락 끝으로. 이건 당신이 알고 있는 일반 폭탄이 아니야. 고정식 용광로라고. 그리고 살상용이 아니라 생존용으로 만든 거야.

레오는 초록색 아이콘을 눌렀다.

그런데 아무런 변화가 없었다.

다시 한번 눌러보았다. 그리고 또 한 번. 하지만 트럭은 멀쩡했다. 지붕 위에 마련해둔 용기에서 불꽃과 함께 뜨거운 테르밋이 비처럼 쏟아져 내려 총들을 뒤덮어야 했다.

그런데 화면상으로 달라진 거라고는 카메라 가까이 다가온 브론크스가 노려보는 모습뿐이었다.

"자네가 결정하는 일만 남았어, 레오. 막냇동생을 택하느냐, 자네 자신을 택하느냐……"

———————

"레오?"

앞이 보이지 않았다.

"레오? 뭐야? 왜 그래?"

삼은 레오가 문밖으로 나가기 전, 짧은 복도에서 그를 붙잡아 세웠다.

폭탄이 터져야 했다. 알루미늄과 적철석, 그리고 산화철이 화학 반응을 일으켜 거짓 단서로 가져다 놓은 총기들을 모조리 녹여버 릴 만큼 뜨거운 열을 발생시켜야 했다.

어딘가에서 문제가 발생했던 것이다.

"레오, 여객선이 떠나기 전까지 호텔에 있기로 약속했잖아."

"난 가야 해요, 삼."

삼도 똑같은 상황을 보고 듣고 알고 있었다. 서로가 설명해야 할 내용은 아무것도 없었다.

"가야만 한다고요. 가서 수동으로라도 폭탄을 터뜨려야 해요."

엄마는 형제들 사이에 그 빌어먹을 유대감이 깨지기를 바랐다. 그래서 레오는 그렇게 하고 작별인사를 고했다. 하지만 그런데도 결과는 그렇게 되지 않았던 것이다.

결코 깨뜨리고 끊어버릴 수 없는 형제애였다.

"이렇게 두면 내 막냇동생이 종신형을 살게 돼요."

"여길 벗어나면 안 된다고!"

"늦지 않게 돌아올 수 있어요."

"내 동생 새끼가 어떻게 생각하는지는 내가 더 잘 알아. 웃기는 소리 하지 마. 총, 그거 포기해. 세기의 강도 사건 전리품을 가지고 빠져나왔을 때 총은 포기했어야 하는 거야. 그 자식은 자네 동생과 맞바꾸려고 매일같이 닦달했을 거라고. 레오, 지금 가면 모든 게 엉망이 되는 거야! 다시는 못 돌아온다고!"

레오는 호텔방을 한 번 쳐다본 뒤 거구의 삼을 지나쳤다. 필요한 물건을 테이블 위에 놓아둔 터였다.

"맞아요, 삼."

그러고는 빠른 걸음으로 되돌아와 배표와 권총을 챙겼다.

"승선이 시작되면 삼은 일단 배에 타요. 이따가 객실 문 두드리고 들어갈 테니까요. 약속해요."

레오는 방을 나섰고 삼도 더 이상 그를 막아서지 않았다. 레오는 복도에 나간 뒤 뒤돌아섰다. 그 말은 꼭 해야 할 것만 같았다.

"삼."

"왜?"

"미안해요. 그런데 이 일이 끝났을 때, 삼의 동생이 살아 있을 거라고는 장담 못 하겠어요."

레오는 자갈길에서 헛간이 보일 정도로 가까워지고서야 처음으로 걸음을 멈춘 다음 감시 카메라 영상을 확인해보았다. 담장에 설치해놓은 카메라 A에는 아무것도 보이지 않았다. 차들이 다닐 수 있는 길로 이동한 지원 병력은 없다는 뜻이었다. 헛간 안쪽에 설치된 카메라 B 화면은 깜깜했다. 브론크스가 아래로 내려놨거나 무언가를 씌워놨다는 뜻이었다. 빈센트가 액정화면에 등장한 순간부터 이미 전세는 역전된 셈이었다.

레오는 차에서 내려 헛간에 이르는 마지막 구간은 걸어갔다. 크게 원을 그리며 주변 숲을 돌아 뒷길로 헛간 가까이 다가갔다. 그쪽으로도 경찰이 배치되지 않았는지 확인해야 했기 때문이다.

레오는 과거를 파괴할 계획이었다. 더 이상 그 과거가 동생들의 발목을 붙잡지 않도록.

창문과 문이 따로 없는 헛간으로 이르는 마지막 구간까지 왔다.

그제야 브론크스가 단독으로 움직이고 있다는 확신이 들었다. 단순히 지원 병력이 없기 때문만은 아니었다. 스웨덴 경찰의 공식적인 결정이었다면 다른 형제를 협박의 도구로 삼아 체포하는 일은 있을 수 없기 때문이다.

헛간 주변은 고요했다. 벽에 귀를 대보았다. 안쪽 상황도 마찬가지였다. 욘 브론크스 형사의 독자적인 작전임이 1백 퍼센트 확실했다. 일 대 일로 맞붙는 것이라면 언제나 이길 자신이 있었다. 무기 따위도 필요 없었다. 하지만 브론크스가 빈센트를 생명보험 용도로 붙잡고 있고, 폭탄을 수동으로 작동시켜야 하는 상황이었다. 모두가 한 지붕 아래 있는 지금, 삼에게 장담했던 만큼의 결과는 자신 없었다. 게다가 여객선 출발시각도 점점 다가오고 있었다. 이성적인 작전을 짤 시간이 없다는 뜻이었다. 레오는 마침내 헛간 문을 열었다.

"어이, 형사 양반. 나 왔어."

마지막으로 그곳을 찾았을 당시 머릿속에 그린 장면을 연출하도록 설정해두고 떠났던 상태 그대로인 듯 보였다. 널찍한 공간, 구석 끝에 조성된 작은 복층구조, 그리고 한가운데 주차돼 있는 트럭 한 대.

"난 여기 있어. 트럭 뒤에."

트럭 너머에서 들려오는 다소 흥에 겨운 목소리는 정말 욘 브론크스의 목소리였다. 레오는 팔을 뒤로 뻗어 재킷 안쪽으로 넣고 손가락으로 권총 손잡이를 만지작거렸다. 서서히 앞으로 걸어 나가는 동안 총열 끝 쪽에 살짝 돌출된 가늠쇠가 등허리에 쓸렸다.

"내 동생은 어디 있지?"

"트럭 반대편으로 돌아오면 만날 수 있어."

레오는 권총에서 손을 뗐다. 하지만 가늠쇠가 여전히 살갗에 쓸렸다. 큰 그림을 그려야 한다. 빈센트 쪽으로 걸어간다. 그리고 행동에 나선다.

레오는 조심스레 차 반대편으로 걸어갔다.

브론크스가 먼저 보였다. 그는 레오가 테르밋 폭탄을 만들 때 사용했던 작업대 앞에 앉아 있었다. 몇 걸음 더 걸어가 트럭 앞쪽으로 돌아가려던 순간 조수석 문 앞에 서 있는 빈센트가 눈에 들어왔다. 빈센트는 어색할 정도로 가만히 서 있었다.

막냇동생의 오른손과 조수석 문손잡이 사이에 쇠고리가 붙어 있었다.

그것은 수갑이었다.

"내가 시키는 대로만 하면 아무 일도 없을 거야."

브론크스는 아주 편안한 상태로 차분하게 말했다. 절대적으로 유리한 입장이었다. 빈센트는 낡고 닳은 헛간 마루판 쪽만 멍하니 쳐다보고 있었다. 큰형과 눈을 마주치려 하지도 않고, 감정을 드러내려고도 하지 않았다.

"양손을 머리 뒤로 올리고 이쪽으로 천천히 걸어와."

형사는 손에 쥐고 있던 권총을 머리 위로 들어 올렸다. 잘 보고 따라 하라는 명확한 지시인 동시에 허튼수작 부릴 생각은 아예 접는 게 좋을 거라는 경고이기도 했다.

"빈센트……. 너 괜찮은 거지?"

레오는 빈센트와 눈을 마주치기 위해 애썼다. 결국 땅바닥만 내려다보던 동생이 고개를 들고 형을 쳐다보았다.

"잘 들어, 빈센트. 여기서 곧 나가게 해줄게."

분노가 강하게 일었다. 두려움이 아니라 분노가.

"형이 약속할게, 빈센트."

레오는 브론크스 쪽으로 돌아섰다.

"이봐, 욘. 이제 어떻게 할 생각이야?"

대답을 기다리는 동안 그는 조심스레 흘낏거리며 막냇동생과 트럭을 살펴보았다. 적절한 장비 없이는 수갑을 잘라내는 게 쉽지 않아 보였다. 반면, 적당한 무기만 있으면 문손잡이를 쉽게 떼어낼 수 있을 것도 같았다.

레오는 공략의 대상으로 삼을 약점을 찾고 있었다.

약점은 언제나 확실한 가능성을 드러내준다. 그리고 드러나기 전까지는 그런 게 있는지 알 수도 없다.

"내 동생은 곱게 보내준다고 약속했잖아. 그런데 그걸 어떻게 믿지?"

형사는 아무런 말없이 권총을 들고 레오의 가슴을 겨냥했다.

"뭐 하자는 거야? 형사 양반, 지금 날…… 쏘기라도 하겠다는 거야? 좋아. 그렇다면 빈센트도 쏴야 할 거야. 지금 이 상황을 해명하는 것도 골치 아플 텐데, 거기에 시체까지 두 구나 추가할 생각이라 이거야?"

욘 브론크스는 씩 웃으며 일어나더니 재킷 주머니에서 수갑 하나를 더 꺼냈다.

"여기서 총 맞아 죽을 사람은 없어. 자네가 얌전히 이 수갑 한쪽을 오른손 손목에 둘러준다면 말이지."

그는 큰 포물선을 그리듯 허공으로 수갑을 던졌다.

"그리고 나머지 한쪽은 빈센트가 묶여 있는 문손잡이에 채워."

형제가 폭발물이 실린 화물차에 묶일 신세가 되었다. 모든 상황을 지옥으로 만들어버리는 데 필요한 건 오직 전기 충격이었다. 그로 인해 쇠붙이는 녹여버리고 피부와 조직은 태워버릴 수 있을 정도로 어마어마한 열을 발생시키는 화학반응이 일어나게 되는 것이다.

"어이, 형사 양반. 날 생포하고 싶다면 말이지……."

레오는 날아오는 수갑을 받지 않고 그대로 나무 바닥에 떨어지게 내버려 두었다.

"내 동생부터 먼저 보내주고 저 녀석을 수사 대상에 포함하지 않을 확실한 방법도 설명해줘야 할 거야."

브론크스는 가까이 다가오다 빈센트가 서 있는 지점에서 멈춰 섰다.

절반 정도 되는 거리였다.

"자네가 수갑을 차면 저 친구는 보내줄 거야. 저 총들 옮기는 걸 도운 다음에. 그리고 나랑 같이 총열, 개머리판, 방아쇠 등 하나하나 깨끗이 닦아내야 해. 자네 지문이 묻어 있는 단 한 개만 빼고 말이야. 여기까진 약속할 수 있어."

"약……속이라고?"

"그래, 약속. 어차피 우리 형도 자네 편 아니야? 내가 여기 혼자

왔다는 건 잘 알잖아. 왜 그런 건지도 잘 알 테고. 왜냐하면 난 형이 자네와 공범이 되지 못하게 하려고 끝까지 기를 쓰면 막을 수있을 거라 생각했었어. 그래서 적잖이 규정을 위반했거든."

"바보짓이었겠지."

"바보짓이든 규정 위반이든, 그건 자네 내키는 대로 생각해."

"그 바보짓에 발목 잡혀서 형사 옷도 벗을 처지가 됐으니 내 동생과 맞교환하시겠다? 피차 조용히 살자, 뭐 이런 거야?"

레오는 수갑을 들어 올리기 위해 허리를 숙였다.

"그렇게 하면 공평하다고 생각하나, 형사 양반? 당신은 형사직을 유지하고 나는 종신형을 살고?"

레오는 집어든 수갑을 포물선이 아닌 돌직구로 브론크스의 얼굴을 향해 던졌다. 브론크스는 날아오는 물건을 막기 위해 반사적으로 손을 들어 올렸다. 헛간에 발을 들인 이후 줄곧 노려왔던 기회가 왔다.

레오는 맹수처럼 몸을 웅크리고 온몸에서 끓어오르는 폭발적인 힘을 체중에 실어 상대의 다리를 향해 있는 힘껏 몸을 던졌다.

이어지는 동작들은 몸이 먼저 자동으로 반응했다.

그는 형사의 손에서 권총을 낚아챈 다음 상대가 의식을 잃을 때까지 머리를 바닥에 내리찧었다. 그러고는 일어나서 허리 벨트에차고 있던 자신의 권총을 꺼내 기절한 브론크스의 이마를 눌렀다.

결심은 이미 내린 뒤였다. 방아쇠를 당기겠노라고.

"안 돼!"

빈센트는 줄에 묶인 개처럼 한 손이 문손잡이에 묶인 채 앞뒤로 몸을 흔들었다.

"하지 마, 하지 말라고!"

"빈센트, 이 새끼는 처음부터 방해하지 말았어야 했어! 절대 포기하지 않을 인간이야! 절대로! 이 새끼 때문에 평생 감방에서 썩지 않을 거라고!"

빈센트는 형에게 다가가려고 안간힘을 썼다.

"큰형! 형이 무슨 짓을 벌이건 그건 아무 의미 없어! 어차피 이거지같은 상황은 계속해서 우릴 찾아올 테니까! 나나 펠릭스 형이나, 엄마나, 심지어 이반까지 말이야! 형이 일을 벌이건 도망을 가건 결국 우리부터 찾아온다고. 아직도 모르겠어? 아무것도 달라지지 않아! 그러니까 방아쇠 당기지 말라고! 나한테 아무리 같이 일하자고 강요해도 난 더 이상 같이할 생각 없다고!"

빈센트는 문손잡이를 잡아당기고, 신발로 걷어차고, 트럭이 흔들릴 때까지 몸부림쳤다.

"빈센트, 형은 누구한테 강요한 적 없어!"

"우린 한집에서 태어난 형제였다고! 그때도 우리한테 강요한 사람은 없었어! 아무도 없었다고!"

빈센트는 눈물을 뚝뚝 흘리고 있었다.

"전과자라는 낙인, 이거 씻어내려고 내가 매일매일 얼마나 기를 쓰는데! 그런데 그거 알아? 절대로 못 씻어낸다고, 절대로! 그 인간을 쏘는 순간 영영 씻어낼 수 없게 되는 거야!"

막냇동생은 미친 듯이 몸을 흔들고 팔을 잡아당겼지만 수갑에서 빠져나올 수는 없었다.

그 순간, 빈센트의 몸부림으로 인해 문손잡이에서 시작된 진동은 차 전체로 퍼져나가 작은 배터리 전극에 연결돼 있는 전선까지 전달됐다.

전화벨이 계전기를 건드리면 두 개의 전선이 서로 맞물려 작동돼야 했다. 그런데 무슨 이유에선지 신호가 전선을 건드리지 못했다. 그런데 수갑에 묶인 채 몸부림치던 빈센트의 분노와 절망이 전기 충격을 이끌어냈던 것이다.

레오는 처음에 그 소리를 듣지 못했다. 황산철과 알루미늄의 테르밋 혼합물에 박혀 있던 필라멘트가 가열되면서 강렬하고 밝은 하얀 불빛이 일어났고, 불과 몇 초 만에 묵직한 플라스틱 뭉치가 기화되며 불길이 솟구쳤다. 타닥거리는 소리가 커지는 동시에 탁하고 진한 노란 불길이 쌓여 있던 자동화기 더미 위를 덮치고 있었다.

레오는 쓰나미처럼 자신에게 밀려오는 열기 때문에 몸을 던지듯 뒤로 물러섰다.

그렇게 첫 번째 충격파가 지나간 뒤 고개를 들었다.

빈센트의 몸은 여전히 트럭 문손잡이에 축 늘어진 채 붙어 있었다.

열기는 순식간에 발생한 만큼 순식간에 약해졌다. 하지만 화물칸 안에 들어 있던 총기들은 여전히 타닥거리는 소리를 내고 있었다.

레오는 헛간 바닥을 둘러보았다. 작업대 밑으로 어떤 물건의 주요 부품이었을 쇠막대가 떨어져 있었다. 그는 쇠막대를 이용해 문손잡이에서 동생의 손을 빼낸 다음 두 팔로 안아 헛간 밖으로 나왔다.

빈센트의 살갗은 뜨거웠고 손가락은 축축하고 끈적거렸다.

레오는 동생을 조심스레 잔디 위에 눕히고 살아 있는지부터 확인했다. 빈센트는 마치 오븐 속에 들어갔다 나온 것처럼 시커멓게 그을려 있었다.

그리고 폭발 소리가 들렸다.

테르밋 혼합물이 트럭의 연료탱크까지 집어삼켰던 것이다. 폭발로 인한 불빛이나 불길은 그리 강렬하지 않았지만 소리는 헛간 밖으로 뛰쳐나올 것처럼 점점 강렬해지고 있었다.

그래서 발소리를 듣지 못했던 것이다. 한쪽 눈으로 누군가 손을 들어 올리는 걸 언뜻 본 것도 같았다.

욘 브론크스의 손. 그 손에는 권총이 들려 있었다.

권총 손잡이가 그의 뒤통수를 강하게 내리찍었다.

아무런 느낌도 들지 않았다.

레오는 순식간에 강렬한 불길에서 칠흑 같은 어둠 속으로 빠져들었다.

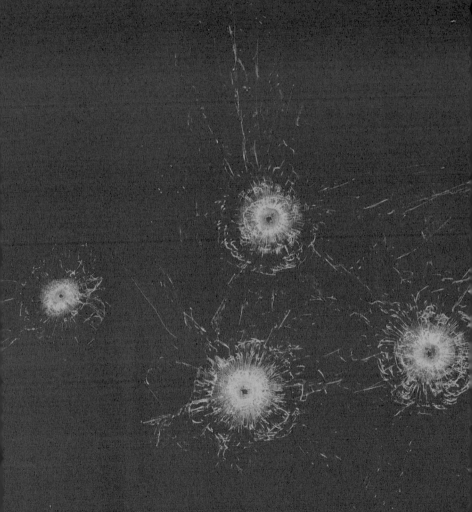

학교 복도를 보니 철제 침대에 누워 있던 엄마의 병동으로 연결되는 병원 복도가 떠올랐다. 전에는 한 번도 그렇게 생각한 적 없었다. 차가운 조명과 광이 나도록 잘 닦인 리놀륨 바닥, 그리고 발걸음을 옮길 때마다 희미해지기는커녕 얼굴 주변을 맴돌며 따라다니는 발소리 때문이었을 것이다. 지금은 연구 주임 선생님의 딱딱한 구두 굽 소리가 사방으로 날아다니며 주변에 그들의 존재를 알리고 있었다. 수도사라는 별명을 가진 그는 시간제로 연구 주임을 맡으면서 동시에 똑같이 시간제로 목공 담당 교사로도 일하고 있었다. 피도 눈물도 없이 냉혹하고 엄격한 선생님이기도 했다. 수도사 선생님의 민머리 위에는 회색 머리카락이 만든 둥그런 고리가 얹혀 있었다. 학기 말에 목공수업에서 최고점을 받은 극소수 학생 중 하나라는 사실 때문인지는 몰라도 레오는 항상 수도사 선생님을 괜찮은 사람이라고 생각했다. 레오는 영어성적도 상위권이었다. 수도사 선생님은 레오를 손재주가 탁월하고 문제해결 능력이 뛰어난 학생으로 평가했다. 레오 역시 그런 칭찬 듣는 걸 좋아했다. 실망감을 안겨주고 싶지 않은 유일한 선생님이기도 했다. 하지만 그 선생님이 곧 실망하게 될 터였다. 그것도 어마어마하게. 수도사 선생님은 물리수업 도중 교실 문을 두드리고 들어와 레오 뒤브냑 학생은 잠시 교실 밖으로 나와 선생님을 따라오라고 지시했다. 만날 사람이 있다는 설명과 함께. 선생님이 알아버린 것이다. 손재주가 탁월하고 문제해결 능력이 뛰어난 자신의 학생이 한밤중에 몰래 학교로 숨어들어와 망치와 끌로 카페테리아에 보관돼 있던 현금보관 상자를 부수고 돈을 훔쳐 갔다는 사실을 말이다.

선생님이 한 발, 한 발 옮길 때마다 바닥에서 쿵쿵 소리가 울려 퍼졌고 두 사람은 그렇게 카페테리아로 가까이 다가가고 있었다. 둘 다 아무런 말도 없었던 데다 다른 학생들은 교실에서 수업 중이었던 탓에 분위기는 삭막함 그 자체였다.

이제 '만날 사람'을 만나게 된다.

레오는 아침 등굣길에 이미 경찰을 볼 수 있었다. 제복 경관 두 사람이 카페테리아 환기창 앞에 서서 이것저것 조사하고 있었다. 그리고 점심시간에 그곳을 지날 때 보니, 경비 아저씨가 창고 문의 잠금장치를 새로 달고 환기창 창틀을 더 이상 비틀어 열 수 없는 철제 틀로 바꿔 달고 있었다. 레오는 카페테리아 카운터 위에 놓인, 오늘은 영업하지 않는다는 문구를 보며 그게 도난 사건 때문이라는 걸 알고 있었다.

도대체 어떻게 그게 나라는 걸 알아낸 거지?

'만날 사람'은 카페테리아에서 가장 끝 쪽에 놓인 기다란 직사각형 테이블 위에 앉아 있었다. 회색 정장에 파란 넥타이 차림의 남자는 열어놓은 갈색 서류 가방을 무릎 위에 올려놓았다. 제복 차림은 아니었다. 전에도 그런 경찰을 본 적 있었다. 방화 사건을 수사하고 아빠를 교도소로 보낸 그들은 어려운 호칭이 붙는 형사라는 사람들이었다.

펠릭스다. 분명히 그 녀석이다. 그 녀석이 고자질한 것이다.

"앙네타 아주머니와 이야기했다."

정장 남성은 앙상한 손을 내밀며 말했다.

"학교에 오면 너희들을 만날 수 있다고 하더구나. 너희 삼 형제 모두 학교를 나오지 않아도 되는 상황인데 말이다. 어쨌든 아저씨는 페르 린드 변호사라고 한다."

변호사? 나한테 변호사까지 필요한 거야?

"드릴 돈이 없어요."

"뭐라고?"

"변호사님한테 드릴 돈이오."

"그런 걱정은 할 필요 없다. 아저씨는 너희 아버지를 변호하는 변호사야. 돈은 나라에서 받고 있고."

내가 아니라, 아빠 변호사라고?

그러니까 펠릭스가 고자질한 건 아니라는 소리였다.

"레오, 선생님은 이만 간다. 변호사님과 편하게 얘기해라. 그리고 얘기 끝나면 집에 있는 동생들에게 가보거라. 그런 일을 겪었는데 이번 주 정도는 학교에 나오지 않아도 괜찮다."

레오가 고개를 끄덕이자 수도사 선생님은 쿵쿵쿵 발소리를 내며 멀어졌다.

"아버지께서 너를 꼭 만나 달라고 하시더구나."

변호사와 학생은 단둘이 커다란 카페테리아 테이블에 마주 보고 앉아 있었다. 원래 쉬는 시간이면 여러 학생이 모여 앉아 시카고라는 카드놀이를 즐기는 테이블이었다. 7학년부터 즐겨 해온 카드게임이었다. 하지만 지금은 간밤에 카페테리아에 몰래 숨어 들어왔을 때보다 훨씬 더 썰렁했다.

"아버지가 너희 형제들을 보고 싶어 하신다."

"우리를요? 셋 다요?"

"그래. 너한테 그렇게 전해 달라 하시더구나. 그래야 네가 알아서 할 수 있다고 말이다."

"그렇게는 안 될 거예요. 펠릭스는 절대 안 따라올 테니까요. 그리고 빈센트는 무슨 일이 있었는지 제대로 알지도 못해요."

"너는 어떠냐, 레오?"

가발하고 담배는 싱크대 밑에 처박아뒀어.

"너는 어떻게 할 생각이냐? 아버지 만날 생각은 있는 거냐?"

절대 꺼내지 않을 거야. 펠릭스하고 약속한 거니까.

"아저씨 생각에는 솔직히, 아버지가 만나고 싶어 하는 건 바로 너다, 레오. 너한테 아버지가 그때 왜 그런 행동을 했는지 설명하고 싶어 하신다."

"그럴 필요는 없어요. 아버지가 무슨 행동을 하셨는지는 제가 거기서 다 봤거든요."

변호사는 고개를 끄덕이고는 중요한 걸 찾기라도 하는 듯 무릎 위에 올려놓은 서류 가방을 한참 동안 뒤적이다 무언가를 꺼냈다. 껌이었다.

"너도 줄까?"

레오가 고개를 절레절레 흔들자 변호사는 껌 두 개를 꺼내 입에 넣고 씹기 시작했다.

"너희 아버지가 집에 들어가셨을 때 무슨 일이 벌어졌었는지 상세히 설명해주셨다. 네가 그 자리에 있었던 건 참 다행스러운 일이었다, 레오."

"제가 두 분 사이를 가로막았어요."

"아저씨 생각엔 아버지가 그 말을 너한테 직접 하고 싶으셨던 것 같다. 네가 알 수 있도록 말이다."

"제가 엄마 목숨을 구한 거예요."

"그 말을 아버지한테 직접 듣고 싶다면 그럴 시간이 그리 많이 남지 않았다, 레오. 왜냐하면 조만간 아버지는 다른 도시에 있는 교도소로 이송될 예정이거든."

팔룬에 있는 경찰서는 밖에서 보면 시커먼 말굽 편자 반쪽처럼 생겼다. 그런데 안에서 보면 병원이나 학교 같아 보였다. 공공기관은 하나같이 똑같아 보였다. 심지어 실내 온도는 물론 기압도 똑같다. 학교 성적만 좋아서는 알 수 없는 쓸데없는 지식이었지만 레오는 요즘 그런 것들을 배우고 있었다.

　길고 번쩍이는 복도. 어딘가로 이어지는 암울한 분위기의 문들.

　하지만 경찰서에서 보게 되는 직원 복장은 병원의 길고 하얀 가운이나, 학교의 정장 혹은 블라우스와 사뭇 다른 분위기를 풍긴다. 검은색이기 때문이다. 유치장이 있는 구역까지 안내를 받으며 따라온 레오는 적막감이 느껴질 정도로 고요하다는 걸 깨달았다. 복도를 지날 때나 줄지어 늘어선 구금실 앞을 지날 때나 소리 하나 들리지 않았다. 친절한 형사가 안내해준 접견실은 방음장치도 설치돼 있었다.

레오는 그런 공간을 정말 좋아했다. 필요할 때마다 세상을 등지고 숨어 들어갈 수 있는 혼자만의 작은 공간. 그런데 결정적인 차이점이 하나 있었다. 경찰서에서는 누군가 밖에서 문을 잠근다는 것이다. 심지어 화장실을 가고 싶어도 벽에 달린 빨간 버튼을 누르고 기다려야 한다. 그곳을 관리하는 직원은 열쇠를 돌리고 문을 열기 전에 그 점을 강조했다. 문 닫힌 그 공간을 통제하는 것은 자신이 아니라 바깥에 있는 사람들이었다.

내가 선택해서 들어간 게 아니라면 그런 방에서는 공포만 느낄 뿐이다.

레오는 전에도 문 잠긴 접견실에서 기다린 적이 있었다. 방화 사건으로 아빠가 중형을 선고받기 전에 가족이 아닌 다른 사람을 폭행해 교도소에 수감된 일이 있었다. 그런데 유치장은 처음이었다. 분위기가 확 달랐다. 훨씬 더 어둡고 갑갑한 곳이었다. 교도소는 높고 두꺼운 잿빛 담장으로 둘러싸여 있지만 그래도 낮에는 어디서든 햇살을 접할 수 있었다. 그런데 유치장은 비좁고 벽에 칠해진 페인트는 다 벗겨진 데다 천장에 달린 형광등은 플라스틱 덮개도 달려 있지 않았다. 그래서 더 다르게 느껴지는 것 같았다. 어쩌면……. 유치장에 수감된 사람들은 확정판결로 형을 선고받지 않았기 때문일 수도 있다. 아직은 희망이 있으니까. 밖으로 나가고 싶어 하는 만큼 좌절감만 더 커지기 때문에 유치장 분위기를 더 암울하고 갑갑하게 만드는 걸 수도 있다. 교도소에서는 적응하고 시간이 흘러갈 때까지 버티면 그만이었다.

접견실에는 플라스틱 의자 두 개, 나무 테이블 하나가 비치돼

있었고 밖에서 안이 들여다보이도록 문에 커다란 판유리가 달려
있었다. 밖에서는 안을 들여다볼 수 있고, 안에 있던 레오는 앞으
로 지나다니는 파란 셔츠 차림의 직원들을 볼 수 있었다. 하지만
말소리는 들리지 않았다. 그래서 너무나 익숙한 아빠의 발소리가
문 앞에 도착할 때까지 알 수 없었다.

말끔히 면도한 얼굴. 물처럼 투명한 눈빛. 모든 게 괜찮았을 때,
다시는 술을 마시거나 싸우지 않겠다고 엄마에게 약속했던 오래
전에 가끔 볼 수 있었던 아빠의 모습이었다.

비누 냄새도 났다.

하지만 그 투명한 눈빛 속에 슬픔이 서려 있었다. 아빠는 슬퍼
보일 수는 있지만 작아 보이지는 않았다. 대다수의 사람은 움츠러
들기 마련이었다. 아빠는 그렇게 그 자리에 서서 미리 와서 앉아
있던 아들을 내려다보고 있었다. 그는 아들을 보고 미소를 지었
다. 잘못된 느낌이 들었다. 비좁은 공간에 어울리지 않는 행동 같
았다.

"빈센트는 어디 있냐?"

아빠는 소매가 지나치게 긴 흰 티셔츠와 파란 바지 차림에 슬리
퍼 비슷한 걸 신고 있었다. 아빠가 밤색 정장 구두 외에 다른 신발
신은 걸 보기는 처음이었다.

"레오, 동생들은 어디 있는 거냐?"

비록 변호사한테는 혼자 가겠다고 말은 했지만 이런 상황만큼
은 자신도 피하고 싶었다. 그래서 마지막까지 동생들을 설득해보
려 했었다. 빈센트는 대꾸도 없이 침대에 누워 천장만 바라볼 뿐

이었다.

"오고 싶어 하지 않더라고요."

"펠릭스는?"

펠릭스는 비록 엄마 얼굴이 피투성이 만신창이었지만 병문안 다녀온 일이 얼마나 기뻤는지를 놀랍도록 차분하게 설명하며 언제든지 병원에 따라오겠다고 했지만, 아빠는 찾아가지 않겠다고 말했다. 레오는 더 이상 뭐라고 하지 않았다. 충분히 이해할 만했다.

"펠릭스는……. 그 녀석이 어떤지는 아시잖아요."

아빠는 먼 곳으로 시선을 돌렸다. 여전히 집에 있는 것처럼.

"한 번도 못 봤다. 집에 갔을 때……. 그게…… 빈센트는 본 적이 없어."

"제 뒤에 서 있었어요. 제가 엄마, 아빠 사이에 뛰어들었을 땐 엄마가 병원에 가지고 다니는 가방 가지고 숨어버렸고요."

"병원에 가지고 다니는 가방? 그게 무슨 말이냐?"

"그거 가지고 방에 들어가 문을 잠가버렸어요."

수치심. 투명했던 눈빛에 슬픔이 가득 들어차다. 누군가에게 무력을 행사하고 나중에 그 사실을 깨달았을 때 아빠의 눈빛은 언제나 그런 감정을 드러냈다. 아빠와 레오, 그리고 커지는 아빠의 수치심 때문에 방이 점점 작아지는 것 같았다. 숨 쉬는 것조차 힘들어졌다. 철문은 굳게 닫히고 공기도 부족한 밀실 같은 곳에 아빠와 단둘만 남게 된 건 처음이었다. 지금 이 순간 느끼는 기분이 어떤지 또렷이 기억할 것이다. 그래서 다시는 이런 상황에 놓이지 않을 거라 다짐했다.

"여기는……. 다른 방 없어요? 좀 큰 방요. 여긴 너무……."

"접견 왔던 사람이 아무도 없어서 모르겠구나. 내 감방은 1.5평 정도라 창문도 없다."

갑자기 아빠가 앞으로 몸을 숙이며 거친 손을 큰아들 어깨에 얹었다.

레오는 자신도 모르게 몸을 움찔했다.

하지만 아들의 반응을 본 아빠는 후회하며 그 즉시 손을 뒤로 뺐다. 후회하는 건 레오도 마찬가지였다. 움찔할 마음은 전혀 없었는데.

"비좁고 폐쇄된 공간에 틀어박히는 게 꼭 나쁜 건 아니다, 레오……. 하지만 여기 갇히는 건 다르다."

아버지는 가슴에 손을 얹고 누르며 말을 이었다.

"아무도 원하지 않은 일이다. 그래서 난 그럴 수밖에 없었다. 이해하겠냐? 왜 내가 너를, 네 동생들을…… 그리고 엄마를 찾아갔는지?"

"아니요. 모르겠어요. 제가 본 건 아빠가 찾아와 엄마를 거의 죽을 때까지 팼다는 게 전부예요."

분노와 공격성은 아빠의 본능이었다. 레오도 잘 알고 있었다. 술을 마시지 않았을 때도 눈을 마주칠 때면 턱을 내밀고 꿰뚫듯 날카로운 눈빛으로 상대를 내려다보곤 했다.

"전 그래서 아빠가 절 만나자고 하신 거라 생각했어요. 적어도 변호사 아저씨 말은 그랬어요."

아빠는 아들을 때리지는 않았다. 오히려 긴장을 풀고 손가락으로 엘비스 같은 머리를 뒤로 쓸어 올렸다. 표현도 부드러워졌다.

"그러니까 이해를 못 하겠다는 거냐? 내가 그럴 수밖에 없었다는 걸?"

아빠는 자신의 체중에 눌려 부서질 듯 위태로운 소리를 내던 의자에서 일어나 파란 셔츠 차림의 직원들이 오가고 있는 창유리 앞으로 다가갔다. 그러고는 잠깐 머뭇거렸다. 창유리를 깨부술지, 접견이 끝났다고 알리기 위해 빨간 버튼을 누를지 고민하는 사람처럼.

"이런 거다, 레오."

아빠는 튼튼한 방탄유리에 주먹을 날리지도, 벽에 붙은 빨간 버튼을 누르지도 않았다.

"우리 큰아들은 제대로 된 깔개 같은 건 어떻게 짜는 건지 아니? 이케아에서 파는 공장에서 찍어낸 그런 물건들 말고, 제대로 된 수제품 말이다."

아빠는 보이지 않는 직기 앞에 앉은 사람처럼 손을 움직였다.

"실 하나를 넣고 동시에 다른 실과 엮어야 해."

뜬금없이 웬 깔개? 술도 안 마셨는데?

"레오야······. 하루하루가 새로운 실과 같은 거다. 네가 짜게 될 깔개의 실."

그러고는 다시 테이블로 돌아와 의자에 앉았다.

"365개의 실이 하루하루가 되고, 1년이 되는 거지."

아빠는 팔 동작을 해 보이며 말했다. 실 하나를 밀어 넣고 직기로 누르는 동작을 이어나갔다.

"실 대부분은 주로 우중충하고 단조로운 색이고, 큰일이 일어나지도 않아. 먹고, 싸고, 자고, 그런 하루지. 그런데 가끔은 말이다, 네가 좋아하는 일을 할 때처럼 빨간색이거나 초록색일 때가 있다, 레오. 그리고 어떨 때는, 그러니까 아빠가 너희들을 만나러 찾아간 날처럼 실이 빌어먹을 성경책 표지처럼 시커먼 때도 있는 법이야."

레오는 아빠의 분위기를 살폈다. 아빠는 항상 그런 비유로 설명을 했다. 목소리뿐만 아니라 단어 자체에도 의미를 실어서. 기억을 더듬어보면 형제애, 클랜이라는 게 무언지에 대해 설명할 때도 그랬다. 거위 얘기도 그랬고, 곰처럼 춤추는 코사크인들이 대부대를 물리친 이야기를 할 때도 그랬다. 하나로 뭉쳐놓으면 좀처럼 부러뜨릴 수 없는 아이스크림 막대기도 마찬가지였다. 레오는 제대로 귀담아듣지 않으면서 관심 있는 척하는 나름의 기술을 가지고 있었다. 하지만 지금 이 순간만큼은 그 기술을 쓸 수 없었다. 아빠의 정신이 너무나 또렷하고 혀도 꼬이지 않았기 때문이다. 제대로 걸린 셈이었다.

"그런데 간간이 거기에 황금 실을 끼워 넣을 때도 있다. 그렇게 직기 앞에 앉아서 네 인생을 진정한 황금 실로 엮는 거지! 그리고 죽기 전에, 네가 짠 그 깔개 전체를 보게 되는 거다. 색색의 실로 만들어진 전체를. 히틀러의 깔개를 한 번 떠올려봐라. 완전히 시커멀 거다. 테레사 수녀님은 어떨까? 온통 황금색일 거다. 눈이 부실 정도로 말이야! 다른 깔개들은 우리 것하고 비슷해. 대부분

우중충한 잿빛에 초록색 조금, 빨간색 조금, 그리고 성경처럼 까만색 조금. 그런데 여기저기 금실도 조금 들어 있는 거지."

아빠는 또다시 가슴에 손을 얹고 이번에는 강하게 두드리며 말을 이었다.

"레오야, 사는 것 자체가 힘든 일일 수도 있다."

레오는 아빠의 손이 어깨로 올라온 뒤로 최대한 거리를 두기 위해 다소 뒤로 비스듬히 앉아 있었다. 그런데 지금은 자신도 모르게 어느새 앞으로 허리를 숙이고 있었다.

"그런데…… 아빠, 언젠가 서로 색이 다른 두 실이 바로 옆에 나란히 엮일 수도 있지 않아요? 만일 하나처럼 완전히 꼬여버리면 또 어떻게 해야 해요?"

레오는 질문을 던지면서 아빠와 똑같이 팔꿈치를 테이블 위에 올려놓았다.

"왜냐하면, 아빠 실은 검은색이라고 했잖아요. 엄마한테 그렇게 한 거요. 그런데 제 실은 동시에 금색일 수도 있거든요. 그게……. 그러니까, 사람들 말이……. 제가 그 자리에 없었으면 엄마가 돌아가셨을 수도 있다고 했어요."

아빠의 묘한 미소는 그 뜻을 알 수 없었다. 그 미소는 이 자리에 전혀 어울리지 않았다.

"레오야."

"네?"

"지금은 우리 깔개를 하나로 섞지 말자."

레오는 흠칫 놀라 움찔했다. 가까이 다가가 앉는 건 좋은 생각이 아니었다. 게다가 또다시 방이 점점 더 줄어드는 느낌이 들었다.

"내가 엄마를 정말로 죽일 생각이었다면 충분히 그러고도 남았다."

왜냐하면 아빠와 자신과의 거리가 그때, 아빠의 손과 엄마의 얼굴 사이만큼 가까웠기 때문이다.

"알아듣겠냐, 레오? 난 내가 해야 할 일을 한 거다. 하지만 스스로 통제하고 있었다고."

한 마디 한 마디가 주먹 같았다.

"레오야, 이 애비가 네가 보는 앞에서 정말 엄마를 죽였을 거라 생각하는 거냐? 내가 했던 말들을 안 들었던 거냐?"

듣긴 했죠. 그런데 아빠가 말하는 그런 깔개 따위는 관심 없어요. 그 빌어먹을 실도 마찬가지고요. 난 아빠가 더 이상 엄마를 때리지 못하게 아빠 어깨에 타고 올랐을 뿐이에요.

"간밤에요……."

레오가 입을 열었다.

성경처럼 시커멓다는 거, 그게 아빠가 원하는 거예요?

"펠릭스랑 같이 학교에 갔어요. 커다란 쓰레기봉투를 가지고요. 그걸 꽉 채워왔어요. 현금보관 상자도 들고 왔고요."

이번에는 아빠가 한 방 먹은 표정을 지었다. 미소도 사라졌다.

"집에 와서 그걸 뜯었어요. 동전이 가득 들어 있었고 지폐도 많았어요."

엄마는 화를 냈다. 그런데 아빠는 아무런 반응도 보이지 않고, 아무런 말도 하지 않았다. 그저 부서지지 않을 창유리 앞으로 걸어가 바깥만 내다볼 뿐이었다.

"동전이 가득 들어 있었다고? 지폐도 많았고?"

"네."

"혹시…… 누가 본 사람은 있었냐?"

"얼마나 신경 썼었는데요."

아빠는 손가락을 빨간 버튼 위에 올리고 꾹 눌렀다.

"동생들한테 가는 게 낫겠구나."

"엄마는 제가 그걸 전부 돌려줘야 한다고 생각하세요. 전부 다요, 아빠."

철문이 열리고 파란 셔츠 차림의 경비원들이 들어왔다. 아빠가 두 사람 사이로 걸어가자 슬리퍼가 돌바닥 위로 미끄러지듯 지나갔다.

아빠는 그러다 걸음을 멈추고 뒤를 돌아보았다.

"레오야."

"네?"

"아무도 본 사람이 없다면 아무도 모르는 일이다."

장례식에 참석해본 건 평생 딱 한 번이었다. 그리고 장례식을 마치고 교회를 떠날 때 기분이 말굽 편자 반쪽 같은 경찰서 건물을 나서는 딱 지금 같았다. 레오는 깊이 심호흡을 했다. 머리가 어지러운 동시에 살아 있는 느낌, 땅속에 파묻히는 관이나 검은 실과 정반대의 하루 같은 느낌이 들었다.

내가 엄마를 정말로 죽일 생각이었다면 충분히 그러고도 남았다.

아빠의 그 말은 무슨 뜻이었을까? 레오가 두 사람 사이에 끼어들었어도 달라질 게 없었다는 뜻이었을까? 아빠가 더 이상 엄마를 때리지 않았던 건 레오가 끼어들었기 때문이 아니라는 뜻이었을까?

아무도 본 사람이 없다면 아무도 모르는 일이다.

환기창을 뜯어내고 학교로 몰래 들어가 매점에 보관돼 있던 현금보관 상자를 가져왔지만 괜찮다는 뜻인 건가? 마치 아빠가 처음에 자신에게서 무언가를 빼앗아갔다가 후회하면서 다른 걸 대신 돌려준 것 같은 기분이 들었다.

레오는 느릿느릿 아스팔트 길을 걷고 있었다. 그런데 갑자기 두 다리가 제멋대로 빨라지기 시작하더니 팔룬 중심가를 양쪽으로 나누고 있는 다리와 해마다 눈 녹은 물로 범람하는 개천을 지나갔다.

준 거야, 아니면 가져간 거야? 빌어먹을 황금 실이야, 검정 실이야?

레오는 보폭을 넓히면서 달려 나갔다. 그게 뭐든 아무래도 상관없었다. 레오는 아빠처럼 되지 않겠다고 다짐했다. 자기 자신으로 남아 있을 엄두가 나지 않아 비좁고 갑갑한 방으로 도망친 인간보다 나은 사람이 될 거라고.

다리 반대편으로 시내 중심가가 모습을 드러내고 있었다. 레오는 도서관을 지나 후드 달린 회색 재킷 차림의 마네킹이 진열장 가운데 서 있는 H&M 매장이 있는 보행 전용 구역으로 달려갔다.

가발과 담배는 이미 가지고 있었다. 이제 나머지를 준비할 시간이다.

레오는 매장 안으로 들어가자마자 에스컬레이터를 타고 남성복 코너로 올라갔다. 위치가 어디인지는 이미 알고 있었다. 그것은 오른쪽 구석 끝, 가을 재킷이란 커다란 표지판 아래 설치된 철제 거치대에 걸려 있었다. 레오는 L, S, M 치수는 건너뛰고 마지막에 남아 있던 XL를 집어 들었다. 매장 진열장에 전시돼 있는 것과 마찬가지로 후드가 달린 연회색 재킷이었다. 허접스러운 후드 재킷이 아니라 숲에 들어가 버섯을 채취하거나 비를 막기 위한 후드가 달린 제대로 된 남성복이었다. 레오는 탈의실을 그대로 지나쳤다. 어차피 몸에 맞지도 않았다. 그래서 곧바로 계산대에 옷을 올려놓고 직원이 가지런히 소매 접는 걸 기다렸다.

"이건 XL인데 알고 사는 거 맞니? 치수가 상당히 큰 거라 너한테 안 맞을 수도 있어."

이십 대 중반 정도로 보이는 여직원은 레오의 좁은 어깨와 호리호리한 체구를 눈여겨보며 물었다.

"알아요. 선물할 거예요."

미소가 특히 아름다웠다.

"그렇구나……. 그럼 포장해줄까?"

"포장요?"

"선물이라고 해서……. 난 선물 받으면 포장된 걸 받는 게 좋거든."

"아, 네……. 좋아요."

레오는 자신의 빨간 매니큐어와 똑같은 색 포장지를 접고 리본을 묶는 직원의 손가락에 시선을 고정했다.

"99크로나 50외레야."

레오는 다소 초조한 표정으로 고개를 끄덕였다. 그럴듯하게 보였을까? 혹시 의심하고 있는 건 아닐까? 그러다 아무래도 상관없다고 결론 내렸다. 어차피 염색하고 충전재도 넣을 생각이니까.

직원은 비닐봉지에 옷을 담아주었고 레오도 비닐봉지에 준비해

온 돈을 카운터에 내려놓았다. 테니스공만큼 주머니를 부풀게 했던 바로 그 돈이다. 여직원은 다시 한번 아름다운 미소를 지어 보였다.

"돼지 저금통?"

"네, 돼지 저금통요."

레오는 화장실 욕조 앞에 무릎 꿇은 자세로 한쪽 팔을 쭉 뻗어 10센티미터 정도 받아놓은 미지근한 물을 휘젓고 있었다.

H&M 매장에서 선물 포장한 가을 재킷을 들고 나와 곧바로 홀름가탄에 있는 수선전문점으로 달려갔다. 그리고 엄마 심부름으로 어깨를 두툼하게 해주는 완제품 충전재를 찾는다고 했다. 진공청소기 필터 비슷한 3미터 길이 충전재와 짙은 초록색 염색약을 받아 주차요금 계산기에서 '구한' 1크로나 동전으로 계산을 마쳤다.

레오는 엄마가 바닥을 문지르거나 설거지할 때 습진을 막기 위해 사용하는 고무장갑을 끼고 욕조의 물을 휘휘 저었다. 습진 따위가 걱정되는 건 아니었다. 다만 염색약이 피부에 스며들어 들통나는 걸 피하기 위해서였다. 레오는 국자로 세모리나 포리지를 저을 때처럼 염색약이 물에 완전히 풀릴 때까지 욕조에 담근 손을 빙글빙글 돌렸다. 설명서에 따르면 의복의 경우 세탁기로 돌려야 염색약이 섬유에 고루 퍼진다고 했다. 하지만 레오가 원하는 건 그게 아니었다. 오히려 너저분하고 엉망으로 보이기를 바랐다. 그래서 유리병에 들어 있던 염색약을 통째로 욕조에 붓고 연회색 재킷을 넣은 다음 제멋대로 얼룩덜룩해지라고 문지르고 비벼댔다. 재킷이 염색약을 충분히 흡수한 것 같다는 판단이 서자 흐르는 물에 옷을 한 번 헹궜다. 그런 다음 손으로 한 번 비틀어 짜고 바람을 넣어 사용하는 비닐 옷걸이에 걸어 헤어드라이어로 말리기 시작했다.

"뭐 하는 거야, 형? 시끄럽잖아." 펠릭스가 욕실 문 앞에 서 있었다. "그거 꺼, TV 소리가 안 들린다고."

"지금 TV가 중요한 게 아니야. 얼른 가서 지도나 가져와봐."

"뭐라고? 무슨 지도?"

"네 지도. 전에 쓰던 거. 일단 가져와 봐."

펠릭스가 지도를 가져오자 레오는 헤어드라이어를 끄고 변기 뚜껑 위에 축척이 1대 5천인 지도를 펼쳐 유심히 살피기 시작했다.

"뭐 하는 거야?"

"자전거 도로."

펠릭스는 형 옆으로 다가왔다. 빈센트의 침대 위에 지도를 펼쳐 놓았던 지난번과 마찬가지로 형은 이카 슈퍼마켓에서 이어지는 자전거 도로를 들여다보고 있었다. 그것은 도주로였다.

"안 한다고 약속했잖아."

"걱정할 필요 없어. 네 도움 없이 나 혼자 할 수 있으니까."

"혼자서 클릭을?"

"펠릭스, 네가 지난번에 했던 말 기억나? 빈센트는 빌어먹을 미라처럼 지내고 있어. 엄마는 병원에 있고. 아빠는 교도소에 있어. 그런데 이제 형까지 체포돼서 없어지겠다는 거야? 바로 그게 이유야. 딱 하나만 빼고 말이야. 모르겠어? 우리만 남게 된 거니까, 우리가 해결할 수 있는 거라고."

"우리가? 난 같이 안 할 거라고 분명히 말했어. 바보 같은 생각이거든. 아빠 만나고 와서 이렇게 생각한 거잖아. 안 그래? 형하고 아빠는…… 뭔가가 있어. 항상 그래."

레오는 갑자기 지도를 내버려두고 욕실 밖으로 나갔다. 펠릭스는 형이 어디로 갔는지 통로로 나와 살펴보았다. 형은 한 손에 볼펜을 들고 다시 돌아왔다.

"여기야."

레오는 자전거 도로 한 곳과 멀지 않은 곳에 십자 표시를 했다. 숲을 의미하는 녹색 지역이었다.

"형이 다시 한번 말할게, 펠릭스. 네가 안 내키면, 넌 아무것도 안 해도 괜찮아. 그런데 내 아이디어가 바보 같다는 말은 그만하라고. 왜냐하면 이건 진짜 죽이는 아이디어거든. 어쨌든 난 할 거야. 네가 뭐라고 하든 간에."

레오는 십자 표시한 지점에서 가장 가까운 자전거 도로까지 선을 그은 다음 파란 선을 광장의 이카 슈퍼마켓까지 이었다.

"형 이거 하면, 엄마한테 다 말할 거야."

레오는 얼어붙은 듯 동작을 멈췄다. 레오는 화내는 일이 거의 없었다. 적어도 펠릭스에게 화를 낸 적은 없었다. 그런데 지금은 화가 났다. 그렇다고 아빠처럼은 아니었다. 레오는 화가 나는 동시에 슬픔을 참지 못하는 사람처럼 울먹이며 버럭 고함을 질렀다.

"야, 펠릭스 너!"

막냇동생에게 들리거나 말거나 레오는 큰소리를 냈다.

"우린 형제잖아! 형제는 절대로, 무슨 일이 있어도 서로 고자질하는 거 아니라고! 너도 알잖아!"

펠릭스도 진심으로 잘 알고 있었다.

"좋아. 알았어. 안 불게."

진심으로 와 닿는 말이었다.

"그래도 내 생각은 변함없어. 바보 같은 아이디어야."

빈센트는 형들이 하는 이야기를 듣고 아예 욕실 앞에 서서 지켜보기 시작했다. 붕대를 칭칭 감은 채로. 초콜릿이 묻은 입 주변의 붕대는 완전히 헐거워져 덜렁거리고 있었고, 팔에 감은 붕대는 낙서로 엉망진창이 된 상태였다. 어딘가에서 찾아낸 초록색 매직으로 붕대 위에 초록색 핏줄을 어지럽게 그려놓기도 했다.

"좋아. 내 아이디어를 실행에 옮길지 말지는 저 녀석이 결정하게 하자."

"지금 미라더러 이걸 결정하게 하자고?"

"빈센트는 내 동생이자 네 동생이기도 하잖아. 그러니까 당연히 저 녀석도 결정권이 있는 거지."

레오는 접견실에서 아빠가 자신에게 했던 것처럼 막냇동생 어깨에 손을 얹었다. 하지만 빈센트는 움찔하지 않았다.

"빈센트, 네 생각은 어때? 클릭 속이는 거, 큰형이 이거 해야 해, 말아야 해?"

붕대를 감은 꼬마는 자신의 대답을 기다리는 두 형을 번갈아 쳐다보았다.

"어. 아니."

빈센트는 입 주변에서 덜렁거리는 붕대를 위아래로 잡아당기며 대답을 반복했다.

"어. 아니. 어. 아니. 어. 아니."

펠릭스가 이겼다는 듯 박수 칠 때까지.

"들었지? 아니라잖아."

"어 했다가 아니라고 한 거잖아. 뭘 몰라서 그런 거라고."

레오는 어깨에 올렸던 손을 벌려 빈센트를 끌어안았다.

"빈센트. 이거 지금 아주 중요한 거야. 대답은 딱 하나만 하는 거야. 큰형이 이거 해야 해, 말아야 해?"

이번에는 막냇동생도 신중한 결정을 내리려고 뜸을 들이는 것처럼 망설였다. 그러고는 입 주변에서 계속해서 덜렁거리는 붕대를 코까지 쭉 잡아당기며 말했다.

"해야 해."

이번에는 펠릭스가 얼어붙었다.

다른 두 형제는 둘째의 반응을 기다렸다. 둘째는 어깨를 한 번 들썩했다.

"뭐, 이제 미라가 바보 같은 아이디어를 더 좋아한다는 건 확실해졌네. 대신, 이 일 끝나면 형이 새 지도 사줘야 해. 내 지도 위에 낙서해놔서 엉망이 됐잖아."

"날 고발하면,
나도 널 고발할 거야."

대형 선박의 아래층 객실은 언제나 석유 냄새가 심했다. 그런데 상갑판에 있는 일등석으로 올라오니 석유 냄새가 싹 사라졌다. 딱딱한 바닥도 부드러운 카펫으로 바뀌어 있었다. 하지만 비좁은 건 마찬가지였다. 옷 가방 여러 개를 얹은 카트는 571호 객실을 찾아가는 동안 복도 벽과 풍관에 수시로 부딪혔다. 배는 출발시각을 1시간여 앞두고 여전히 베르타 항구에 정박해 있었지만 바다에 나가면 늘 그러듯 가만히 있어도 살짝 출렁였다.

559호. 561호. 563호.

문 몇 개만 더 지나면 카드키를 슬롯 안에 통과시켜 탈출의 최종단계인 여객선 일등석 객실 안으로 들어갈 수 있다.

형언할 수 없는 평온함이 온몸을 감싸기 시작했다. 가끔 그랬다. 살갗을 파고들어 가슴속에 들어앉아 긴장된 몸을 강제로 이완시키는 그런 오묘한 평온함이 느껴지곤 했다. 할 수 있는 일을 다

해서 더는 할 일이 없다는 사실을 알고 있을 때나 찾아오는 평온함이었다. 앞으로 벌어질 일은 어쩔 수 없다. 왜냐하면 더 이상 결과를 좌지우지할 수 없기 때문이다. 추격에 대한 불안감이 아드레날린을 주체할 수 없이 상승시켰는데 레오가 되돌아가겠다고 결정한 순간 심장이 미친 듯이 쿵쾅거리고 벌렁거렸다. 그럴 수밖에 없는 상황이 오면 삼 동생을 죽일 수도 있어요. 하지만 꼭 돌아올게요. 갑자기 이 모든 게 없던 일처럼 느껴졌다. 이미 기억 속에서 사라져버린 이름 없는 여행객처럼. 조용히 일등석 객실로 들어가 1억3백만 크로나가 든 여행 가방들을 바닥에 내려놓고 주문한 대로 샴페인이 차갑게 잘 보관돼 있는지 확인하는 일. 이 여행이 잘 마무리되길 바라면서 적갈색 가죽을 덧씌운 안락의자 하나를 차지하고 앉아 레오를 기다리며 창밖을 내다보고 있는 일. 지금만큼은 그에게 이 객실 안이 세상의 전부였다.

자신과 달리 레오에게는 지켜야 할 누군가가 있었다.

그래서 모든 위험을 무릅쓰고 되돌아간 것이다. 레오에게는 그를 그리워하고 그가 그리워하게 될 부모 형제가 있었다. 그렇기 때문에 영원히 떠난다는 건 그에게 많은 걸 의미했다. 반면 삼은 그리워할 사람도, 그리고 그를 그리워해줄 사람도 없었다.

삼은 바다에 머물러 있던 시선을 카트로 옮겼다. 그런 다음 검지로 값비싼 샴페인 병을 만져보았다. 돔 페리뇽. 자신은 물론 레오 역시 이 최고급 샴페인을 터뜨리지 않았다. 중요한 건 여객선에서 가장 비싼 메뉴라는 사실이었다. 아니야. 우린 아직 자유의 몸이 아니야. 이 빌어먹을 여객선을 타고 있다고 끝이 아니야. 리가를 거쳐 상트페테르부르크에 있는 스베르방크 로시 지점으로 가고 있다고 해서 끝이 아니라고. 삼은 샴페인 병 주둥이를 감싸고 있는 반짝이는 금박지를 뜯어낸 다음 병을 다시 얼음통 깊숙이 밀어 넣었다. 그러고는 샴페인 잔을 바로 세워놓았다. 그다음에, 우린 일등석 객실에서 샴페인을 박스로 쌓아놓고 마시게 될 거예요. 그다음에, 드디어 자유가 되는 거라고요, 삼. 첫 번째 작전에 나서기 전, 섬에 있는 여름 별장 부엌에서 레오에게 술 한 잔 마시게 하는 게 얼마나 힘들었는지 떠올랐다.

두 번의 노크 소리.

그는 뒤로 물러섰다.

다시 한번 객실 문을 두 번 두드리는 소리가 들렸다.

그는 침대 옆, 곁탁자 위에 놓인 알람시계를 보고 시간을 확인했다. 6시 33분. 출발 27분 전이었다.

제시간에 돌아왔어.

삼은 문손잡이를 돌려 문을 열어주었다.

"잘 있었어?"

레오가 아니었다.

"형 공범은 못 와. 보다시피 지금 그 친구, 수갑 차고 순찰차로 크로노베리 유치장으로 이동 중이거든."

욘…….

"1억 크로나를 훔쳐서 가지고 나왔던 바로 그 건물로 가고 있어. 그리고 형 도움이 있었다는 것도 알아."

욘이 여기에?

이게 어떻게 된 일이지?

네가 여기 있으면 안 되는 거잖아.

"공범? 무슨 개소린지 난 모르겠는데."

눈앞의 단편적인 현실이 전체적으로 서로 아귀가 맞지 않는 상황이긴 했지만, 동생의 목소리가 침착하다는 건 삼도 확실히 느낄 수 있었다.

"안으로 들여보내 줄 거야, 말 거야?"

비좁은 복도 끝 쪽에서 객실을 찾는 다른 승객들의 말소리가 들렸다. 그 자리에서 온을 때려눕히는 건 위험천만한 행동이었다. 삼은 옆으로 비켜서며 동생을 안으로 들였다. 아무런 사전연락 없이 불쑥 섬으로 찾아왔을 때도 입고 있었던 그 가죽 재킷 아래로 진갈색 권총집이 언뜻 보였다.

"샴페인까지? 나쁘지 않네."

일등석이라고는 하지만 객실이 그리 넓은 편은 아니었다. 그런데 하나가 더 들어오자 공간이 비좁게 느껴졌다. 어디에 자리를 잡아도 서로 불편할 정도로 거리가 가까웠다.

"더 이상 축하할 일이 없다는 게 애석하긴 하지만 말이야."

삼은 샴페인 병을 이리저리 흔들고 있는 동생을 빤히 쳐다보았다. 안에 든 얼음이 통에 이리저리 부딪히는 소리가 났다. 동생은 바닥에 내려놓은 여행 가방을 뜯어보고 있었다. 경찰서 압류품 보관실에서 빼내온 지폐 묶음 열 개가 그 가방 속에 들어 있는지를 가늠해보는 것 같았다. 그러는 동생의 손에는 삼과 똑같이 생긴 승차권이 들려 있었다. 레오의 것이었다.

"그때는 형이 아버지 죽이는 걸 막을 수 없었어. 하지만 오늘은 형을 막을 수 있어. 오늘은 결말이 어떻게 내려질지, 내가 정하는 거야."

얼음통에 들어가 있던 샴페인은 삼이 코르크 마개를 딸 때도 여전히 차가웠다.

"좋아. 욘. 결말이 어떻게 되는 건데?"

한 방이면 충분하다.

샴페인 병의 목을 꽉 쥐고 있는 손가락 위로 하얀 거품이 이는 황금색 샴페인이 흘러내렸다.

이 묵직한 병 바닥으로 관자놀이 한 방만 먹이면 다시 내가 결말을 만들 수 있어.

"동화의 결말이 다 그렇잖아. 해피엔딩. 형이 현금 1억3백만 크로나가 든 여행 가방을 들고 나랑 같이 크로노베리로 가는 거지."

"그때도 나를 막을 수 없었지만, 지금도 나를 막지 못할 거야. 넌 여기 혼자 왔어, 욘. 네가 정말로 날 체포할 생각이었으면 적어도 팀원들이라도 데려왔어야 해. 그러니까 넌 이미 마음속으로 결론을 내리고 온 거야."

"형, 난 결론을 내렸어. 하지만 이 결말이……. 적어도 품위 있게 끝났으면 하는 바람은 있어. 그래서 혼자 온 거야. 형한테 포기할 기회를 주려고. 형이 그래 주지 않으면 발트해를 넘어가더라도 저쪽에서 아마 형을 기다리고 있을 거야. 그렇게 되면 진짜 보기 안 좋을 것 같거든."

"그러니까 저쪽에 팔아넘기시겠다? 나를? 이번에도?"

"형이 나한테 선택권을 주지 않으면 그럴 수밖에……."

삼은 동생에게 한 발 가까이 다가갔다. 객실이 점점 더 비좁게 느껴졌다.

"알다시피, 난 달리 대안이 없었을 때 내 가족을 칼로 찔러 살해한 사람이야. 그렇기 때문에 나한테는 다른 선택권을 주지 않는 또 다른 가족을 칼로 찔러 죽이는 게 이 세상 무엇보다 쉬운 일이 될 수 있어. 죽여서 여기 이 침대에 그대로 팽개치고 떠날 수 있다고. 아버지란 인간한테 그랬던 것처럼. 리가에서 뱃전을 넘어갈 때쯤이면 아마 객실 청소하는 직원이 옛날 그 인간처럼 하얀 시트를 시뻘겋게 물들이고 피투성이가 된 채 자빠져 있는 네 녀석을 발견하겠지?"

"형이 그런 살인자가 아니라는 거 알아. 형 스스로도 잘 알 거고."

형제는 한참 동안 서로를 노려보기만 했다. 톱날 달린 칼보다 훨씬 무거운 고가의 샴페인 병이 여전히 삼의 손에 들려 있었다.

그는 돈 때문에 누군가를 살해할 수 없었다.

그때도 자기 자신을 위해 살인한 건 아니었다.

"난 아버지라는 그 인간을 멈추게 했어. 그러지 않았으면 넌 벌써 이 세상 사람이 아니었을 거야, 욘. 여기 이렇게 서 있을 수도 없었을 거고. 그러니까 못 본 척 지나가! 넌 나한테 빚이 있어. 내 인생 23년을 빚지고 있는 거라고."

그 말과 함께 삼은 둘 사이의 거리를 좁히며 한 걸음 더 다가갔다. 이번에는 욘도 한 걸음 가까이 다가왔다.

"아니, 난 그렇게 생각하지 않아. 맞아, 그때 나는 그랬어. 하지만 얻어맞는 게 두렵고, 내 앞에 서서 날 위협하는 누군가가 두려웠던 건 다 지난 일이야. 형은 나보다 나이도 많고 몸무게도 30킬로나 더 나가. 그리고 형은 나를 따라오면 모든 걸 다 잃게 될 상황이야. 그렇기 때문에 형이 뭘 하던, 난 무서울 게 없어. 칼자루를 쥔 건 형이었어. 이번에도 칼을 쥐어봐. 절대로 못 빠져나갈 테니까."

"내 말이 바로 그거라고! 그때 나한테 전화를 건 건 너였어. 넌 거기서 절대 벗어날 수 없다고! 기억 안 나? 형, 제발 이리 와줘. 아빠가 날 죽이려고 해. 더는 못 견디겠어. 넌 평생, 네가 했던 말을 기억해야 한다고! 그래서 내가 간 거야! 너를 위해서. 그래서 그 인간을 칼로 스물일곱 번이나 찔렀어. 너를 위해서! 그랬더니 넌 뭘 했지, 욘? 경찰에 신고했잖아! 난 네 목숨을 구해줬는데, 넌 날 경찰에 신고했다고. 난 잘못한 거 없어, 욘! 잘못은 네가 한 거야. 넌 나한테 빚을 졌어. 그러니까 그걸 떠안고 살라고."

한 걸음씩만 더 움직였다면 서로 부딪힐 거리에서 두 사람은 서로를 응시했다. 지난 20년간 이렇게 가까이 마주한 적은 없었다. 서로의 숨결을 느끼고, 서로의 눈동자 움직임을 들여다볼 수 있을 만큼 가까운 거리였다.

여객선 엔진이 우렁찬 소리와 함께 진동을 만들어냈다. 그리고 잠시 후 출발이 15분 남았다는 안내방송이 흘러나왔다.

"그거 이리 줘."

욘 브론크스는 고갯짓으로 형의 손에 꽉 들려 있는 샴페인 병을 가리켰다. 상대가 아무런 반응을 보이지 않자 자신이 직접 형의 손에서 병을 가져왔다. 그러고는 거품이 넘치도록 잔에 따르고 하나를 형에게 건넸다.

샴페인은 황금사과와 구운 토스트, 그리고 시트러스를 약간 섞은 것 같은 맛이 났다. 마시기에 적당한 온도였지만 두 사람은 고급 샴페인의 맛을 음미할 수 없었다.

기억을 공유하는 낯선 두 사람이 함께 마시는 샴페인일 뿐이었다. 과거를 향한 영원한 작별인사의 의미로.

드라바 식당의 좁지만 기다란 바 카운터 선반에 달린 평면 TV
는 무음 상태였다. 하지만 그런 건 아무래도 상관없었다. 소리 없
이 진행되는 화면 속에 갑자기 퍼즐 같은 슬라이드쇼가 이어졌다.

이반은 검은색 바이저 달린 헬멧을 착용한 경찰들이 자동화기
를 들고 줄지어 달려가는 장면을 보며 웃고 있었다. 그들은 경찰
서 바로 옆에 인접한 지하철역 안으로 기어 내려가는 커다란 쥐의
꼬리처럼 움직이고 있었다. 어림잡아 열다섯에서 스무 명 정도 돼
보였다.

저 아래 뭐가 있다고 저렇게 내려가는 거지?

일은 지상에서 벌어진 것 같아 보였다.

여러 대의 카메라가 다양한 각도로 출입구가 봉쇄된 크로노베
리 경찰청 건물을 보여주고 있었다. 제복 경관들이 건물 전체에
경찰 제지선을 설치하고 있었다. 범죄가 해결될 때까지 아무도

'개봉'할 수 없는 커다란 선물상자처럼 보였다.

진한 커피 향이 퍼지고 있었다. 하지만 닥소와 그의 아내는 커피를 채워주지 않았다. 카운터에도, 주방으로 이어지는 문에 달린 둥근 유리 안으로도, 아무도 보이지 않았다.

몇 테이블 떨어진 다소 어두운 구석 자리에 앉아 있는 여성을 제외하곤 식당에 아무도 없었다. 숱이 적은 금발 머리는 누렇고 마른 입술을 가진 얼굴과 전혀 어울리지 않았다. 그녀는 매일같이 그 자리를 차지하고 앉아 가장 싼 화이트 와인 반병을 마시는 단골이었다.

이반은 주인 부부가 어디 있는지 물으려다가 생각을 바꿨다. 드라바 식당에 혼자 술을 마시는 단골들은 대부분 말 상대를 기다리는 사람들이었다. 그래서 그들과 대화에 한 번 엮이면 좀처럼 빠져나오는 게 쉽지 않다. 여자 단골손님도 비록 지금은 그 미모를 망치는 지름길을 달리고 있기는 하지만 한때는 빼어난 미모를 자랑했을 법도 했다. 아마 스스로는 가장 화려했던 그때 그 시절에 그대로 머물러 있다 여길 것이다. 그래서 여전히 그때 그 시절처럼 웃고, 움직이고 있었다. 벌써 몇 년째 매일같이 마신 술로 자신이 변한 것도, 허상 속에 살고 있는 것도 모른 채로. 달라지겠다고 마음먹기 전, 이반 역시 그런 환상에 사로잡혀 지냈었다.

경찰 제지선이 둘러쳐진 경찰청 건물 화면이 요르단 서안의 폭격현장 화면으로 넘어갔다. 뒤로 보이는 파란 하늘 때문인지 도처가 시커멓게 보였다⋯⋯. 아들들이 태어나기 전부터 전쟁이라면 지긋지긋했다. 그래서 주인을 찾으러 주방으로 이어지는 문으로 발걸음을 옮기는 순간, 화면이 바뀌면서 무언가가 그의 시선을 끌었다. 잿빛 화면. 자갈길과 낮게 자란 가문비나무 숲으로 둘러싸인 스웨덴의 어느 농가였다.

어떤 느낌이 목덜미를 스치고 지나갔다. 이번에도.

싸늘한 배신의 칼날에 당한 느낌이 들었다. 이번에도.

레오와 관련 있는 일이었다. 이번에도.

그는 그 즉시 카운터로 다가가 빌어먹을 리모컨을 찾아보았다. 남다른 분위기의 저 자갈길 끝에는 버려진 농가가 있고 경첩이 다 녹슨 커다란 문이 달린 헛간이 있다는 것도 알고 있었다.

지금은 화면 속에서 무슨 이야기가 나오는지 들어야 한다.

하지만 색색의 버튼과 여기저기 요상한 아이콘이 달린 직사각형 플라스틱 상자가 보이지 않았다. 빌어먹을 식당 주인 닥소와 채워지지 않는 커피처럼. 이반은 무음 화면만 멍하니 쳐다봤다. 눈에 익은 헛간이 불에 타고 있었다. 적황색 불꽃이 나무로 된 건물을 집어삼키며 시커먼 연기와 함께 하늘로 솟구치고 있었다.

레오가 장비를 가져다 놓은 바로 그 건물이었다.

무슨 속셈이라니요? 우리 미래를 건설하는 거잖아요. 아버지가 아버지 입으로 그렇게 말했잖아요. 마찬가지로 아버지가 달라질 수 있다면, 저도 달라질 수 있어요.

아버지와 아들이 함께 모든 걸 새로 쌓는 데 필요한 모든 것들이 그 트럭 안에 있었다.

아버지가 더 이상 주저하지 않으신다니 다행이네요. 솔직히 아버지 도움이 절대적으로 필요한 상황이거든요.

레오가 바로 옆에서 보여주고 설명해줬던 모든 것들이 벌건 화염 속에서 타들어가고 있었다.

휴대전화는 언제나 재킷 안주머니에 들어 있었다. 아버지는 레오가 가르쳐준 단축번호를 누르고 기다렸다. 아무도 받지 않았다. 레오의 전화기는 꺼진 상태였다. 단둘이서 공유하던 비상 연락망이 끊어진 것이다.

레오? 네 동생 생각이 옳았던 것이냐?

날 이용한 거였어?

이반은 눈을 감고 기억을 더듬었다. 자신이 던진 질문에 레오가 어떻게 대답했는지 기억나지 않았다. 아니면 당시 너무 그럴듯하게 들려서 기억하고 싶지 않았던 건가?

네. 진심으로 하는 말이에요.

"커피 더 드려요?"

어마어마한 거짓말.

"커피 더 드려요?"

모든 게…… 모든 게 거짓말이었다.

그렇게 사라져버렸다.

불길 속으로.

시커멓게.

이래서 오지 않은 거로구나. 난 시간에 맞춰 나와 있었는데 넌 오지 않았어.

"이반, 커피 더 드려요?"

"뭐라고요?"

"커피 갓 내렸거든요."

닥소였다. 주인이 어딘가에서 돌아왔다.

"됐소······. 커피는 됐어."

레오는 아버지를 이용했다. 이반은 어떻게, 왜 그렇게 된 건지 알 수 없었다. 하지만 막내아들의 생각이 옳았다는 건 확실히 알 수 있었다. 자신이 빌어먹을 체스판 위에 놓인 졸이자 초록색 장난감 병정이자 부속품에 불과했다는 사실을. 커다란 그림의 어떤 부위를 차지하고 있었는지도 알 수 없었다. 목덜미와 가슴, 뱃속을 관통하는 통증을 잠재울 방법은 딱 하나밖에 없는 것 같았다.

"와인이나 한 병 주시게."

누군가 목덜미를 콱 쥐는 느낌이었다. 이번 주에만 두 번째였다. 이반 뒤브낙은 스스로에게 한 약속을 더 이상 지킬 수 없었다.

"하지만 술은······ 끊지 않았습니까? 와인 말입니다."

"그냥 병째로 가져와요!"

닥소는 어깨를 으쓱했다.

"알았어요. 손님이 왕이시니, 원하시는 대로 해드려야지. 225크로나입니다."

닥소는 바를 두르고 있는 선반의 커다란 스피커 옆에 서 있던 술병들 속에서 레드 와인 하나를 꺼냈다.

"정말 괜찮겠어요, 이반? 힘들게 끊었는데?"

"병째로 달라니까."

닥소는 느릿느릿 코르크 마개를 뽑고 새 잔을 가져왔다.

"225크로나예요. 잔으로 드시면 60크로나고."

스스로에게 한 약속, 그게 뭐냐고?

아무것도 아니야.

그건 다른 사람을 달라지게 할 수 없으니까.

"병째로 달라고요. 돈은 우리 큰아들한테 받은 거에서 제하면 될 거 아니오."

"큰아드님한테 와인 값은 안 받았습니다. 여기서 하신다고 말했던 저녁 식사비용만 받았어요."

내가 달라질 수 있다면, 너도 달라질 수 있어.

그것도 거짓말이었어.

끝장이야. 다 타버린 것처럼, 끝장이야.

"그 돈 말이오. 우리가 먹지도 않은 그 식사비용. 앞으로 먹을 일 없는 그 음식값 말이오."

"아드님이 다시 올 때까지 기다리라고 말하지 않았습니까."

"그 녀석, 다시 안 올 거요."

이반은 주인에게서 와인 병을 빼앗았다. 자신이 직접 잔에 따르니 기분이 훨씬 나았다. 에그리 비커베르, 헝가리어로 '황소의 피'라는 뜻이었다. 그게 무슨 뜻인지는 너무나 잘 알고 있었다. 이반이 미적지근한 액체를 삼키는 동안 식당 주인은 5백 크로나 지폐 넉 장을 바에 올려놓았다. 큰아들의 돈이었지만 이제 그가 '마시게 될' 술값이었다. 목구멍은 물론 온몸이 짜릿했다. 지난 2년간 죽도록 미워하고 싫어했던 옛 친구가 갑자기 나를 다시 웃게 만드는 그런 기분이었다.

안과 밖.

욘 브론크스는 이전에도 한 번, 그토록 강렬한 경험을 한 적이 있다. 가슴에 낚시용 칼이 꽂힌 채 침대에 누워 있던 아빠를 쳐다보고 있던 그 순간.

주변의 모든 건 그냥 그대로 흘러가고 있었다. 젊은 여성이 창밖으로 아이스크림을 먹으며 지나갔다. 노인 두 명이 부둣가에 앉아 필젠 맥주를 병째 마시며 농어 낚시를 하고 있었다.

욘 브론크스는 다른 동료 경찰들이 차창 밖의 또 다른 현실 속에서 분주히 돌아다니며 자신은 이미 알고 있는 답을 찾는 동안 경찰서 지하주차장에 세워놓은 차에 홀로 앉아 있었다.

그래서 차 밖으로 나올 수가 없었던 것이다. 자신만 알고 있는 그 답을 영원히 묻어버릴 것인지, 아니면 차 문을 열고 나와 박수로 동료들을 멈춰 세운 다음 큰 소리로 자신이 답을 알고 있다고 소리칠 것인지 결정해야 할 순간이었다.

오직 그만이 정확한 정보를 가지고 있었다.

오직 그만이 부산하게 돌아다니는 에너지를 한곳으로 모아 두 명의 강도에게 이끌어 갈 수 있었다.

오직 그만이 몇 시간 전 그곳에서 털린 '도난물품'이 다음 날 오전, 리가 항구에 정박하게 될 여객선 객실 내 여행 가방 네 개에 담겨 있다는 사실을 알고 있었다.

안과 밖. 세상과 나.

혼자서는 삼을 체포할 여력이 없었다. 몇 마디 말만으로 다른 사람을 시켜 체포하게 했을 수도 있었다.

브론크스는 문손잡이를 붙잡고 한참을 망설였다. 자신을 위해 23년이란 시간을 희생했던 누군가를 또다시 붙잡아야 할까?

그는 손에 힘을 주고 차 문을 연 다음 바깥세상을 향해 발을 내밀었다. 하지만 세상 속으로 들어간 건 아니었다.

자신의 목숨을 구해준 사람을 경찰에 넘겨야 할까?

그는 차에서 내려 터벅터벅 걷기 시작했다. 마주치는 경찰들이 누구인지 확인도 하지 않고 고개를 끄덕여 인사를 하면서 수사과로 연결되는 엘리베이터와 계단이 나오는 철문을 향해 느릿느릿 걸어갔다.

형제관계라는 사실 때문은 아니었다. 혈연관계나 신의의 문제도 아니었다.

그건 어쩌면, 결국 청산하지 못한 빚 때문이었을지도 모른다.

그래서 더 이상 교도소로 삼을 찾아가지 않았던 것이다. 삐걱거리는 접견실 테이블에 말없이 마주 앉을 때마다, 그 빚은 옆에 앉아 이렇게 속삭였다. 형은 네 목숨을 구해준 사람이야. 그런데 너만 이렇게 자유롭게 살고 있잖아. 브론크스는 결국 발길을 끊어버렸다. 반복되는 똑같은 말을 언제까지 참고 견딜 수 있는 걸까?

그는 엘리베이터 문을 열고 4층을 눌렀다가 생각을 바꿔 계단으로 올라갔다. 시간이 조금 더 필요했다.

하지만 1억3백만 크로나로 있지도 않은 빚을 청산한 게 옳은 결정이라 확신하게 될 만큼 충분히 긴 시간이었다.

주변이 얼마나 혼란하고 마음이 심란했는지 도저히 10분을 가만히 서서 기다릴 수 없었던 브릿 마리는 어둠이 내려앉는 크로노베리 경찰청 건물 주변을 크게 두 바퀴 돌았다. 일반인의 접근을 차단하는 경찰 제지선이 경찰청 건물 전체를 둘러싸고 있는 광경은 생전 처음 보았다. 경찰의 심장부가 바로 범죄현장이 된 상황이었다. 베리스가탄 출입구나 폴헴스가탄, 쿵스홀름스가탄, 폴리스후스파르켄 출입구 전체가 통제되고 심지어 지하철 운행이 중단되고 버스 노선까지 변경되었다. 브릿 마리가 알고 있는 내용은 호기심에 발걸음을 멈추고 기자와 사진기자들 주변에서 정보를 주워들은 구경꾼들과 다를 바 없었다. 경찰서 건물 내에서 대형 범죄가 발생했다는 사실. 스웨덴 역사상 최대 규모의 도난 사건이라고 흥분해서 수군거리고 다니는 사람도 있었다. 브릿 마리는 건물을 두 번째로 돌아보고는 법원과 경찰서의 경계를 나누고 있는 낮은 돌담장 앞에서 걸음을 멈췄다. 형사와 만나기로 한 약속장소였다. 엘리사. 예쁜 이름이긴 하지만 스웨덴에서는 흔치 않은 이름이었다.

그녀가 경찰청 건물 안에서 밖으로 걸어 나오고 있었다. 그녀는 제지선을 살짝 들어 올리고 밑으로 빠져나와 여기저기 모여 있는 구경꾼들 사이를 피해 다가왔다.

"죄송하지만 몇 분밖에 시간을 낼 수 없습니다. 보시다시피 여기 상황이 좀 엉망이라서요."

브릿 마리는 편한 자세를 찾기 위해 애쓰면서 고개를 끄덕이고 최대한 미소를 지어 보였다. 가만히 서 있을 수 없었던 방금 전과 마찬가지로 손을 어디에 어떻게 둬야 할지 모르겠어서 겨울 코트 앞으로 팔짱을 끼었다.

"빈센트한테 전화를 받았습니다. 우리 막내아들이에요. 형사님도 아마 만나보셨을 거예요. 그렇지 않나요? 애가 상당히 흥분했더라고요. 조금 무서워하는 것도 같고……. 형사가 찾아왔다고 하더군요."

엘리사는 구경꾼 무리로 고개를 돌렸다. 제지선을 넘어가려던 사람 하나가 정중하지만 단호하게 제지당했다.

"죄송하지만 제가 지금…… 지금, 뭐라고 하셨습니까? 형사가 막내아드님을 찾아갔다고요? 저희 쪽에서 먼저요?"

"맞아요. 그 아이 말이 그랬어요. 혹시 뭐 아시는 거 없나요?"

"전혀요. 막내아드님은 딱 한 번 만난 게 전부였습니다. 그게 어제였고요. 공사현장에서요. 당시엔 별 동요하는 모습은 보이지 않왔습니다. 그런데 형사가 찾아왔었다고요? 용건이 뭐라던가요?"

"다른 건 없었고 큰아들 레오하고 관련된 일이라고만 했습니다. 그리고 형사를 따라 어디로 가야 한다고 하더군요. 은행 강도 사건을 수사했던 바로 그 형사 말입니다."

엘리사는 어쩔 수 없이 점점 소란스러워지는 구경꾼들을 제지할 수밖에 없었다. 경비원 두 명이 어떻게든 정문 가까이 다가가려 기를 쓰는 사진기자들과 실랑이를 벌이고 있었다. 브릿 마리가 좀 떨어진 거리에서 대답을 기다리며 서 있는 동안 엘리사는 자신이 방금 들은 이야기가 무슨 뜻인지 머릿속으로 곱씹어보았다.

형사가 빈센트를 찾아가 하고 싶지 않은 일을 강요했다. 형의 수사에 동참하라고.

"죄송하지만 여기 상황이 아무래도 좀 심상치가 않습니다. 데스크한테 시달리는 기자들이 무슨 일인지 브리핑해달라고 아우성인데 경찰서 안에서 발생한 사건이라 함부로 말을 할 수 없는 상황입니다. 어쨌든 이제 돌아가봐야 합니다."

빈센트는 무슨 일이 있어도, 절대로, 경찰과 대면해야 할 범죄를 짓지 않겠다고 다짐한 친구였다.

"그리고 막내아드님과 관련된 일은 아쉽게도 제가 도와드릴 수 있는 게 없습니다. 지금으로선 저도 아는 게 전혀 없습니다. 대신, 지금부터 조사할 것을 약속드립니다."

하지만 그녀는 알고 있었다. 빈센트는 자신이 그토록 두려워하던 상황 속에 끌려 들어갔다는 것을.

빈센트의 불길한 예감은 현실로 일어났던 것이다.

평생 어둠을 두려워한 적은 없었다. 오히려 그 반대였다. 어둠은 침묵처럼 자신을 보호해주는 존재였다.

그런데 지금은 사정이 달랐다.

형과의 관계를 마무리 짓고, 천장 등과 책상 위 스탠드를 끈 채 아무것도 느껴지지 않는 어둠 속에 앉고서야 무시무시한 열기와 강렬한 빛을 떠올리기 시작했다.

테르밋 소이탄이 폭발했다.

외마디 비명을 내지를 틈조차 없었다.

어떻게 살갗이 그렇게 순식간에 타들어 갈 수 있는지 이해할 수 없었다.

욘 브론크스는 크로노베리 경찰청 안뜰이 내려다보이는 창문 하나를 활짝 열고 차가운 밤공기를 안으로 들여보냈다. 그리고 눈을 감고 천천히 심호흡했다. 그는 휘몰아치는 바람 속으로 몸을 내밀었다.

달라지는 건 없었다.

포효하는 소리를 낸 불길이 침묵을 잠재워버렸다. 섬광 같은 불빛이 방어막 같은 어둠을 뚫고 들어오듯.

지금까지 누군가를 다치게 하거나 죽게 만든 적은 한 번도 없었다. 성인이 된 이후 경찰로 살아오면서 타인이 행사한 폭력을 수도 없이 보고 수사하면서도 자신은 단 한 번도 폭력을 행사한 적 없었다. 참혹한 폭력 사건의 결과를 수사하면서 언제나 사실관계만을 따지고 들었다. 그런 그가 폭력이 생명을 앗아가는 장면을 바로 눈앞에서 목격한 것이다.

그런 일이 발생한 이유는 알고 있었다.

형사 생활을 하면서 생전 처음으로 경찰이 아닌 민간인으로 행동했기 때문이다. 민간인 욘 브론크스의 사적인 개별행동이 이제 형사, 욘 브론크스에게 책임을 물어야 하는 상황을 만들었던 것이다.

항상 그 반대였다.

그가 끔찍이 싫어했던 그 폭력은 시간이 흐를수록 되레 그를 더욱 날카롭고 만들고, 그 폭력을 더 깊이 들여다보게 했다. 그 폭력의 힘은 그를 점점 더 끌어당겨 그 안에 가둬버렸다. 일을 벌인 장본인이 4층 위에 있는 유치장 신세를 지게 될 때까지.

그는 차가운 밤바람이 휘날리는 창밖으로 더 몸을 뺐다. 자신의 옷에서도 타버린 머리카락과 피부 냄새, 인과 화약 냄새가 났다. 그리고 깨달았다. 아무리 기를 쓰더라도, 몸 전체를 창밖으로 내

민다 하더라도, 폭발이라는 결과를 가져오게 된 오늘 일과 죽음은 결코 그의 몸에서 씻어낼 수 없을 거라는 사실을.

그렇기 때문에 그 순간부터, 그 결과로부터 도망 다녀야 한다.

폭력의 여파에 대한 책임을 지고 수사를 피해 도망 다니는 다른 범죄자들과 똑같이. 진실을 새로 '다듬고' 번민과 괴로움이 밖으로 드러나지 않도록 꼭꼭 숨겨야 한다. 아마 무슨 일이 있었는지 아무에게도 말할 수 없을 것이다.

그는 사무실의 불을 켜지 않았다.

그리고 바람이 더 신나게 놀 수 있도록 다른 창문도 활짝 열었다.

엘리사는 바람에 펄럭이는 경찰 제지선을 들어 올리고 몸을 숙여 아래로 통과해 크로노베리 경찰청 동쪽 출입구로 걸어갔다. 인파 중 맨 앞에 있던 사람 하나가 그녀를 보며 소리쳤다. 도대체 무슨 일이 벌어진 겁니까? 언제쯤 상황설명을 할 겁니까? 그녀는 질문을 던진 사람이 누구인지 확인하기 위해 소리가 들리는 쪽으로 고개를 돌렸다. 하지만 그녀의 시선은 질문을 던진 당사자가 아닌, 그 무리보다 다소 뒤에 떨어져 있던 한 여성에게서 멈췄다. 레오, 펠릭스, 빈센트 뒤브냑의 어머니 브릿 마리는 낮은 돌담장 위에 걸터앉아 있었다. 당장이라도 쓰러질 것처럼 안색이 창백해 보였다.

엘리사는 그녀의 걱정과 불안을 고스란히 느낄 수 있었다.

그리고 형사를 따라 어디로 가야 한다고 하더군요. 은행 강도 사건을 수사했던 바로 그 형사 말입니다.

빌어먹을 욘 브론크스 형사.

지금 그녀가 전화통화를 해야 할 사람은 바로 그 빌어먹을 형사였다. 엘리사는 재킷 주머니에서 자신의 휴대전화를 꺼냈다. 불안에 떨고 있는 한 어머니가 알고 싶어 하는 질문에 대한 답을 얻어내기 위해서. 하지만 정보를 은폐하려는 사람에게 직접 전화를 걸면 곤란한 상황만 발생할 뿐이다. 그녀는 우회하기로 마음먹고 다른 번호로 전화를 걸었다.

"여보세요."

그녀는 현재 압류품 보관실 도난 사건 처리로 당직 경관이 정신없는 상황이라는 건 잘 알고 있었다.

"여보세요, 엘리사 쿠에스타 형사입니다. 지금 당장 사람 하나 수배해야 하는데 지원 좀 부탁합니다. 이름은 빈센트 뒤브냑, D-U-V-N-J-N-A-C. 전과기록이 있으니 순찰차에 사진과 인상착의 배포 좀 해주시면 좋겠습니다."

"얼마나 급한 건입니까?"

"긴급 상황입니다."

수사과 복도로 이어지는 계단에 닿기도 전에 다시 전화가 걸려왔다.

"엘리사 형사님, 수배 즉시 답이 왔습니다."

"네?"

"순찰차 한 대가 몇 시간 전, 도시 남부지역에서 신고를 받고 출동했었다고 합니다."

"그래서요?"

"수배자 빈센트 뒤브냑은 발견 당시 사망했다고 합니다."

오후 6시 이후에는 언제나 그러하듯 수사과 사무실은 어둠에 잠겨 있었다. 동료 형사들은 대부분 과학수사대 요원이나 지문 감식 요원에게 마지막 확인 전화를 걸고 하루의 마지막 면담조사를 마친 다음 최근에 수집한 목격자 증언 등의 문서를 출력해 보강자료 파일 속에 넣고 퇴근하는 시간이었다. 그런데 오늘 밤은 그녀를 비롯한 모든 형사가 자리를 지키라는 명령을 받았다. 일부는 범죄현장인 압류품 보관실로 이어지는 지하 복도에 있고, 또 일부는 물증인 경찰 제복이 발견된 법원 인근의 지하철역에 나간 상태였다.

복도를 반쯤 지났을 무렵, 어둠이 싸늘함을 동반하는 기분이 들었다. 마치 바람이 건물을 뚫고 안으로 들이닥치는 그런 느낌이었다. 엘리사는 사무실 문 하나가 열린 채로 바람에 흔들리고 있음을 발견했다. 욘 브론크스의 사무실이었다.

브론크스는 아침부터 사무실에서 보이지 않았다. 그 이후로 어디서도 찾을 수 없었다.

엘리사는 이제 브론크스에게 개인 일정이 있었다는 사실을 알고 있다.

브론크스는 그녀가 전날 만나 이것저것 캐물었던 사람을 비밀리에 만났다. 그리고 그 사람은 현재 사망신고가 된 상태였다.

커피추출기를 지나치는 엘리사의 발걸음이 빨라졌다. 백차 따위를 챙겨줄 용의는 눈곱만큼도 없었다. 그녀는 그대로 그의 사무실 안으로 들어갔다. 노크도 하지 않고 흔들거리는 문을 열자 창문은 양쪽으로 활짝 열어놓고 불도 켜지 않은 상태로 책상에 앉아 있는 브론크스가 보였다.

"저랑 같이 제 사무실로 가시죠. 보여드릴 게 있으니까."

"지금 말고, 나중에."

"당장 따라오세요."

어둠 속에 잠겨 있던 터라 어떤 표정을 짓고 있는지는 알 수 없었다. 하지만 한숨 소리만큼은 감춰지지 않았다.

"수사 얘기라면 더 할 힘이 없어. 지금은 그럴 때가 아니니까 그냥 날 좀 내버려 두라고."

확실하게 본 건 아니지만 선배 형사는 그렇게 말하면서 웃고 있는 것 같았다. 단지 어색한 불협화음 같은 웃음이 아니었다. 상대를 낮잡아 보는 오만한 미소에 가까웠다. 자네가 자는 동안 지켜보고 있었어라고 말하며 짓는 웃음이었다. 같이 사건을 수사하자고 제안했을 때처럼.

그녀는 사무실 불을 켰다.

"엘리사, 젠장, 나가라고 했잖아!"

"못 나갑니다."

두 사람의 머리 위로 환한 불빛이 쏟아져 내렸다.

"선배님, 저랑 같이 제 사무실로 가시죠. 우리 둘이 해야 할 이야기가 있으니까요. 우리 합동 수사에서 아주 중심에 있는 인물에 관한 이야기부터 시작하죠. 저한테 하나도 알려주시지 않은 그 사람에 관한 이야기요."

그녀의 추측이 옳았다. 그는 그 빌어먹을 미소를 짓고 있었다.

"삼 라센에 대해서요. 형사님 형님 되시는 그 양반."

비르카스탄이 내려다보였다. 검은 지붕들이 마치 철판으로 이어진 구릉지 같았다. 위로 보이는 하늘은 훨씬 더 청명해 보였다. 낮 동안 흘러내린 눈 때문에 빛이 반사되지 않기 때문이었다. 아니면 와인 때문에 뇌세포가 아주 느리고 자유롭게 움직이는 탓에 하늘에 뜬 별들이 훨씬 가깝게 더 반짝이는 것처럼 느껴졌기 때문일 수도 있다.

이반은 발코니 난간에 몸을 기대어 별을 향해 담배 들린 손을 뻗었다. 자신과 별 사이의 거리가 광년(光年)이 아니라 팔 뻗은 거리 정도로밖에 느껴지지 않았다. 담배 몇 모금을 더 빤 후 꽁초를 빈 깡통에 던져 넣었다. 그 안에는 지난 4주간 하루에 한 갑씩 피운 담배꽁초들이 수북이 쌓여 있었다. 빈센트가 피운 것까지 합하면 그 수가 훨씬 늘어날 것이다. 사실 막내아들이 담배를 피우기 시작한 게 내심 못마땅했다. 하지만 아버지와 아들이 함께 그 자리에 나란히 서면 가족이라는 연대감이 느껴졌기에 싫은 소리를 할 수 없었다.

그런데 오늘은 이반 혼자였다. 젊은 애들이 좋아하는 중독성 강한 음악이 흘러나오던 라디오 소리도 들리지 않고, 불도 다 꺼져 있었다. 당장 다음 날이 이삿날이라 빈센트도 이 자리에 와 있어야 했다.

이반은 발코니 문을 다시 닫고 안으로 들어왔다. 거실을 지나가는데 기분이 좋아졌다. 자신이 봐도 젊은 사람들에 비해 훨씬 기술이 뛰어나고 속도도 빠른 데다 결과까지 나왔기 때문이다. 칠해진 표면이 평평하지 않고 군데군데 흐른 자국이 있으면 그것만큼 성가신 게 없다. 그는 막내아들이 다음 공사에도 자신과 함께 일하고 싶어 할 거라 생각했다. 단지 아버지를 더 잘 알기 위해서이기도 하지만 솜씨 좋은 페인트공을 찾는 게 어렵기 때문이었을 것이다.

부엌 조리대 위에 와인 병이 놓여 있었다. 중독성 강한 음악을 찾아 부엌에 왔다 그 자리에 내려놓았던 병이었다. 병째로 마시는 '황소의 피'. 그는 빠른 속도로 와인을 꿀꺽꿀꺽 삼켰다. 맛을 음미할 생각은 애초에 없었다. 단지 가슴을 뜨겁게 만들어주는 그 열기만 느끼고 싶었을 뿐이다. 병을 다시 조리대 위에 내려놓던 순간, 벨 소리가 울려 퍼졌다.

딩동. 딩동.

현관문 소리였다.

누군가 초인종을 누르고 있었다.

"들어와요."

이반은 빈 찬장에 와인 병을 집어넣었다. 이웃 사람일 수도 있었다. 매번 시끄럽다고 항의하는 여자였으니까. 아니면 집이 어떻게 바뀌었나 확인하러 온 집주인일 수도 있었다.

"들어오세요, 들어와요."

가볍지만 머뭇거리는 발소리로 보아 여성인 것 같았다.

"빈센트?"

이웃 여자가 아니었다. 집주인도 아니었다.

저 여자가 여기는 왜 찾아온 거지?

"너 여기 있는 거니, 빈센트?"

세 아들의 어머니. 브릿 마리였다.

그는 다시 찬장을 열어 와인 세 모금을 벌컥벌컥 들이켰다. 그 순간, 브릿 마리가 주방 앞에 서서 그를 쳐다보고 있었다.

"2년을 참았어."

그녀가 찾아온 사실에 이반이 놀란 만큼, 브릿 마리 역시 그를 보고 놀라는 눈치였다.

"2년이라고, 브릿 마리. 그런데 이제 끝이야. 이제 더 이상 제정신으로 있을 수가 없어."

그는 한참을 들이켰다. 그러고는 병을 내밀었다.

"당신도 한잔하겠어? 에그리 비커베르. 황소 피라고. 헝가리 말로 그런 뜻이야."

"난 빈센트를 찾고 있어."

그녀는 주방을 한번 둘러보면서 무언가에 귀를 기울이는 듯 보였다.

"여기서 일하고 있어야 하는 거잖아. 빈센트가 그렇게 말했었는데."

이반은 새로 칠한 부엌 천장과 벽, 그리고 싱크대와 찬장 사이에 새로 깐 타일 쪽으로 번갈아 손짓하며 대답했다.

"이거 보라고. 그 녀석하고 내가 이렇게 근사하게 만들어놓은 거라고. 당신 막내아들하고 내가 말이야. 모든 게 완벽하다고. 빈센트는 아주 섬세한 녀석이야. 당신도 기억하지? 그 녀석 어렸을 때 연필을 한 줄로 가지런히 놓던 거 말이야. 지금도 그러고 있어. 모든 게 제자리에 있어야 하지."

"내 말에 대답은 안 할 생각이야? 빈센트 어디 있냐고?"

"그 녀석은 왜 찾는 건데?"

"오후에 나한테 전화했었어. 흥분한 상태로. 형사가 찾아왔었는데 레오와 관련된 일 때문이래. 그 뒤로 연락이 안 돼. 무슨 일인지 걱정된다고, 이반."

빌어먹을 TV.

스톡홀름에서 20여 킬로미터 떨어진 어느 외딴 농가 일대가 차단되었다. 그와 동시에 법원과 경찰청 건물이 통제되고 있었다.

이반은 그게 무슨 일 때문인지, 어쩌다 그렇게 된 일인지 알지 못했다. 하지만 빈센트가 말했던 것처럼 레오가 기획한 체스판에서 졸 노릇을 톡톡히 했다는 건 알 수 있었다. 그리고 TV 뉴스에 나온 소식이 자기 일과 연관이 있다는 것도. 그런데 그 일에 빈센트까지 엮였다고? 이반의 생각은 달랐다. 빈센트는 이미 결심을 군힌 상태였다. 의지가 확고했다.

"난 빈센트랑 같이 일하면서 그 녀석을 더 잘 알게 됐어. 내가 장담하는데, 당신이 그런 걱정할 필요는 없어. 빈센트는 절대로 다시 죄를 지을 녀석이 아니라고."

그 말에 미소를 짓긴 했지만 결코 호의적인 미소는 아니었다.

"그러니까 지금 빈센트가 어디 있는지 모른다는 거지? 평소처럼 짐작 가는 데도 없고, 그런 거 아니야?"

"곧 올 테니까 걱정하지 말라고. 그런데 그게 무슨 뜻이야? 평소처럼이라니? 그러는 당신은 뭘 알고 있었는데? 그 녀석들이 은행 털고 다닐 때 당신은 뭘 알고 있었는데? 레오가 찾아온 건 나였어. 형을 같이 받은 것도 나였다고!"

브릿 마리는 고개를 절레절레 흔들었다. 전에도 가끔 그런 반응을 보이곤 했다. 서글픔과 체념이 섞인 표정으로.

"난 그 아이들이…… 뿔뿔이 흩어져 살 거라고 생각했어. 그러기를 바랐어……. 아주 간절하게. 그리고 결국 그렇게 되기 시작했고. 어릴 때부터 당신이 강요로 심어놓은 그 클랜이라는 개념, 연대감이라는 거, 왜곡된 가족의 개념, 세상과 우리를 적대적인 관계로 바라보는 그 사상, 형을 살면서 그런 연대감에서 벗어나 각자의 길을 갈 수 있기만을 간절히 바랐었다고."

그때까지만 해도 속삭이는 수준에 불과했던 그녀의 목소리가 점점 커지더니 급기야 거의 고함치듯 하고 있었다.

"빈센트는 큰형하고 점심 먹으러 집에 오는 것조차 꺼렸었어. 그걸 두려워했었다고, 이반! 다시 그 안으로 끌려들어 갈까봐. 당신이 그걸 알기나 해? 그래서 난 빈센트가 여기 있기를 간절히 바랐어. 그런데 여기 없잖아. 그건 빈센트가 그 상황에 몰려 있다는 뜻이라고. 절대 가고 싶지 않은 길로 끌려갔다는 거야! 그건 당신 잘못이야, 이반! 당신이 강조하는 그 빌어먹을 연대감! 그 빌어먹을 신뢰 때문이라고! 당신이란 인간은 존재하는 것 자체가 내 아들들을 망치는 거라고! 모든 걸……."

관자놀이부터 코, 그리고 턱까지, 활짝 펼친 그의 손바닥 안으로 들어온 그녀의 왼쪽 뺨은 한없이 작게 느껴졌다. 손가락 끝이 두피를 파고드는 것 같은 착각이 들 정도로 강한 힘이 전달되었다. 만약 그녀가 바닥으로 쓰러지지 않았다면 그다음은 주먹이 날아들었을 것이다.

그녀는 비명을 지르지도, 도망치지도 않았다. 다만 새로 니스 칠한 바닥에 주저앉아 코피를 흘리며 그를 노려볼 뿐이었다.

이반은 와인 병을 들고 얼마 남지 않았던 술을 다 마셔버렸다.

단 한 번의 손찌검은 달라지기로 했던 그의 결심을 순식간에 날려버리고 예전의 그로 돌려놓기에 충분했다.

"그거 알아, 이반?"

그녀는 바닥에서 일어나면서도 계속해서 그를 노려봤다.

"우리가 마지막으로 집에서 이런 상황에 놓였을 때, 당신이 떠나고 그 피를 다 닦은 건 우리 아들들이었어."

그러고는 거실과 현관을 향해 발걸음을 옮겼다.

"이번에는 당신 손으로 직접 닦아."

41번.

욘 브론크스는 확신이 서지 않았다. 하지만 그녀가 평소 누르는 카페라테 자판기 번호가 맞을 거라 판단했다. 그가 즐겨 마시는 음료는 자판기의 어느 번호를 조합해도 만들 수 없었다. 수사과 음료자판기 옆에 있는 정수기의 뜨거운 물이었기 때문이다.

엘리사의 사무실에서 진행될 '면담'을 15분간 지연시키는 데는 성공했다. 거짓말을 만들어내기 위해 황급히 생각들을 그러모아야 했다. 후배 형사는 지금 형사, 욘 브론크스와 민간인, 욘 브론크스의 신변을 심각히 위협하는 새로운 정보를 손에 쥐고 있었다.

그리고 욘 브론크스는 어떤 거짓말을 어떻게 펼쳐야 그럴듯하게 보일지 알고 있었다. 다년간 면담조사를 진행하면서 그럴듯한 거짓말은 언제나 진실로 시작되어야 하고, 오직 진실만이 숨기고 싶은 내용을 철저히 감출 수 있다는 진리를 터득하게 되었다. 한 마디로 거짓말이 그럴듯하려면 듣는 사람이 믿을 정도로 충분히 사실적이어야 한다는 원칙이었다.

마지막 한 방울이 종이컵에 떨어지고서야 그는 커피를 들고 그 녀의 사무실로 향했다. 이틀 전 후배 형사가 했던 행동을 똑같이 따라 하는 중이었다. 그는 뜨거운 커피에 손을 데지 않게 입술 닿는 부분만 손가락으로 살짝 감싸 쥐었다.

"똑똑똑."

그는 이번에도 엘리사가 했던 그대로 따라 했다. 그리고 입으로 노크 소리를 낼 수밖에 없는 이유를 설명하기 위해 종이컵을 들어 올려 보여준 다음 사무실 안으로 들어와 김이 모락모락 올라오는 종이컵을 책상 위에 쌓여 있는 큼지막한 종이 뭉치 사이에 내려놓았다.

"한 잔은 자네 거, 한 잔은 내 거."

시작은 진실로.

달리 빠져나갈 길이 없는 상황이라면 이번에 하게 될 특별한 거짓말은 어떤 연유를 통해서이든 후배 형사가 이제 알게 된 내용을 인정하는 것으로 시작해야 한다. 삼이 자신의 형이라는 사실. 그리고 그 사실을 이야기하지 않은 건 실수였다고 덧붙여야 한다. 그러나 형사로서 자신의 행동이 전적으로 실패했다는 사실이나 자신의 범죄, 그리고 자신의 유죄에 대해서만큼은 절대로 실토하지 않을 것이다. 그는 자신의 친형을 그대로 보내주었다. 총기로 무장하고 현금수송 차량을 강탈하다 인사사고를 낸 자신의 형을. 자신이 지금 앉아 있는 사무실 4층 아래 지하에서 1억3백만 크로나를 빼돌린 자신의 형을.

"지금 장난하세요? 커피요?"

"왜?"

"지금이 커피 마실 때예요? 지금 우리가 절대로 하지 말아야 할 게 하나 있다면 그게 이렇게 한가하게 커피나 마시며 노닥거리는 일이라는 거, 모르시겠어요?"

엘리사는 종이컵을 들어 책장에 꽂힌 바인더들 사이에 올려놓았다.

"이건 선배님 가시고 나서 마실게요."

그러고는 책상 위에 쌓여 있던 종이 뭉치 세 개로 손을 옮기고는 마치 살아 있는 생명체를 다루듯 종이 뭉치를 어루만졌다.

"이 종이 뭉치들은 제 개인적인 수사체계에 해당합니다. 물론 선배님은 관심 없으시겠지만. 왜냐하면 제가 선배님과 결정적으로 다른 이유는 전, 사실에 기반해 사건을 수사한다는 겁니다. 직감이 아니라요. 이 각각의 뭉치들은 전적으로 사실에 기초한 자료들입니다. 예를 들어 여기 왼쪽에 있는 이 뭉치는 '개자식, 먼저 치시겠다?'라고 이름을 붙였는데 이 안에는 범죄행위의 순간을 결정짓는 조건들을 담고 있어요."

엘리사는 중간쯤에서 종이 한 장을 무작위로 뽑았다. 감식반원이 두 대의 현금지급기 아래에서 발견된 탄피를 촬영한 사진이었다.

"이건…… 탄피 사진이네요. 범죄현장으로 들어가기 위한 전제조건이라고 할 수 있겠지요. 이건 어디서 온 걸까요? 스웨덴군에서 사용하는 물건입니다. 총기의 종류는요? 군 보관 시설에서 도 난당한 AK4 소총이에요. 이 정보들은 수사에 무슨 도움을 가져온 다고 보세요? 바로 사실이에요, 사실. 용의자를 특정해낼 수 있는 사실."

엘리사는 또다시 종이 한 장을 뽑아 들었다.

"이건 확실히 아시겠네요. 여기 사진 두 장이 있어요. 물론, 평 범한 자동차 번호판이에요. 수사보고서에 따르면 이 번호판은 선 배님도 아시다시피 도난당한 번호판이에요. 사건 전날 밤에요. 그 리고 이 문제의 번호판은 현장에서 무사히 빠져나간 강도가 몰고 간 차량에 달려 있었어요. 아를라에서 우유 배달하는 트럭으로 위 장해 유유히 빠져나가기 위한 전제조건이었죠. 이것 역시 용의자 로 연결되는 사실이에요, 욘 선배."

엘리사는 먼저 꺼낸 종이 두 장을 옆에 내려놓고 종이 뭉치 맨 위에 스테이플러로 찍어 둔 뭉치를 집어 들었다. 무작위가 아니라 미리 준비해둔 것들이었다. 브론크스는 대략 일곱 장에서 여덟 장 정도 될 거라 추측했다.

"그런데 이상한 건 말입니다, 같은 종이 뭉치 안에…… 선배님 으로 연결되는 내용이 포함돼 있다는 겁니다."

그렇게 말하고는 들고 있던 종이 뭉치를 책상 반대편에 앉아 있 는 그의 앞으로 밀었다.

"어느 지방법원 판결문이에요. 24년 전, 한 아버지가 칼에 찔려 사망한 사건이죠. 아들한테. 거기 보시면……."

엘리사는 검지로 자신이 건넨 종이 뭉치 첫 장 윗줄을 가리켰다.

"사망한 피해자 이름은 조지 브론크스라는 게 보이실 거예요. 선배님 아버지시죠. 그리고 여기, 이 줄을 보시면 피의자 이름도 나와 있어요. 삼 라센. 라센은 형사님 어머니 결혼 전 성이고요. 삼 브론크스에서 삼 라센으로 성이 변경됐더라고요."

이 판결문이…….

엘리사의 책상에…….

엘리사는 그 누구도 다시 해선 안 될 행동을 하고 있었다. 폭력적인 아버지, 침묵했던 어머니, 동생을 위해 살인까지 불사한 형, 형을 경찰에 신고한 동생, 이러한 그의 가족사 캐는 일.

"그 일이 자네하고 무슨 상관인데? 자네 수사체계라고 종이를 쌓아두고 나한테 이런 걸 들이밀어? 이 일은 오늘 일과 아무런 상관도 없잖아!"

엘리사는 붉으락푸르락 달아오른 선배 형사의 얼굴과 점점 높아지는 언성을 눈치채지 못한 사람처럼 반응했다. 행여 상대의 그런 반응을 알아보았더라도 자신이 입증하려는 내용에 온 정신을 집중했다.

"그러니까 선배님은 이 첫 번째 종이 더미 속에 있었어요. 범죄가 성립되는 전제조건을 보여주는 사실 속에서요. 형사님과 삼 라센은 형제라는 게 사실이잖아요. 자, 이번에는 가운데 있는 종이 뭉치로 넘어가보죠. 이건 '너희들 실수했어'라고 이름 붙인 단계예요. 범죄의 단서들이 드러나는 단계에 해당해요. 선배는 여기에도 등장해요. 왜냐하면 여기, 이런 게 들어 있거든요."

엘리사는 맨 위에 있던 종이를 그에게 건넸다. 손으로 휘갈겨 쓴 이름 네 줄은 후배 형사와 함께 자신의 집 부엌에서 자신의 손으로 직접 적은 이름들이었다.

"확인해야 할 용의자 네 명이었어요. 외스텔로케 교도소에서 레오 뒤브냑과 같은 시기, 같은 사동에서 복역했던 재소자들이오. 선배는 맨 먼저 삼 라셴이라는 이름에 주목했어요. 그래서 각각 두 명씩 맡아서 확인해보자고 했던 거고요. 시간을 단축시킬 수 있다는 핑계로요. 그 두 명 중 하나가 선배의 친형이라는 사실은 단 한 마디도 하지 않고요. 그 한 명이, 우리 둘이 같은 자리에서, 같은 화면으로 보고 확인했던 도주 용의자와 인상착의가 일치한다는 건 당연히 알릴 필요도 없었겠지요. 선배가 한 말은 단지, 삼 라셴이라는 사람한테 알리바이가 있다는 것뿐이었어요. 전 뭔지도 모를 그 알리바이."

엘리사의 손이 세 번째 종이 뭉치로 넘어갔다.

"이건 그냥 '어딜 내빼시려고'라고 불러요. 단서가 범인을 지목하는 단계에 해당해요. 그리고 이 안에 이런 보고서가 있었어요, 욘 브론크스 형사님."

역시 맨 위에 놓인 종이였다.

"에스킬스투나 경찰서에 연락해 순찰차 한 대를 형사님 형님의 집으로 등록된 주소지로 보냈었어요. 그 친구와의 교신내용 녹취록입니다. 해당 주소지에 있는 주택 뒷마당에서 화재 사건이 있었다더군요. 가구며 옷가지, 책, 심지어 사진들이 불에 타고 있었다고 합니다. 전기가 아예 나간 상태라 냉장고도 가동이 멈춘 상태였고요. 그런데 이웃 사람이 전날 밤늦게 삼 라센을 목격했다고 하더군요."

15분. 거짓말을 만들어내는 데 그에게 주어진 시간이었다.

"제 말 알아들으셨어요? 모든 정황상, 선배님 형님은 영영 어딘가로 사라졌다, 이 말입니다."

주어진 그 15분의 대부분을 자신의 사무실 전화로 전화 한 통하는 데 할애했다. 그 상대가 자신의 생명선이 되어주기를 간절히 바라는 마음으로.

"젠장, 선배! 선배가 이렇게 되도록 그냥 놔둔 거 맞아요?"

그래서 등을 뒤로 젖히며 앉은 건, 자신의 심리 상태와 상반된 반응을 연기하기 위해서였다.

"엘리사, 자네 말이 맞아. 내가 실수했어."

비록 마음은 지금 당장 어딘가로 달아나버리고 싶었지만······.

"우리가 혈연관계라는 사실을 그 즉시 자네한테 말했어야 했어. 그런데 우리 형제가 딱히 가까운 사이는 아니야. 지난 20년 동안 거의 만난 적도 없을 정도라고. 핏줄이라는 게 우리 형제한테는 별 의미 없는 개념이거든."

어렸을 때의 그 판결은 여전히 그의 앞에 놓여 있었다. 그리고 그는 그 판결을 계속 손에 쥐고 있었다. 지금까지 그는 후배 형사에게 진실을 말해왔다. 이제부터 거짓말을 이어가기 위해서.

"자네도 아마 그 판결문 읽었을 거야, 그렇지? 그렇다면 형을 신고한 게 나였다는 걸 알 거야. 형이 그래서 체포됐다는 것도. 형이 또 어떤 범죄를 저질렀다면 난 한순간도 주저하지 않고 신고했을 거라고. 그런데 형은 그러지 않았어. 형에게는 알리바이가 있었다고."

후배 형사가 사실 여부를 확인하고 말이 되는지 따져볼 그 거짓말.

"그럼 그 알리바이가 뭔지 얘기해보세요. 제가 확인할 수 있게."

———————

욘 브론크스는 전화를 걸었다.

"문제가 생기면 기꺼이 도와주겠다고 말씀하셨던 거 기억하십니까?"

생명선에게.

"기억하지."

"지금이 아저씨 도움이 필요한 때입니다."

———————

"베르틸 룬딘이라는 사람이 있어. 자네가 지금 흔들고 있는 그 판결문이 작성된 시절에 우리 형제가 살았고, 삼 라센이 출소한 뒤 거주했던 바로 그 집이 있는 섬과 본도를 이어주는 페리 관리인이야. 그 양반한테 전화하면 확인할 수 있어. 페리는 섬을 드나드는 유일한 교통수단인데 삼이 문제의 그날, 오후 4시 반에 페리를 타고 섬으로 돌아왔다고."

브론크스는 상대의 허락 없이 가운데 있던 종이 더미를 뒤적거렸다. 복면을 쓰고 우유 배달 트럭으로 향해 도주 중인 강도의 사진을 찾고 있었다. 그는 방금 전, 후배 형사가 다른 사진을 노골적으로 흔들던 것처럼 삼의 사진을 찾아 손에 쥐고 흔들어댔다.

"이 사진이 찍힌 동일한 시각에 페리에 타고 있었다고."

———————

운이 좋았다. 페리 관리인은 그가 간절히 바랐던 대로 까다롭지 않은 사람이었다.

"오후 4시 반이라고?"

"네. 섬으로 들어가는 배요."

"그 배라면……. 자네 형이 아마 배에 타고 있었을 거야. 그 친구는 항상 차에서 내려 조타실에 있는 나를 향해 손을 흔드니 내가 알아볼 수 있었을 거고. 항상 그렇게 손을 흔들거든."

"감사합니다. 감시 카메라에 대해서는요?"

"불행히도 고장이 난 거지. 망가졌어. 그게 한 일주일 전일 거야."

"정말 감사드립니다. 그리고 죄송합니다. 그런데 이러는 이유는 말씀드릴 수가 없습니다."

"그럴 필요 없어. 이미 오래전에 내가 자넬 도와줬어야 했어. 어렸을 때 말이야."

욘 브론크스는 손도 대지 않은 백차를 들고 자리에서 일어났다.

더 이상 대답할 여력도 없는 질문들로부터 멀어지기 위해서 후배 형사의 책상 위에 거짓말을 남겨두고 걸음을 뗐다.

"이제 확인해야 할 게 생겼으니 확인해보고 그 종이 뭉치에 추가해보라고. 난 내 사무실로 돌아가 불 끈 채로 창문 열어두고 앉아 있어야겠으니까. 왜냐고? 그냥 그러고 싶어서."

문밖으로 나가려던 순간 후배 형사의 목소리가 그를 붙잡아 세웠다.

"아직요. 한 가지 더 있어요. 빈센트 뒤브냑이오."

그는 걸음을 멈췄지만 뒤돌아보지는 않았다.

"그래서?"

또다시 엘리사가 쌓아둔 종이 뭉치 앞에 앉을 순 없었다. 그런데 그런 질문이 날아들 거라고는 미처 예상하지 못했다. 거짓말은 거짓말하는 당사자에게 전후 맥락을 모조리 꿰뚫고 있어야 한다고 강조한다. 그런데 욘 브론크스는 과연 자신이 지금 이 순간 그러고 싶은지 아닌지, 자신의 마음을 알 수 없었다.

"그 친구 사망했어요."

"나도 알아."

"현장에 계셨던 거잖아요."

"맞아."

"어떻게 그 자리에 계셨던 거예요? 더 이해가 안 가는 건, 어쩌다 빈센트가 선배님과 같이 있었던 겁니까?"

"내일 담당 수사관에게 내가 제출할 보고서를 보면 명확해질 거야. 그럼 난 먼저 가, 엘리사."

이번에는 문턱을 한 걸음 넘어설 수 있었다. 하지만 뒤에서 후배 형사가 마지막 세 번째 종이 더미에서 종이 한 장을 꺼내는 소리가 들렸다.

"선배님이 제 사무실로 바로 오시지 않고 무언가를 하신 것 같은데, 확실하다고 장담은 못 하지만 어딘가에 전화를 거신 것 같더군요. 그래서 저도 전화 한 통을 했습니다. 제가 잘 아는 통신사 정보원한테요. 빈센트 뒤브냑이 사용하던 휴대전화 통신사업자 말이에요. 지금 제 손에 들고 있는 이 서류에는 그 친구가 사용한 오늘자 통화내역이 있습니다. 자세히 들여다보니 번호 몇 개가 상당히 의심스럽더라고요. 그리고 빈센트 뒤브냑의 어머니가 진술한 부분과도 일치하고요. 형사 하나가, 그러니까 예전 은행 강도 사건을 담당했던 형사가 막내아들을 찾아와 자신을 따라오지 않으면 큰아들의 신변에 무슨 일이 생길 거라고 압박했다더라고요."

엘리사는 책상에서 일어나 다가와 그의 어깨를 잡고 뒤로 돌려 세워 자신을 쳐다보게 했다.

"욘 선배. 다시 한번 말씀드릴게요. 이건 제가 '어딜 내빼시려고'라고 이름 붙인 종이 더미에서 가져온 거예요."

그녀의 두 눈은 불타듯 이글거리고 있었다.

"레오 뒤브냑은 지금 여기 있어요. 이제 아무 데도 갈 수가 없어요. 형사님 형님인 삼 라센은 어딘가에 있겠지만 마찬가지로 아무

데도 갈 수 없을 겁니다. 제가 기필코 찾아내서 불게 만들 테니까요. 그때는 선배도 그 자리에 있게 될 겁니다. 기필코 잡아 처넣어 드리죠. 아시다시피, 전 옳은 일을 하는 거라면 직장에서 적이 생기든 말든 신경 안 쓰거든요. 절대로, 무슨 일이 있어도, 이번 일은 못 빠져나갈 겁니다."

욘 브론크스는 그날 밤이 되도록 끝끝내 사무실 불을 켜지 않았다.

활짝 열어놓은 두 창문도 닫지 않았다.

모든 빚을 청산하고 더 이상 과거로 돌아가고 싶지 않다면, 현재에 머물면서 견딜 수 없는 열기와 폭발로 인한 강렬한 불빛을 계속해서 떠올리고 싶지 않다면, 남은 방법은 딱 하나다. 계속해서 전진하는 것.

그러기 위해서는 언제, 어디로 가야 하는지를 알아야 한다.

새벽이 될 때까지는 어둠과 싸늘한 추위 속에 앉아 있을 수 있다. 리가 항에 안개가 걷힐 때까지.

그때는 알아야 한다. 그때는 결정해야 한다.

그러면 끝날 테니까.

이른 새벽이었다. 드디어 빛이 하늘을 가르는 여정에 오른 시각이어서인지 크로노베리 경찰청 유치장 복도가 생각만큼 어둡게 느껴지지는 않았다.

이제 곧 악마와 거래를 하게 된다.

하지만 악마는 그에게 관심조차 없었다. 그저 멍하니 유치장 침상에 앉아만 있었다.

"문 열어드려요?"

묵직한 열쇠 꾸러미를 들고 졸린 눈을 비비고 있던 젊은 경비원이 두 번째로 그에게 던진 질문이었다.

"아직은 아닙니다."

유치장 문에 달린 작은 사각 구멍으로 들여다보니 레오 뒤브냑이 한없이 왜소해 보이는 것 같았다. 브론크스는 순간, 침묵하는 상대와 마찬가지로 그대로 구멍을 닫고 발걸음을 돌릴까도 생각했다. 하지만 그에게는 선택권이 없었다. 악마와 거래를 원하는 처지에 초대장까지 기대할 순 없는 법이었다.

"아니, 들어갑시다."

열쇠들이 절거덕거리며 부딪히다가 철컥 하고 자물쇠 돌아가는 소리가 이어졌다.

"고맙습니다. 내가 안으로 들어가면 문을 닫고 우리 두 사람만 있게 해주기 바랍니다."

"괜찮으시겠습니까?"

브론크스는 초조한 마음으로 고개를 끄덕였다.

"괜찮습니다."

"혼자 들어가 계시겠다고요? 경보기도 없이요?"

"경보기 하나 주고 가보세요."

경비원은 바지 주머니에서 조그맣게 생긴 검은색 플라스틱 장치 하나를 꺼내 그에게 건넸다.

"가운데 있는 버튼만 살짝 누르시면 됩니다."

경비원은 두 사람을 남겨두고 돌아섰다. 사각형 구멍으로 멀어지는 뒷모습이 보였다. 절그럭거리는 열쇠 소리도 그와 함께 점점 희미해졌다.

유치장 안이 딱히 넓지는 않았다. 침상 하나, 벽에 붙은 테이블과 개수대. 서로를 향한 적대감을 품고 있는 두 사람이 마주 서자 그 안이 훨씬 비좁게 느껴졌다. 지난 6년간 조용하고 잠잠했던 관계가 불과 며칠 사이에 급격히 악화일로로 치닫고 말았다. 내 형제를 끌어들이면, 네 형제도 끌어들일 거야.

"어제 일은……."

브론크스는 사건 경위를 설명하는 보고서 이외에 빈센트 뒤브냑의 죽음이라는 말을 입에 담거나 글로 쓸 일만큼은 없기를 바랐다. 특히, 문 잠긴 유치장 안에 앉아 자신을 노려보고 있는 남자 앞에서만큼은.

"일어나지 말았어야 할 일이야. 자네……. 빈센트는……."

"내 동생 이름 한 자도 입에 올리지 마."

레오 뒤브냑은 버럭 고함을 지르지는 않았다. 오히려 그편이 더 쉬웠을지도 모른다. 소리가 울려 퍼지려면 타고 흘러갈 공기가 필요했지만 사방이 막혀 있는 그곳에서조차 레오 뒤브냑의 절망감은 사방으로 퍼지고 있었다.

"내 생각에 당신은 지금 당장 그 경보기를 누르는 게 좋을 거야. 난 당신하고 같이 있기 싫거든."

브론크스는 그래도 가만히 앉아 있었다. 다른 대안이 전혀 없을 때는 자신을 싫어하는 누군가의 옆에 서 있는 게 그리 어려운 일은 아니다.

"레오. 내 말 잘 들어봐."

"가라고."

"2분만 내 얘기 들어."

"그냥 가."

브론크스는 상대가 말한 대로 따랐다. 그래서 발걸음을 돌렸다. 딱 한 걸음만. 그리고 철문 앞에 서서 살짝 열었다가 다시 닫았다.

"이건 자네하고 나하고, 우리 둘만의 대화야. 형사와 용의자 간

의 대화가 아니라고. 각자의 입장에서, 말 그대로 끔찍한 24시간
을 보낸 개인 대 개인의 대화라고."

브론크스는 문이 확실히 잠겼다는 것을 보여주려는 듯 문손잡
이를 잡고 있던 손을 뗐다.

"자네한테 무슨 의미가 있는지 이해한다는 건 아니지만, 마지막
에 여기 경찰서 면담조사실에서 만났을 때 자네가 나가다 말고 나
한테 이렇게 말했었어. 오늘은 빌어먹을 검은 실을 본 날이라고."

그제야 레오 뒤브냑이 처음으로 상대를 바라보는 느낌이 들었
다. 불 꺼진 눈빛에 조금씩 생기가 채워지는 것 같았다.

"내 생각에, 우리가 지금 하게 될 이야기가 정확히 그 실 같다는
기분이 들어."

그는 관찰 중이었다. 어디에 시선을 둬야 할지 결정하려는 사람
처럼.

"당신이 원하는 2분 주겠어."

레오 뒤브냑은 손을 내밀고 손바닥을 펼쳤다.

"그 경보기 나한테 맡겨두면."

브론크스는 상대의 의도를 알 것 같았다. 그래서 즉시 주머니를
뒤져 버튼 달린 작은 플라스틱 상자를 상대의 손바닥 위에 내려놓
았다.

"그리고 그 2분 안에 당신에 대한 생각이 달라질 정도의 내용이
없으면 당신 머리, 그 뒤에 있는 콘크리트 벽에 짓이겨버릴 거야."

레오가 자리에서 일어나자 좁은 감방 안이 더 작게 느껴졌다.

브론크스는 잠긴 문을 한 번 쳐다보고는 자신이 어떤 상황에 놓

여 있는지 실감했다. 만에 하나 눈앞에 있는 상대의 억눌린 분노를 달래주지 못할 경우, 2분이 지나기 전 그 안에서 계속 숨 쉬게 될 사람은 하나밖에 남지 않는다는 사실을.

"당신도 이해할 거야, 브론크스 형사. 이제 그 빌어먹을 검은 실이 어떻게 됐든 아무 상관없다는 걸. 당신은 빈센트를 이용해 날 잡으려 했어. 그리고 모든 게 지옥으로 변해버렸지. 당신은 빈센트의 죽음에 책임을 져야 해."

레오는 상대보다 10센티미터 정도 컸다. 그래서 그는 고개를 아래로 숙여 상대의 눈을 노려보며 속삭였다.

"이 소리, 당신 귀에도 들려? 초침 돌아가는 소리? 똑딱똑딱."

브론크스는 그 소리를 들었다. 그리고 속으로 느꼈다. 이어지는 순간이 모든 걸 결정하게 된다는 걸 알고 있는 기분이 과히 나쁘지는 않았다. 어떻게 되든, 무엇이 되든, 이제 모든 게 끝나는 것이다. 딱히 준비할 것도 없고, 어떻게 될까 궁금해할 것도 없다.

"내 얘기는 이거야. 지난 며칠간 벌어진 일들의 전후 관계를 정확히 알고 있는 경찰은 나 한 사람이야."

"똑딱똑딱, 시간은 계속 가고 있어."

"다시 말해, 우리 형하고 총격으로 사망한 야리 오할라가 실행에 옮긴 현금수송 차량 강탈 사건을 실계한 혐의는 형법상 특수강도죄에 해당하기 때문에 8년 형이야. 우리 형하고 같이 경찰서 지하에 있는 압류품 보관실에서 증거를 빼돌린 혐의 역시 형법상 특수강도죄에 해당해. 그래서 10년 형이야. 그리고 개인 소유의 부동산에 밀실을 만들어 2백여 정이 넘는 군용 자동화기를 은닉하고 있던 혐의는 형법상 테러방지법에 해당해. 이건 종신형이야."

"시간은 계속 가고 있어."

"다시 한번 말하는데, 지금은 이 모든 걸 알고 있는 게 나 하나야. 그런데 능력 있는 다른 형사 하나가 이번 일을 파기 시작했어. 내가 이미 파악한 그 연관관계를 따라오는 중이라고. 그래서 하는 말인데, 자네한테는 선택권이 있어. 하나는, 다른 형사들에게 모든 사실을 털어놓는 거야. 다른 하나는, 나도 알고 자네 스스로도 잘 알다시피, 자네가 가장 잘 하는 걸 하는 거지. 그냥 입 다물고 있는 거."

욘 브론크스는 레오 뒤브냑의 손이 자신의 관자놀이에 와 닿는 걸 느꼈다. 말로 했던 위협을 행동으로 옮기는 게 얼마나 쉬운 일인지 강조하려는 것처럼.

"1분 남았어."

그러고는 브론크스의 머리 뒤쪽에 있는 콘크리트 벽을 어루만졌다. 뜻은 명확했다. 그러나 브론크스는 비켜서거나 말을 멈추지 않고 오히려 콘크리트 벽에 기댔다.

"나도 오늘 형제를 잃었어."

마치 거래를 받아들였다는 것을 보여주고 싶은 듯. 내가 자네를 설득하지 못하면 내 생사는 자네가 결정하라고. 브론크스는 레오가 손바닥을 펼쳐 자신의 뺨 근처로 날릴 때도 가만히 앉아 있었다. 그 손은 콘크리트 벽에 부딪히며 큰 소리를 냈다.

"개소리하지 마! 형제를 잃는다는 게 무슨 뜻인지 당신이 뭘 안다고!"

"어젯밤, 난 출항을 앞둔 여객선 일등석 객실에 내 형하고 마주 앉아 있었어. 형이 자네를 위해 따라놓은 샴페인을 마시면서 말이야. 그때도 형을 체포하게 만들 수 있었어. 그건 지금도 여전히 유효해. 몇 시간 내로 여객선이 리가 항에 도착하는데 그때 체포할 수도 있어. 물론 그러지 않을 수도 있고. 자네가 내가 원하는 대로 해준다면 말이지."

몇 초가 흘렀다. 아니 더 많은 시간이 흘렀을 수도 있다. 그러자 레오가 팔을 내리고 벽을 바라보던 시선을 아래로 떨어뜨렸다. 더 이상 시간도 세지 않았다.

"당신 형, 삼을 만났을 때도 이런 분위기였어. 외스텔로케 교도소의 문 닫힌 감방에서……. 난 당신 형이 경찰 끄나풀이라고 생각했었거든."

브론크스는 잠시일지 모르지만 어쨌든 자신이 상대의 분노를 누그러뜨렸다는 확신이 들었다.

"그래서 당신이 나한테 바라는 게 뭔데?"

"아무에게도 이 일에 삼 라센이 관련돼 있다고 말하지 않는 거야."

"내가 왜 그래야 하지? 당신까지 감방에 처넣을 기회를 내가 왜 버려야 하는 건데? 빈센트를 죽게 만든 당신을‘?"

"그 친구의 죽음은 나하고 아무 상관없어."

"당신이 그 녀석을 그 자리에 오게 했잖아! 그러고서 수갑을 채워 그 트럭에 묶어놨잖아!"

"동료들이 오기 전에 그 수갑을 자네한테 채워놨어. 감식반원들한테는 나보다 자네가 왜 거기에 있었는지 그 이유를 설명하는 게 더 힘들 거라고. 안 그러겠어? 왜냐하면 내 진술에 따르면 그 현장에 있는 쇳덩어리들이 무언지 설명할 수 있거든. 그게 어디서 온 건지. 꼬리에 꼬리를 무는 증거들의 실체에 대해서 말이야. 그러니까……. 자네가 굳이 확인하려 들지 않는다면, 나도 자네의 연루 사실을 확인하지 않겠다는 거야. 5분 안에 건물 밖 인도에 나란히 서서, 다시는 서로 볼 일 없이 각자의 길을 가는 거라고. 자네는 내 형을 찾아가는 거야. 형이 가지고 있는 여행 가방도. 정확히 애초 계획대로 말이야."

"5천만 크로나나 챙기라고? 이봐, 브론크스. 빈센트는 다시 살아오지 못해."

브론크스가 유일하게 확신할 수 있는 건, 처음에 약속했던 2분이 이미 한참 전에 지났다는 사실이었다.

"하지만 좋아……."

레오 뒤브냑은 자신이 가지고 있던 경보기를 되돌려주었다.

"난 삶을 위해서 그렇게 할 생각이야."

두 사람은 서로를 쳐다보며 악수했다.

"궁금한 게 하나 있어, 브론크스 형사. 당신은 도대체 누구를 위해서 이렇게 하려는 거지?"

브론크스는 작은 경보기를 들고 감방문을 연 다음 큰 소리로 경비원을 불렀다. 그러고는 질문에 대한 대답 없이 그 자리를 떠났다. 나 자신을 위해서라고 대답하면 스스로가 너무 초라하고 서글퍼 보일 것 같았기 때문이다.

파란색과 하얀색이 섞인 경찰 제지선이 베리스가탄과 연결되는 경찰서 출구와 몇 미터 떨어진 지점에서 4월의 덧없고 가벼운 바람에 실려 펄럭이고 있었다. 레오는 후드를 뒤집어쓰고 제복 경관들 앞을 조용히 지나갔다. 브론크스 형사가 제지선을 들어 올리던 순간, 두 사람은 마지막으로 서로를 쳐다보았다. 싸늘한 눈빛만 주고받은 두 사람은 각자의 방향으로 걸어갔다. 한 사람은 다시 건물 안으로, 다른 하나는 시내로 향하는 한트베르카가탄으로.

하지만 그리 멀리 가지 못하고 뒤돌아볼 수밖에 없었다. 그는 제지선으로 둘러싸인 거대한 건물을 물끄러미 쳐다보았다. 스칸디나비아 역사상 최대 규모의 강도 사건이 바로 그 건물 안에서 발생했다. 불과 몇 시간 전에 지금 그 자리를 떠나고 있는 바로 그 사람에 의해.

그는 세상에 없는 물건을 손에 넣는 데 성공했다.

동시에 브론크스의 자랑거리를 빼앗는 데도 성공했다.

하지만 아무런 의미도 없었다.

유치장에서 풀려난 지금과 얼마 전 교도소에서 풀려났을 때와의 공통점이라면 두 번 모두 빈센트는 그 자리에 없다는 사실이었다. 불과 나흘이었다. 모든 걸 잃는 데 걸린 시간은.

출소한 첫날 저녁, 어머니는 두 발로 단단히 균형을 잡고 이반에게 맞서 반기를 들 때처럼 꼿꼿이 선 자세로 말했었다. 네가 뭘하든 말이다, 레오……. 절대로 네 동생들은 끌어들이지 마라. 그렇게 말하며 그의 뺨을 어루만져주었다.

레오는 이른 아침의 스톡홀름 시내를 향해 발걸음을 옮겼다.

그렇게 걷는 동안 스트레스를 받으며 직장으로 출근하는 사람들과 마주쳤다. 서로를 향해 화풀이하듯 경적을 울리는 자동차들, 꽉 막힌 도로를 뚫고 나가기 위해 끙끙대는 버스들. 하지만 아무것도 눈에 들어오지 않았다. 여기도, 저기도, 어딘가도……. 더이상 버틸 수 없었다.

그냥 그렇게 된다.

너무 사랑하기 때문에 스스로를 고립 속으로 밀어 넣기도 한다.

그러다 다시 정신을 차리고 나서 깨닫게 된다. 슬픔은 언제나기억을 먹고 산다는 사실을.

자신은 모르고 있었다. 자신의 주변 사람들이 그들의 유대관계를 끊어버리기 위해 어쩔 수 없이 한자리에 모일 수밖에 없었다는것을. 보수공사를 마친 빈 아파트에 있던 엄마와 아빠. 여객선 일등석 객실에 앉아 있었던 욘 브론크스와 삼 라셴. 버려진 농가에 있었던 자신과 사랑하는 막냇동생.

관계에 마침표를 찍기 위해 한자리에 모여야 하는 관계.

평생 울어본 적 없었던 레오 뒤브냑이 눈물을 흘리며 울기 시작했다.

강철
눈동자

형제는 지도에 십자 표시한 위치에 서 있었다. 지도상에 녹지대로 칠해진 지역과 일치하는 숲 바깥 지역과 레오가 지도상에 파란색으로 그은 자전거 도로에서 살짝 떨어진 지역의 정확히 중간 지점이었다.

펠릭스는 거인의 머리를 닮은 큼지막한 계란형 바위 위에 편안히 걸터앉아 있었다. 간간이 다리를 흔들거나 아래로 미끄러져 내려와 촉촉한 이끼를 발뒤꿈치로 쿡 누르며 장난도 쳤다. 형이 비닐봉지 두 개를 비우는 동안 가까이서 지켜보고 싶었다.

그런데 이미 늦었다.

펠릭스는 하나부터 열까지 모든 게 다 후회스러웠지만 이제는 빠질 수도 없었다.

약속은 약속이니까.

거지같은 작전을 실행에 옮긴다는 결정은 빈센트의 몫이었다.

그런데 모든 준비가 완료되자 레오가 돌연 혼자 힘으로 하겠다고 선언했다. 이해할 수 없는 바로 그 이유로 펠릭스는 계속해서 울먹이며 징징거리기 시작했다. 나도 같이할래. 나도 하고 싶다고. 그렇게 싫다고 거부했던 자신이 같이하게 해달라고 조르고 있다는 사실도 모르는 듯 보였다. 하지만 내심 속으로는 자신의 마음이 왜 그렇게 바뀌었는지 누구보다 잘 알고 있었을 것이다. 정말 그렇게 하고 싶었던 게 아니라는 것을. 그래야 형이 체포될 일이 없을 것 같았기 때문이다.

레오는 집 부엌에서 모든 사항을 조사하고 점검하며 지도에 십자 표시한 지점을—지금 두 형제가 서 있는 소나무 숲—선택한 이유는 그 안으로 들어가면 아무도 찾지 못하기 때문이라고 설명했다. 철저하고 주도면밀한 평소 성격대로 이미 여러 차례 시험도 하고 확인도 한 상태였다. 그 소나무 숲속의 잘려 있는 나무에 하키 티셔츠를 걸어두었다. 파란색과 흰색이 들어간 렉산드 팀 셔츠였는데 가을 숲과는 전혀 어울리지 않는 색이었다. 그런 다음 자전거 도로를 열 번 정도 지나갔다. 9월의 분위기 속에서 티셔츠는 단 한 번도 눈길을 끌지 않았다. 그래서 그 숲을 최종적으로 출발점으로 삼게 되었던 것이다. 열네 살 십 대 소년이 약쟁이 라세로 변신하는 출발점, 그리고 그 약쟁이 라세가 다시 열네 살 소년으로 되돌아오는 출발점.

변장에 필요한 도구들은 바닥에 펼쳐져 있었다. 얼룩덜룩한 녹색 무늬 재킷, 어깨까지 내려오는 긴 가발, 구겨진 욘 실베르 담뱃갑, 그리고 여러 형태로 잘라 겹쳐놓은 충전재 뭉치들.

가장 커다란 뭉치는 배에 붙일 생각이었다. 아주 마음에 드는 아이디어였다. 네 겹을 이어붙인 충전재 아래쪽에 두 겹을 추가로 더 붙였다. 그렇게 불룩한 아랫배가 완성되었다. 손수 바느질로 얼기설기 이어 붙였고 나중에 끈으로 묶어서 고정할 생각이었다.

"이것 좀 묶어줘."

홀쭉했던 배가 배불뚝이가 되었다.

"펠릭스, 여기, 뒤쪽에서 묶어야 해."

동생은 형이 시키는 대로 끈을 당겨 매듭으로 묶었다. 그러고는 변장 결과를 보면서 고개를 절레절레 흔들었다.

"약쟁이 라세라는 이름, 전혀 안 어울려."

"원래 이름이 그런 거야."

"이렇게 배 나온 약쟁이는 없다고."

"약쟁인데 술을 엄청 많이 마셔서 그래."

"약쟁이는 다들 말라깽이라고."

"맥주를 어마어마하게 마셔서 그렇다니까. 보드카도 마시고. 이 것저것 닥치는 대로 마시고 먹어서 그런 거라고."

다음은 가슴에 충전재를 넣어 두툼하게 부풀렸다. 어깨에 넣은 충전재 덕분에 어깨도 훨씬 벌어져 보였다. 양쪽 팔뚝에도 충전재를 넣고 감는 대신 테이프를 둘러 고정했다.

"왜 그래?"

레오는 동생의 눈을 들여다보며 물었다. 필요 이상으로 침묵하고 있다는 생각이 들었기 때문이다.

"야, 펠릭스……."

그제야 알 수 있었다. 동생이 따지고 든 건 약쟁이 라세의 배가 정말로 나왔는지, 안 나왔는지에 관한 게 아니었다는 것을. 동생은 망설이고 있었던 것이다. 어떻게든 형을 멈추게 하고 싶어서.

"야, 펠릭스, 왜 그래? 뭐가 문제야?"

펠릭스는 마지막으로 테이프를 북 뜯어내 팔을 완성했다.

"지금까지 뭐 훔쳐본 적이 한 번도 없어."

그러니까 두 번째 단계였던 셈이다. 형을 멈추게 하려는 두 번째 시도. 첫 번째 방식이 실패했기 때문이다.

"그래서 더 좋은 거 아니야, 펠릭스? 그래야 더 믿을 만하잖아. 넌 붙잡힐 거니까."

재킷 주머니에 나무 손잡이 달린 거울이 들어 있었다. 레오는 한 손으로 거울을 들고 다른 손으로 분장을 시작했다. 예뻐 보이려고 화장하는 엄마처럼. 준비는 집에서 이미 해 온 상태였다. 엄마가 창문 닦을 때 사용하려고 남겨둔 낡은 베갯잇에 두꺼운 연필로 벅벅 줄을 그어놓았다. 그리고 그렇게 천에 묻힌 흑연을 자신의 눈 아래와 광대뼈에 문질렀다.

"5시 50분 정각에 클릭이 널 발견해야 해. 기억해둬, 아주 티가 나도록 물건 하나를 훔쳐야 한다는 거."

그러고는 마지막으로 더 피곤하고 멍해 보이기 위해 흑연 묻은 베갯잇으로 턱 주변을 연하게 문질렀다.

"클릭이 널 붙잡고 나면 분명 사무실로 데려갈 거야. 거기 붙잡혀 있게 될 건데, 아마 어디 사는지, 엄마 이름이 뭔지, 뭐 그런 걸 꼬치꼬치 캐물을 거라고. 첫째, 넌 아무것도 대답하지 마. 최대한 못마땅하다는 표정으로 버티고 있어. 아무 말도 하지 않거나, 무슨 말을 하게 되면 좀 집이 엉망이 됐다고 그런 얘길 하는 거야. 그런데 너한테는 아무 일도 일어나지 않아. 넌 미성년자거든. 중요한 건 네가 사무실로 들어가야 한다는 거야. 거기서 꾸지람을 들으며 혼나는 동안 나머지는 내가 다 알아서 할 거야. 클릭이 너를 야단치는 동안 돈 가방 든 그 여자가 은행에 가게 될 테니까. 알았어?"

짧은 금발 머리 위로 기다란 가발이 씌워졌다. 그다음 재킷을 걸쳤다. 얼추 비슷하게 맞았다. 충전재 덕분이었다. 마지막은 후드를 뒤집어쓰는 일이었다.

펠릭스의 눈에 비친 형은 완전히 다른 사람이었다. 아무리 봐도 자기 형 같아 보이지는 않았다.

약쟁이 라세였다. 후드 밖으로 삐져나온 가발이 오히려 제멋대로 자란 진짜 머리 같았다.

"뭐야, 정말 진짜 같잖아!"

"형이 뭐라 그랬냐. 자, 이제 네가 어떻게 해야 하는지 한번 다시 말해봐."

펠릭스는 대답 대신, 거만하게 손목시계를 들어 올리고 이카 슈퍼마켓과 광장이 있는 쪽으로 걷기 시작했다. 숲을 반쯤 빠져나가던 펠릭스는 뒤로 돌아 이렇게 말했다.

"클릭한테 붙잡혀 사무실로 끌려가도록 빌어먹을 물건 훔치는 게 내 일이야!"

"완벽해. 시간은?"

"정각 50분. 빨라도, 늦어도 안 되고, 딱 그 시간에."

레오는 훔친 자전거의 브레이크를 밟자마자 동시에 뛰어내렸다. 덩치는 커 보였지만 날렵함은 여전했다. 왜냐하면 충전재로 만든 아랫배와 가슴, 팔 근육은 거의 무게가 나가지 않았기 때문이다. 문제는 땀이었다. 재킷 속에서 흐르는 땀은 강처럼 흘러 여러 갈래의 시내로 나뉘어 결국 등 아래쪽에 호수처럼 모이게 되었다. 가발이 닿는 이마는 가렵고 따가웠다. 특히 원래 머리를 제자리에 고정하기 위해 밴드를 두른 부분이 제일 문제였다. 얼마나 가려웠는지 거의 미칠 지경이었다.

목적지가 다음 언덕에서 기다리고 있었기에 레오는 자전기 도로에서 벗어났다. 나뭇가지와 잔가지들이 바큇살 사이에 엉겨 붙었다. 그 소리가 마치 어렸을 때 자전거 포크에 빨래집게로 카드를 고정해놓고 바퀴를 움직일 때 나는 소리 같았다. 아스팔트 자전거 도로에서 보이지 않을 위치까지 들어온 레오는 자전거를 나무에 기대놓은 다음 구부정한 자작나무와 곧게 뻗은 소나무 사이로 비 오듯 땀을 쏟아내면서 요리조리 힘차게 걸어 나갔다.

드디어 숲이 끝나고 중심가가 시작되는 바로 그 지점에 도착했다.

나무가 끝나는 지점은 녹지대가 광장 돌바닥에게 자리를 내주는 곳이었지만, 약쟁이 라세가 서서 초조하게 줄담배를 피우게 될 곳이기도 했다. 과감한 결단을 하기 위해서. 사후에 경찰이 그렇게 생각해주기를 바라는 레오의 시나리오였다. 레오는 사전에 부엌에서 담배 다섯 개비를 피워 쭈글쭈글한 꽁초를 미리 준비해놓았다. 그리고 비닐봉지에 넣어 가져온 그 거짓 단서들을 이제 그 주변에 있는 이끼 위에 던져놓았다.

감시하기 좋은 위치의 천장에 달린 도난방지 거울은 거대한 마스토돈(태고의 코끼리 비슷한 동물-옮긴이)의 눈알 같았다. 그래서 사탕과 과자가 진열된 선반으로 가기 위해 주스와 잼이 진열된 통로를 지나던 순간, 반짝이는 강철 눈에게 감시당하는 기분이 들었다.

강철 눈은 모든 것을 볼 수 있었다. 빈손으로 들어와 쇼핑백을 가득 채워서 나가는 사람들, 문을 열고 들어오는 사람들과 그들 옆에 서서 바깥에서 들어오는 가을바람도 맞고 실내를 밝혀주는 흰 조명 불빛을 동시에 받고 있는 제복 차림의 경비원까지.

5시 45분.

남은 시간은 5분. 펠릭스는 자신의 손목시계와 계산대 사이 벽에 걸린 커다란 벽시계의 시간을 확인해보았다. 클릭이 레오 형을 붙잡으면? 레오 형이 가죽가방을 낚아채 달아나고 있는데 우연히 근처를 지나는 경찰차와 마주치면? 그때는 형도 끝이다. 그래서 펠릭스의 두 다리가 부들부들 떨렸던 것이다. 이제 곧 시작된다. 그런데 어떻게 끝날지는 아무도 모른다.

펠릭스는 천장에 달린 거울을 보면서 어느 각도에서 보더라도 자신의 모습이 보인다는 사실을 깨달았다.

강철 눈.

어쩌면 그래서 엄마를 떠올렸을지도 모른다.

클릭한테 붙잡혔을 때…….

사무실에 끌려 들어가면 엄마 이름을 말해야 하는데…….

그렇게 하는 거잖아.

펠릭스는 사탕 진열대 앞에 도착했다. 첫 번째 계산대와 클릭이 감시하고 있는 출입문과 가까운 위치였다. 4분 30초 전. 그때까지는 초콜릿 같은 것을 고르고 있어야 한다. 성분분석표에 따르면 하나에 1백 그램 정도 나간다고 나와 있다. 무게는 밀크초콜릿인지, 월넛인지, 스위스 호두인지, 아니면 엄마가 좋아하는 아몬드든 과일 초콜릿인지에 따라 다르다.

엄마 이름을 말하면……. 내가 무슨 짓을 했는지 엄마도 알게 되는 거잖아.

내일 엄마 병원에 찾아가면 엄마는 빨갛게 충혈된 눈으로 날 쳐다볼 거야. 천장에 달린 강철 눈처럼.

그리고 레오 형을 고자질했던 내가 도둑이 되는 거고, 엄마는 그때 형을 쳐다보던 눈빛으로 나를 노려볼 거야.

아니다.

도저히 못 하겠다.

손에 든 초콜릿을 다시 진열장에 내려놓아야 한다. 그냥 깨끗이 포기하고 집으로 돌아가야 한다. 사무실에 끌려 들어가 경비원 앞에 앉아야 하는 상황이나, 결코 되고 싶지 않은 사람이 되어 엄마 병상 옆에 앉아야 하는 상황, 그 모든 걸 피해야 한다.

바로 그 순간, 가죽가방을 든 여자가 재고창고에서 걸어 나왔다. 천장에 달린 거울로 눈을 돌렸다. 자신이 보이고, 가죽가방 든 여자가 보이고, 경비를 서고 있는 클릭이 보였다. 그런데 뒤죽박죽 일그러져 보였다.

강철 눈은 모든 것을 보고 있었고 어느 것 하나 정상으로 보이지 않았다.

펠릭스는 온몸이 부들부들 떨리는 것 같았다. 가죽가방 든 여자가 광장을 가로질러 반대편에 있는 은행에 가려고 출구로 나가고 있었다. 레오 형이 돈 가방을 낚아채게 되면 클릭이 즉시 뒤쫓아 갈 수 있는 위치였고, 그렇게 되면 레오 형은 체포된다. 아빠처럼.

해야 한다. 빌어먹을 초콜릿을 훔쳐야 한다.

펠릭스는 선반에 손을 올리고 처음으로 무언가가 손에 잡히자 눈을 꼭 감았다. 최상의 선택은 1백 그램짜리 초콜릿 바였다. 그리고 그 즉시 떨어뜨렸다. 바닥에 떨어질 때 소리가 났다.

손이 얼마나 떨렸는지 손가락이 있어도 쓸 수 없을 정도였다.

다시 한번. 조금 더 큰 2백 그램짜리 월넛 초콜릿을 오른손으로 집어 순식간에 바지 속에 찔러 넣었다. 똑같이 큰 것을 한 번 더. 그런데 허리띠를 너무 꽉 졸라맨 터라 초콜릿이 바지 속에 들어가

다 똑 부러졌다.

그리고 통증이 느껴졌다.

침을 질질 흘리는 사냥개한테 어깨를 콱 물린 느낌이었다.

정말 더럽게 아팠다.

"그거 당장 제자리에 올려놓지 못해!"

클릭이었다. 어깨를 잡은 그 손길은 한 번 잡으면 절대로 놓지 않는 기계장치 같았다.

"겉옷 당장 벗고 숨긴 거 다 꺼내놔!"

클릭이 고래고래 소리를 지르고 있었다. 그런데 동시에 가죽가방을 든 여자도 바깥에서 고래고래 소리를 지르고 있었다. 여자의 비명 때문에 클릭은 '기계장치'를 풀어야 했다. 그러고는 대형 유리 진열장 밖으로 시선을 돌렸다.

비명이 한 번 더 이어지자 클릭은 자세히 살피기 위해 진열장 가까이 다가가 어디서 들리는 소리인지, 무슨 일 때문인지를 확인했다. 진열장으로 가는 동안 열한 살 먹은 절도범 꼬마를 질질 끌고 갔다.

대형 진열장이 꼭 TV 화면 같았다. 병원에 입원한 엄마를 처음 찾아간 날, 형의 어깨와 문틀 사이로 보이던 그런 세상처럼. 다만 이번에는 화면이 훨씬 컸고 바깥세상은 비현실적이리만큼 심하게 일그러져 보였다.

그 화면에서 여자는 바닥에 주저앉은 채 두 손으로 입을 가리고 비명을 지르고 있었다. 그 소리는 손가락 사이로 흘러나왔다. TV 화면의 소리 재생 기능은 완벽했다. 여자가 울면서 계속 반복하는 여섯 마디 말을 쉽게 알아들을 수 있었다. 내 가방을 가져갔어요.
내 돈을 가져갔어요.

동시에 화면 왼쪽 구석에서 달아나는 '배우' 하나가 보였다. 꼬질꼬질해 보이는 후드 달린 초록색 재킷. 클릭은 펠릭스와 마찬가지로 그 상황을 명확히 지켜보고 있었다. 그러더니 붙잡고 있던십 대 소년을 강하게 벽으로 밀어붙였다.

"너, 여기 가만히 있어! 알았냐, 이 거지같은 자식아!"

"네."

목소리가 얼마나 떨렸는지 대답하는 '절도범' 조차 자신의 목소리를 듣지 못했다.

"알았어요."

화면이 '꺼지기' 전에 펠릭스가 마지막으로 본 것은 제복 차림의 이카 슈퍼마켓 경비원이 미친 듯이 광장을 가로질러 뛰어가는장면이었다.

약쟁이 라세가 사라진 방향으로.

벌거숭이 나무와 낙엽으로 뒤덮인 이끼 위를 지나는 동안 마치 앞으로 미끄러져 나가듯 별 힘들이지 않고 두 다리가 자유롭게 움직였다. 손은 가죽가방을 꽉 붙잡고 있었다. 하지만 빼앗기지 않으려고 안간힘을 쓰던 여자만큼은 아니었다. 있는 힘껏 세 번을 당기고서야 여자가 쓰러지면서 가방을 놓쳤다.

귀에 들리는 거라고는 여자의 비명과 그곳에서 멀어져가는 자신의 가벼운 발소리가 전부였다.

이해할 수 없었다. 그 여자는 가방을 빼앗기자마자 비명을 질러댄 반면, 엄마는 무자비하게 폭행을 당하면서도 입 한 번 뻥끗하지 않았다.

그런 생각을 했기 때문이었는지 이상한 소리가 들렸다. 등 뒤에서 누군가 헐떡이는 소리였다. 경비원의 묵직한 검은색 워커가 잔가지들을 짓밟는 소리가 났다.

클릭이다! 젠장, 빌어먹을!

어떻게 이렇게 빨리 올 수 있었던 거지?

조금만! 바로 옆에 있는 숲, 이끼로 뒤덮인 돌 바로 옆이다.

조금만! 자전거를 세워둔 나무다.

레오는 거의 몸을 던지다시피 안장 위에 앉아 페달을 밟았다. 그런데 자전거 나가는 속도가 상당히 느렸다. 나뭇가지들이 자전거 바퀴 사이로 끼어 들어왔다. 레오는 똑바로 앉아 미친 듯이 페달을 밟았다. 경비원은 점점 더 가까워지고 있었다.

돌아! 굴러! 앞으로 나가라고, 이 빌어먹을 자전거야!

구덩이, 뿌리째 뽑힌 나무, 덤불. 다시 뒤를 돌아보았다. 클릭이 뻗은 뚱뚱한 팔의 손가락이 철제 바구니에 와 닿기 일보 직전이었다.

"너 거기 서지 못해!"

살짝 붙잡히고 말았다. 하지만 서서히 붙고 있던 가속도를 다시 늦추기에 충분할 만큼 강한 힘이었다. 클릭은 놓지 않으려 했다.

잡혔어.

그런데 강력한 두 힘이 만나 반대편으로 잡아당길 때 발생하는 현상처럼 체력이 달리는 경비원의 두 다리가 엉키고 말았다. 발을 헛디디며 잡고 있던 손을 놓는 동시에 자전거를 오히려 밀어주는 꼴이 되고 말았다.

레오는 블루베리 밭 위에 살짝 넘어진 반면 클릭은 두 바퀴를 돌아 바위에 부딪혔고 이마에 피가 흐르기 시작했다. 하지만 두 사람은 동시에 벌떡 일어났다.

개자식, 절대 포기 안 할 인간이야.

레오는 다시 자전거를 일으켜 세우고 경비원에게 붙잡히기 전에 미친 듯이 페달을 밟았다.

레오를 기다리는 자전거 도로가 불과 몇 미터 앞이었다. 내리막 구간이 나오는 경로.

레오에게는 그게 마지막 기회였다.

펠릭스는 무릎에 얹은 손에 상체의 체중을 실었다. 그리고 몸을 앞으로 기울이며 거친 숨을 몰아쉬고 있었다. 호흡이 정상으로 돌아올 때까지 그 상태로 문밖에 서 있어야 한다. 3층, 앙네타 아주머니 집 현관문 앞을 지나칠 때 각별히 조심해야 하기 때문이다.

펠릭스는 클릭이 시키는 대로 했다. 이카 슈퍼마켓 문 안에 있는 대형 광고판 앞에서 기다렸다. 사실, 경비원이 그렇게 경고할 필요도 없었다. 어차피 펠릭스는 달아날 힘도 없었다. 거의 마비된 상태로 대형 진열장 바깥에서 클릭이 광장을 가로질러 레오 형을 따라 나무들 사이로 들어가는 광경만 멍하니 쳐다보고 있었다. 그러는 사이 지나가던 사람들이 가방을 소매치기당한 여자 주변에 모여들어 일으켜 세워주며 위로하고 있었다. 펠릭스는 혼란을 틈타 달아나기로 마음먹었다. 단지 그 자리를 벗어나고 싶었던 건 아니었다. 숲속으로 들어갔던 경비원이 레오 형을 붙잡아 발로 차며 고래고래 소리 지르는 상황을 피하고 싶은 마음이 훨씬 컸다.

집까지 달려오는 데 15분이 걸렸다. 심장이 쿵쾅거리고 발바닥이 욱신거렸지만 힘든 건 아니었다. 레오 형이 거기서 빠져나와 이미 집에 와 있을 가능성도 무시할 순 없었다. 자전거는 훨씬 빠를 테니까.

참을 수가 없었다. 그래서 한달음에 집으로 달려 들어갔다.

"형!"

펠릭스는 문이란 문은 다 열어보았다.

"어디 있어!"

마지막으로 빈센트 방까지 왔다. 동생은 뭐라고 대답하기 전에 고개를 절레절레 흔들었다. 헐거워진 붕대가 펄럭였다.

"큰형 집에 없어. 아직 안 왔어."

빌어먹을! 클릭한테 잡힌 것이다.

레오 형이 아빠와 마찬가지로 똑같은 경찰서, 똑같은 유치장에 갇히게 되는 것이다.

그리고 엄마가 물어볼 것이다.

무슨 일이 어떻게 벌어졌는지도 모르는데 뭐라고 대답해야 할까?

갑자기 라디오가 떠올랐다. 라디오 달라르나. 30분 간격으로 지역 뉴스를 방송하는 이 라디오 채널을 엄마는 매일 들었다. 펠릭스는 부리나케 엄마 침실로 뛰어가 곁탁자에 있던 라디오를 켜고 주파수를 100.2에 맞췄다.

허접스러운 노래가 흘러나오고 있었다. 하지만 몇 분만 참으면 뉴스가 나올 시간이라 첫 소식을 놓치지 않으려고 허접스러운 노래를 그냥 틀어놓았다. 곁으로 다가왔던 빈센트가 미라 춤을 추기 전까지는 옆에 있는 것도 몰랐다. 빈센트는 침대에 올라가 붕대를 펄럭이며 뛰어내렸다.

"그만해!"

"싫어!"

뉴스 시작을 알리는 음악이 흘러나왔다.

"그만하라고, 이 멍청한 자식아!"

기분이 상한 막냇동생은 상처받은 표정을 지었다. 하지만 지금은 그런 걸 신경 쓸 때가 아니었다.

"형이 이거 듣는 동안 넌 입 다물고 얌전히 앉아 있어!"

오늘의 뉴스 소개가 끝나자 경쾌하면서 동시에 진지한 여자 진행자의 목소리가 첫 소식을 알리기 시작했다.

"30여 분 전, 슬레타 구역의 어느 슈퍼마켓에서 폐점 시간 바로 직전 강도가 침입해 직원 한 명을 폭행하고 다량의 현금을 강탈한 사건이 발생했습니다."

펠릭스는 두려운 마음을 겉으로는 화로 표현했다. 그래서 빈센트가 또다시 침대에서 뛰어내리자 버럭 고함을 질렀다. 그래도 분이 풀리지 않자 동생의 팔뚝을 강하게 내리쳤다.

"왜…… 나한테…… 왜 그래!"

"그래 봐야 아프지도 않잖아! 붕대로 칭칭 감고 있으니까!"

"그래도 아프다고!"

"그럼 붕대나 더 감고 저리 꺼져!"

"목격자의 증언에 따르면 현장에서 달아난 괴한은 자전거를 타고 도주했다고 합니다."

그 사건이었다. 아나운서는 다음 뉴스 시간에 사건 현장에서 취재한 내용을 바탕으로 소식을 전하겠다고 설명한 다음 팔룬의 시의원과 적자예산인지 뭔지에 관한 인터뷰를 이어나갔다. 그동안 빈센트는 또다시 침대에 올라가 세 번째로 뛰어내렸다. 아까보다 훨씬 큰 소리를 내면서.

"빈센트, 형이 말했……."

펠릭스는 동생을 단단히 혼내주려고 뒤돌아서다 전혀 다른 얼굴과 마주쳤다. 눈가와 뺨에 흑연을 칠한 흔적이 남아 있는 얼굴과.

레오 형이 조용히 현관문을 열고 안으로 들어온 것이다.

"집에 온 거야?"

"너도 온 거야?"

형제는 서로를 끌어안지는 않았다. 하지만 이미 그러고 있다는 기분이 들었다.

"어. 나도 도망쳤어. 클릭이 형 잡으러 갔을 때."

"이름도 말했어?"

"무슨 이름?"

"네 이름 물어보고 그럴 시간 있었냐고?"

"그럴 뻔했는데, 그 여자가 비명을 질렀어. 형이 가방 가지고 낚아챈 순간."

레오는 씩 웃으면서 침실 바닥에 내려놓았던 물건을 침대 위로 올렸다.

"이걸 낚아챘지. 그리고 미친 듯이 달렸어. 돼지 같은 경비원이 도랑에서 낑낑거릴 때 자전거를 타고 도망쳤어."

갈색 가죽가방! 그게 정말 눈앞에 있었다.

"그런데 왜…… 지금 집에 온 거야? 자전거를 타고 빠져나왔는데…… 난 형이 정말……."

레오는 가죽가방을 동생과 자신 사이로 옮기며 동생의 말을 막았다.

"펠릭스, 잠깐만."

그러고는 통로를 향해 소리쳤다.

"빈센트! 너도 이리 와봐. 뭐 보여줄 게 있어."

침묵이 흘렀다. 그리고 막냇동생의 대답이 이어졌다. 짜증이 나거나 신경질이 나거나 화났을 때처럼 뚱해서 기어들어가는 목소리로.

"보고 싶지 않아."

세 가지 감정을 동시에 표현한 것도 같았다.

"이리 오면 뭔지 알게 된다니까."

"싫다고! 펠릭스 형이 나 때렸어."

"이리 오라고, 빈센트. 이거 보라니까. 너도 같이 한 일이라고. 할지, 말지, 그걸 결정한 게 너였잖아. 대단히 중요한 결정이었다고."

빈센트는 호기심만큼이나 경계하는 자세로 발을 질질 끌며 다
가왔다.

"이리 와. 침대 위로. 형들한테 오라고."

빈센트는 머뭇거리다가 처음에는 큰형을 쳐다보고, 다시 둘째
형을 쳐다보았다. 펠릭스는 동생에게 손짓했다. 걱정하지 말고 가
까이 오라는 뜻이었다.

"미안해. 됐지? 때릴 것까진 없었는데, 미안하다고. 그러니까
얼른 이리 와."

빈센트는 헐거워진 붕대를 쓸데없이 잡아당겼다. 미라 춤을 춘
다고 침대에서 뛰어내렸다가 풀린 붕대를 다시 감기라도 할 것처
럼.

"좋아. 우리 셋, 다 모인 거야."

갈색 가죽가방은 지퍼로 닫혀 있었다. 레오는 지퍼를 당기며 가
방을 열었다. 그러면서 펠릭스에게 먼저 가방 안을 보여준 다음
다시 빈센트가 들여다보게 해주었다.

"지폐가 이렇게 쌓여 있어서 많아 보이지 않았거든. 그래서 내
가 다 세어봤어. 옷하고 가발하고 땅속에 파묻고 나뭇잎으로 덮은
다음에."

액수를 하나하나 말하는 레오의 입술은 과장돼 보일 정도로 크
게 움직였다.

"삼만, 칠천, 팔백, 오십 크로나라고."

이번에는 훨씬 빠른 속도로 말했다.

"삼만 칠천팔백오십 크로나."

삼 형제는 지폐가 꽉 들어찬 가죽가방을 두고 엄마의 침대 위에 모여 앉아 있었다. 삼 형제의 숨소리와 라디오 소리. 다음 뉴스가 시작될 때까지 라디오에서 흘러나오는 허접스러운 음악 소리. 그리고…… 발소리. 계단을 올라오는 발소리는 한 사람이 아니었다. 그런데 삼 형제가 살고 있는 층에서 멈췄다.

"경찰이야, 형!"

초인종 소리가 연달아 두 번이나 울렸다. 조용히 기다릴 인내심이 없는 사람 같았다.

레오는 가죽가방을 들고 부리나케 침대에서 뛰어 내려와 붙박이장으로 향했다. 그런 다음 침구나 타월을 넣어두는 가운데 장을 선택했다.

가방은 시트와 베갯잇 사이로 들어갔다.

"너희 둘은 여기 있어."

화장실로 들어가 얼굴에 묻은 흑연을 닦아내는 사이 세 번째로 초인종이 울렸다. 레오는 서둘러 얼굴을 닦고 현관문으로 달려갔다. 엄마 침실 문 앞에 서 있던 펠릭스는 방금 전, 형이 지폐의 액수를 말할 때처럼 과장된 입술 동작으로 '경찰이야'라고 말하고 있었다.

레오는 질끈 눈을 감고 셋을 센 다음 문을 열었다.

사회복지사 아줌마. 그리고 그 뒤에는 앙네타 아줌마가 서 있었다.

경찰은 아니다.

두 어른은 레오에게 인사를 하고는 안으로 들어가도 되겠냐는 뜻을 명확히 했다. 사회복지사 아줌마는 외투도 걸치지 않았다. 즉, 이미 앙네타 아주머니의 집에서 해야 할 이야기를 나누고 왔다는 뜻이었다.

"동생들도 다 집에 있니?"

레오는 반 정도 닫힌 침실 쪽으로 고개를 돌렸다.

"저기 엄마 침실에요."

사회복지사 아줌마는 레오가 괜찮다고 대답하기도 전에 먼저 안으로 들어왔다. 앙네타 아줌마도 뒤따라 들어왔다. 레오가 마지막으로 두 사람을 뒤따랐다. 막냇동생은 꼬질꼬질해지고 헐거워진 붕대를 칭칭 감은 채로 침대 절반을 차지하고 있었고, 둘째 동생은 지역 뉴스를 전하고 있는 라디오를 귀에 대고 침대 나머지 절반을 차지하고 있었다. 사회복지사 아줌마는 무언가에 쫓기는 사람처럼 그 즉시 설명에 들어갔다.

"너희들 어머니 말이야……."

아니면 그 말을 어떻게 털어놓아야 할지 몰랐기 때문일 수도 있다. 그냥 그렇게 단도직입적으로 말하는 게 낫겠다 싶어 내뱉은 말이 아니었다면.

"아직 집에 안 오셨는데요."

펠릭스는 한 귀로 사회복지사가 하는 말을 들으면서 동시에 다른 귀로 뉴스에 집중하고 있었다. 이번에도 뉴스는 슬레타의 슈퍼마켓 인근에서 발생한 강도 사건을 가장 먼저 다루었다. 펠릭스는 자기 입으로 그 일에 대해 말해버리고 싶었다. 그러면 간단히 사건이 해결될 테니까. 하지만 그럴 수는 없었다. 자신도 연루된 일이었기 때문이다. 형과 자신이 벌인 일은 단순히 코코넛 볼이나 주스를 상자째 들고 온 것과는 차원이 달랐다.

3만 7천8백50배 차원이 다른 일이었다.

"내 말은······. 그러니까 어머니가 아무래도 두 달 정도 더 병원에 계셔야 할 것 같다는 거야."

그제야 펠릭스는 사회복지사의 말에 양쪽 귀를 기울이기 시작했다.

"두······ 달이라고요?"

"그래, 펠릭스. 먼저 겉으로 보이는 상처를 치료해야 하고, 그게 끝나면 안에 입은 상처를 치료해야 하거든. 전문 분야가 다른 여러 의사 선생님을 만나게 되실 거야. 하지만 두 달 후에는 아주 멀쩡해지셔서 집에 돌아오실 거야."

두 달. 8주 반. 60일.

펠릭스는 피곤해 보이던 엄마의 눈을 떠올렸다. 흰자위가 시뻘겋게 변해 있었다. 이제 그 말이 옳다는 확신이 들었다. 시커먼 구멍보다 시뻘건 피바다가 더 낫다. 시뻘건 피바다는 시커먼 구멍보다 치료도 빠르다.

"그래서 그동안 너희 셋은 다른 가족과 함께 지내야 해."

사회복지사 아줌마는 그 말을 하면서 마치 반가운 소식인 양 미소를 지었다. 하지만 그 표정이 진심처럼 느껴지진 않았다. 오히려 미안해하는 것 같은 표정이었다.

"괜찮은 가족들이 너희들을 도와줄 거야. 호세에 사는 가족인데, 너희들은 그동안 그 가족과 함께 지내게 되는 거야. 엄마가 돌아오실 때까지. 딱 그때까지만."

레오는 사회복지사의 미소 따위는 눈에 들어오지도 않았다.

"이해가 안 가는데요. 앙네타 아주머니하고 잘 지내고 있잖아요. 언제든 아무 때나 오셔서 확인하실 수도 있고요."

"이 얘기는 이미 하지 않았니, 레오? 앙네타 아주머니가 너희들을 봐주시는 건 임시적인 방법이었다고."

"임시적인 방법이오? 그런 말이 어디 있어요."

레오는 미소라고는 전혀 찾아볼 수 없는 표정의 앙네타 쪽으로 고개를 돌렸다.

"아주머니, 어떻게…… 생각하세요? 저희 잘 지내고 있었잖아요? 그렇다고 말씀 좀 해주세요, 네? 이 아주머니는 잘 모르시는 것 같아요."

앙네타는 사회복지사를 쳐다보려다가 다시 레오를, 그리고 나머지 두 동생을 쳐다보았다.

"그래 맞아. 너희들 잘 지내고 있었어. 너희 형제들은 아무 문제도 없어. 그런데 아줌마는 온종일 일해야 하는 사람이거든. 그런데 두 달은……. 두 달 동안은 나도 힘들어, 레오. 너도 내 사정 이해해줄 거라 생각한다. 잘 생각해보면 말이야."

사회복지사는 레오의 어깨나 목에 손을 얹으려 했지만 레오가 몸을 수그리는 바람에 손이 민망해졌다. 그녀는 레오를 잘 알지 못했기 때문에 레오가 이 상황을 얼마나 싫어하는지 알 수 없었다. 그래서 통로 쪽으로 고갯짓을 하며 말을 이었다.

"이리 좀 올래? 우리 단둘이 얘기 좀 해야 할 것 같은데."

사회복지사는 조심스레 문을 닫은 다음 어떻게 말을 꺼내야 하나 잠시 망설였다. 전에는 한 번도 손수 해결할 필요가 없었지만 지금 자신이 마주 대하고 있는 이 딜레마를 정의해줄 그런 말들, 그러니까 부모 두 사람이 동시에 자리를 비울 수밖에 없는 가정에서 어린 동생 둘이, 학교에서 곰하고 춤을 추면서 문제를 해결하는 큰형과 함께 지내야 하는 상황을 어떻게 설명해야 하는지…….

"내 말 잘 들어라, 레오. 내 생각에……. 비록 너는 괜찮다고 말하고 있지만 넌 괜찮지 않은 것 같아. 펠릭스도 뭐만 물어보면 계속 괜찮다고 하는데, 결코 그런 것 같지 않고. 그리고 너 역시 빈센트가 잘 지내고 있다고 생각하지는 않잖아. 그렇지? 빈센트는 아직까지 몸에 붕대를 칭칭 감고 다니고 있다고. 도움이 필요한 상황이야. 그런데 너하고 여기 있는 게 그렇게 도움이 될 것 같지는 않아 보인다는 거야."

창밖에서 쏟아져 들어오는 오렌지빛 석양이 점점 더 강렬해지자 레오는 베니션 블라인드를 조절했다.

옷가지. 교과서. 운동장비. 세면도구. 그리고 은행 예금으로 들어갔어야 했지만 가운데 붙박이장 속 이불과 베갯잇 사이에 끼어 있던 1백 크로나 지폐 몇 장. 레오는 두 달 정도 버틸 준비물들을 운동 가방과 비닐봉지 두 장에 나눠 담았다.

"빈센트는 자기 물건 안 챙기겠대."

펠릭스는 엄마가 사용하는 옷 가방을 택했다.

"대신 챙겨주려고 해도 뭘 가져가고 싶은지 말도 안 해."

1시간 후면 호셰에 사는 어느 가족의 집으로 삼 형제를 데려다줄 택시가 도착할 예정이었다.

레오는 빈센트의 방으로 가면서 한숨을 내쉬지는 않았다. 막냇동생이 왜 짐을 챙기지 않는지 이해할 수 있었기 때문이다. 방 한

가운데 작은 백팩과 커다란 운동 가방이 빈 상태 그대로 널브러져
있었고 빈센트는 레고로 만든 비행기의 지붕을 만드느라 정신이
없었다. 아니, 그냥 이것도 저것도 아닌 레고 블록을 겹겹이 쌓기
만 한 덩어리에 불과한 것도 같았다.

　레오는 막냇동생 옆에 나란히 앉았다.

　"빈센트. 이제 그거 그만 만들어야 해……. 뭘 만드는 건지는
잘 모르겠지만. 그리고 짐 챙겨. 작은형이랑 큰형은 네가 뭘 가져
가고 싶은지 모르잖아."

　빈센트는 뭔지 모를 덩어리 위에 계속해서 블록만 이어 붙였다.

　"사회복지사 아줌마랑 앙네타 아줌마가 그렇게 해야 한다고 했
잖아. 우린 다른 집에 가서 살게 될 거라고. 좋은 집들이 있는 곳
에서."

　초록색 직사각형 위에 빨간색 원형 블록이 얹혔다.

　"너도 들었잖아. 그래서 여기 앉아서 투정부리고 있는 거잖아,
그렇지? 하지만 금방 지나갈 거야. 엄마도 곧 돌아오실 거고 그럼
모든 게 정상이 되는 거야."

　널찍한 검은 블록 위에 납작한 파란 블록을 얹었다. 노란 블록
두 개와 흰 블록 네 개가 양쪽 측면에 달려 있었다.

　"빈센트."

　레오는 알록달록한 레고 덩어리 위에 손을 얹고 강제로 막냇동
생이 자신을 쳐다보게 했다.

　"빈센트, 큰형이 이렇게 부탁할게, 응?"

　레오는 대답을 들을 때까지 계속해서 동생을 붙잡고 있었다.

"생각해보고."

"뭘 생각해봐?"

"큰형이 약속하면. 엄마 돌아온다고. 그리고 다시 올 거라고. 여기로."

"큰형이 약속할게."

"스카우트 명예를 걸고?"

"그래, 스카우트 명예를 걸고. 대신 너도 하나 약속해야 해. 사회복지사 아줌마나 앙네타 아줌마, 그리고 우리가 가게 될 그 집 가족들, 그들 중 아무도 네 침대 밑에 코코넛 볼이 산더미처럼 쌓여 있다는 거하고 엄마 옷장에 있는 가죽가방 속에 많은 돈이 들어 있다는 거, 이건 아무도 몰라야 해. 절대로, 아무도. 무슨 말인지 알겠어?"

막냇동생은 영리한 녀석이었다. 어린 나이에도 불구하고 머릿속에 항상 어떤 생각을 담고 있었다. 그리고 두뇌 회전도 빨랐다. 그런데 아빠의 주먹질, 그리고 미라처럼 붕대를 감고 다닌 뒤부터 두뇌 회전이 엄청 느려졌다.

그것도 정상으로 되돌아오려면 한참 걸릴 것 같았다.

"약속할 수 있어, 빈센트? 엄지 걸고?"

막냇동생의 엄지는 붕대에 감겨 있지 않았다. 처음부터 그대로였다. 그 엄지가 먼저 레오의 엄지와 맞닿았고, 뒤이어 펠릭스의 엄지와도 맞닿았다.

"엄지 걸고."

"그리고 빈센트, 딱 한 번뿐이야. 옷장에 있는 그 가죽가방. 큰형이 약속했어. 맞지, 형? 딱 한 번이라고."

펠릭스는 형을 쳐다보며 대답을 기다렸다. 대놓고 레오에게 던진 질문이었다.

"이번만이야. 너희 둘한테 약속할게."

레오는 앞에 성경책이라도 있는 듯 한 손을 얹고 나머지 손으로 십자가 비슷한 걸 그렸다. 빈센트는 씩 웃었다. 오랜만에 보는 막냇동생의 미소였다. 이제 무언가가 제대로 돼가는 것 같았다.

"그리고 빈센트."

레오는 뭔지 모를 블록을 계속 이어 붙이려는 붕대 감긴 두 손을 꽉 움켜쥐며 말을 이었다.

"우리가 머물게 될 집에 가서 문을 두드릴 때, 네가 이런 모습을 하고 있으면 안 되거든. 이제 이 꼬질꼬질한 붕대는 풀어야 해. 안 그러면…… 안 그러면 너만 다른 데로 데려갈지 몰라. 그래서 더 이상 형들하고 같이 못 있게 되는 거야. 그게 무슨 말인지 알겠어?"

레오는 빈센트와 눈을 맞추려 했다. 언제나 생기 있고 총명하게 반짝이던 눈빛이 얼마 전부터 깊은 구덩이 속에 빠진 것처럼 빛을 잃어가고 있었다.

"자, 이제 형들이 왼손부터 붕대를 풀어볼 거야. 조금씩만 풀게."

레오는 덜렁거리는 붕대를 잡고 풀기 시작했다. 두 번 정도 붕대를 돌리자 맨살이 숨을 쉬게 되었다.

"이거 봐, 아무렇지 않잖아. 자, 이제 오른손이야. 이번에도 조금만 풀게. 알았지?"

양손에 감겨 있던 붕대가 완전히 헐거워졌다. 뱀의 허물처럼. 레오는 아주 조심스레 조금씩 붕대를 풀었다. 미라의 양팔이 다시 인간의 팔로 변하기 시작했다. 다음은 붕대 두루마리 세 개를 감아놓은 상체였다. 점점 틈이 벌어지자 맨살이 더 드러났다. 허벅지에서 시작해 단순한 매듭으로 묶은 발목까지 똑같은 길이의 붕대 두 개가 감겨 있었다.

"빈센트, 이제 한 번만 돌리면 목에 감겨 있던 붕대가 싹 사라지는 거야. 살에 공기가 와 닿는 거 느껴져? 이제 이거 완전히 풀 거야. 형이 장담하는데 하나도 안 아파."

허옇게 몸을 두르고 있던 붕대를 절반쯤 풀자 빈센트가 스스로 자신의 몸에 감긴 붕대를 풀면서 큰형의 손을 밀어냈다.

"내가 할 거야."

빈센트는 스스로 붕대를 감을 때처럼 체계적인 동작으로 붕대를 풀었다. 때 묻고 헐렁해진 붕대가 두루마리처럼 바닥에 떨어졌다.

레오는 점점 인간의 모습을 갖춰가는 막냇동생을 보며 미소를 지었다.

그렇게 미소를 지은 이유는 처음부터 자신의 생각이 옳았다는 확신이 들었기 때문이다.

짐을 챙겨 두 달 동안 남의집살이를 할 필요는 없었다. 자신이 내뱉은 말처럼 스스로 모든 걸 책임질 수 있다. 이번 일도 그렇고, 또 무슨 일이 생기더라도. 남들이 시키는 대로만 따라 하지 않고 스스로 생각하고 계획하면 말이다.

레오는 붕대에서 해방된 빈센트를 바라보다 통로 너머에 있는 엄마의 침실 쪽으로 시선을 돌렸다. 3만 크로나가 넘는 현금을 숨겨놓은 붙박이장이 있는 곳. 그리고 펠릭스를 쳐다보았다. 펠릭스는 조금 더 나이를 먹으면 형을 이해하게 될 것이다. 황금 실을 엮기 위해서는 먼저 검은 실을 써야 한다는 사실을. 그리고 큰형이 이번만이라고 했던 약속이 무슨 뜻이었는지도. 그건 앞으로도 다시 그럴 거라는 뜻이라는 것을. 적어도 앞으로 몇 년 동안만 지킬 약속이라는 것을. 그리고 다시 그 일을 벌인 다음에는 몇 년간 그러지 않을 거라는 것을.

두 동생을 나란히 옆에 두고 바닥에 앉던 순간, 레오는 그런 생각을 했다.

시간이 한참 흐른 후 돌이켜보니 그때는, 그해 가을 일들이 가장 행복한 순간으로 남게 되리라는 것을 알 수 없었다.

〈끝〉

스칸디나비아반도 소설이 세계적으로 인기를 끌며, 국내에도 수많은 북유럽 작가들이 소개되었다. 필자 역시 주력 분야였던 프랑스, 이탈리아 소설 외에도 스웨덴, 덴마크, 노르웨이, 아이슬란드 소설을 반강제로 읽거나 즐겁게 작업해야 하는 경우가 빈번해져 급기야 뒤늦게 스웨덴어를 공부하기도 했다. 그렇게 번역하거나 국내 출간 가능성 검토를 위해 읽은 수십 권의 작품을 통해 북유럽 소설의 몇 가지 공통점을 찾을 수 있었다.

가장 두드러진 특징은 영미권이나 유럽의 다른 언어권 소설보다 상대적으로 분량이 길어 500페이지를 넘는 소설이 적지 않다는 점이다. 두 번째 특징은 형사, 탐정 혹은 특정 직업군의 인물을 주인공으로 한 소위 프렌차이즈 시리즈가 유독 많다는 점이다. 마지막으로 분량이 압도적이다 보니 공교롭게 초중반이 다소 지루할 수도 있다는 치명적인 약점을 지닌 경우가 적지 않은데 종반에 다다를수록 전반

부를 상쇄하고도 남을 정도로 독자들을 무섭게 휘어잡고 끌어당기는 매력적인 뒷심을 보유하고 있다.

이런 특징과 매력을 겸비한 대표적인 작가가 바로 안데슈 루슬룬드다. 탐사보도 전문기자 출신인 루슬룬드는 이미 《비스트》, 《리뎀션》 그리고 《쓰리 세컨즈》 등 에베트 그렌스 형사 시리즈를 통해 극사실주의 소설의 힘을 보여준 전력이 있다. 실제 사건에 상상력을 더한 스토리에 각 분야 전문가의 상세한 자문을 더하고 극적인 무대연출로 마무리하는 능력이 탁월한 루슬룬드는 전과자였던 공동저자 버리에 헬스트럼과(헬스트럼은 피에트 호프만을 주인공으로 한 쓰리 시리즈의 3권인 《쓰리 아워즈》 공동집필 중 2017년 지병으로 유명을 달리했다) 《쓰리 세컨즈》를 작업할 당시, 몇 달에 걸친 전문가와의 인터뷰와 광범위한 토론과 연구, 자료조사 및 잠입 취재를 진행했다. 심지어 교도소의 분위기를 사실적으로 전달하기 위해 스웨덴 내 여러 교도소를 직접 찾아다니며 교도관들에게 은밀한 정보를 입수했을 뿐만 아니라 마약 밀반입과 밀거래 방식을 묘사하기 위해 '인간 컨테이너'라 불리는 마약 운반책과도 접촉했으며 가능성을 확인하기 위해 실제로 교도소에 마약을 밀반입하는 데 성공한 유별난 작가이다.

극사실적인 묘사와 사회 참여적 문제 제기가 특기인 루슬룬드와 새롭게 호흡을 맞춘 또 다른 공동저자 스테판 툰베리는 자신의 아픈 가족사를 모티브로 제공하고 실제 사건의 사실관계와 세부사항을 직접 기술해 작품의 사실성을 한층 더 끌어올렸다. 소설가이기 이전에 이미 영화 시나리오 작가로 성공한 툰베리의 형제와 아버지는 사실, 1990년대 초반 '특수부대' 혹은 'AK부대' 등으로 불리며 스웨덴을 비롯한 스칸디나비아반도 전체를 혼란과 공포에 빠뜨렸던 무장강도단의 일원이었다. 훗날 뿔뿔이 흩어져 수감생활을 하던 가족들을 접견하러 다닌 탓에 자신과 어머니만큼 스웨덴의 악명 높은 교도소의 구조와 생리를 잘 아는 사람도 없을 거라는 농담을 던지기도 했는데, 이때 경험을 바탕으로 《더 파더》와 《더 선》에서 한 가족이 범죄를 꾸미고 체포되는 과정을 오롯이 재구성했다. 이 소설로 툰베리는 한 형제와 의절했지만, 자신이 겪었던 가정폭력이 한 아이, 한 가정, 한 사회, 한 나라에 어떤 악영향을 끼쳤는지를 보여주고 싶었다고 한다.

툰베리는 특수요원의 활약상을 다룬 영화 해밀턴 시리즈를 비롯해 헤닝 만켈의 원작소설을 드라마화한 〈발란데르〉 등 선 굵은 영화와 드라마의 시나리오를 썼다. 그래서인지 할리우드의 대형 제작사 드림웍스가 판권을 사들이고 촬영 중인 《더 파더》와 《더 선》이 벌써부터 기대된다. 반가운 소식 하나를 더하자면 국내에도 소개된 《쓰리 세컨즈》를 영화화한 〈디 인포머〉 또한 조만간 스크린에서 만날 수 있다는 사실이다.

필자는 루슬룬드가 헬스트럼과 함께 탄생시킨 에베트 그렌스 시리즈 첫 작품 《비스트》를 통해 안데슈 루슬룬드라는 작가와 인연을 맺었고 영화 〈해밀턴〉을 스테판 툰베리의 존재를 알게 되었다. 그때까지만 해도 이 둘의 능력을 한 작품에서 만나게 되리라고는 상상 못 했다. 소설가라기보다는 소설 속 인물에 더 가까운 콤비가 또 어떤 이야기를 보여줄지 기다려진다.

이승재

옮긴이 이승재

한국외국어대학교 불어교육과, 동 대학 통번역대학원을 졸업, 현재 유럽 각국의 다양한 작가들을
국내에 소개하고 있다. 옮긴 책으로는 도나토 카리시의 《속삭이는 자》《이름 없는 자: 속삭이는 자
두 번째 이야기》《영혼의 심판》《안개 속 소녀》, 루슬룬드, 헬스트럼 콤비의 《비스트》《쓰리 세컨즈》
《리뎀션》, 프랑크 틸리에의 《죽은 자들의 방》, 카린 지에벨의 《그림자》《너는 모른다》《마리오네트
의 고백》《빅 마운틴 스캔들》《유의미한 살인》《게임 마스터》, 올리비에 부르도의 《미스터 보쟁글
스》, 바티스트 보리유의 《죽고 싶은 의사, 거짓말쟁이 할머니》《불새 여인이 죽기 전에 죽도록 웃겨
줄 생각이야》, 디온 메이어의 《프로테우스》, 미카엘 베리스트란드의 《델리에서 가장 아름다운 손》,
아녜스 마르탱 뤼강의 《손가락 사이로 찾아온 행복》, 에느 리일의 《송진》 등이 있다.

더 선 2

2019년 8월 27일 초판 1쇄 인쇄
2019년 9월 4일 초판 1쇄 발행

지은이 | 안데슈 루슬룬드 · 스테판 툰베리
옮긴이 | 이승재
발행인 | 윤호권
책임편집 | 박윤희
책임마케팅 | 정재영 임슬기 박혜연

발행처 | (주)시공사
출판등록 | 1989년 5월 10일(제3-248호)

주소 | 서울 서초구 사임당로 82(우편번호 06641)
전화 | 편집 (02)2046-2852· 마케팅 (02)2046-2883
팩스 | 편집· 마케팅 (02)585-1755
홈페이지 | www.sigongsa.com

ISBN 978-89-527-3893-6 04850
    978-89-527-9345-4(set)

검은숲은 (주)시공사의 브랜드입니다.
본서의 내용을 무단 복제하는 것은 저작권법에 의해 금지되어 있습니다.
파본이나 잘못된 책은 구입한 곳에서 교환해 드립니다.